Ren Dhark®

Sonderband

Herausgegeben von
HAJO F. BREUER

HJB®

Lieferbare Ren Dhark-Bücher

Ren Dhark Classic-Zyklus
Die Heftserie
Bände 1-3 Paperback (Lizenzausgabe),
Bände 4-6 Hardcover (Lizenzausgabe),
Bände 7-16 Hardcover, HJB-Ausgabe,
je 352 Seiten, € 15,90

Ren Dhark Drakhon-Zyklus
Die Fortführung der Heftserie bei HJB
Buchausgabe, 352 Seiten, € 15,90
Band 1 »Geheimnis der Mysterious«
Band 2 »Die galaktische Katastrophe«
Band 3 »Der letzte seines Volkes«
Band 4 »Die Herren von Drakhon«
Band 5 »Kampf um IKO 1«
Band 6 »Sonne ohne Namen«
Band 7 »Schatten über Babylon«
Band 8 »Herkunft unbekannt«
Band 9 »Das Sternenversteck«
Band 10 »Fluchtpunkt M 53«
Band 11 »Grako-Alarm«
Band 12 »Helfer aus dem Dunkel«
Band 13 »Cyborg-Krise«
Band 14 »Weiter denn je«
Band 15 »Welt der Goldenen«
Band 16 »Die Verdammten«
Band 17 »Terra Nostra«
Band 18 »Verlorenes Volk«
Band 19 »Heerzug der Heimatlosen«
Band 20 »Im Zentrum der Macht«
Band 21 »Unheimliche Welt«
Band 22 »Die Sage der Goldenen«
Band 23 »Margun und Sola«
Band 24 »Die geheimen Herrscher«

Ren Dhark Platinum
Luxusausgabe, 160 Seiten, € 39,90
(1) »Legende der Nogk«

Ren Dhark Spezial
Nachdruck der alten Taschenbücher
Buchausgabe, 304 Seiten,
Band 1: € 11,90; Bände 2/3/5 € 14,90
Band 1 »Sternen-Saga/
Dursttod über Terra«
Band 2 »Zwischen gestern u. morgen/
Echo aus dem Weltall«
Band 3 »Als die Sterne weinten/
Sterbende Zukunft«
Band 5 »Lexikon«

Ren Dhark Bitwar-Zyklus
Das aktuelle Abenteuer
Buchausgabe, 352 Seiten, € 15,90
Band 1 »Großangriff auf Grah«
Band 2 »Nach dem Inferno«
Band 3 »Die Spur des Tel«
Band 4 »Die Sonne stirbt«
Band 5 »Die goldene Hölle«
Band 6 »Das Judas-Komplott«
Band 7 »Proxima Centauri«
Band 8 »Erwachende Welt«

Ren Dhark-Sonderbände
Neugeschriebene Einzelbände
Hardcover, 192 Seiten, € 10,50
Lieferbar ab Band 2.
Zuletzt erschienen:
(23) »Gisol – Der Rächer«
(24) »Gisol – Der Schlächter«
(25) »Jagd nach dem ›Time‹-Effekt«
(26) »Wächter und Mensch«
(27) »Nogk in Gefahr«
(28) »Sternenkreisel«

Forschungsraumer CHARR
Eigenständige Subserie
Paperback, 96 Seiten, € 6,-
Bände 1-6

Ren Dhark Sternendschungel Galaxis
Paperback, 96 Seiten,
Band 1: € 3,-; ab Band 2: € 6,-

Der Mysterious
Paperback, 96 Seiten, € 6,-
Band 1 »Alexander«
Band 2 »Nero«
Band 3 »Attila«
Band 4 »Marco Polo«
Band 5 »Wallenstein«
Band 6 »Tunguska«

Ren Dhark-Hörbücher
Boxen mit je 6 CD, Laufzeit
ca. 7 Stunden, € 39,90
Box 1 »Sternendschungel Galaxis«
(limitierte Edition mit 2 Bonus-CD)
Box 2 »Ruf aus der Vergangenheit«
(lim. Edition mit RD-Metallfigur)
Box 3 »Das Rätsel des Ringraumers«
Box 4 »Im Brennpunkt der Gewalten«

Sternenkreisel

SF-Roman von
Uwe Helmut Grave

nach einem Exposé von
Hajo F. Breuer

1. Auflage

HJB Verlag & Shop KG
Postfach 22 01 22
56544 Neuwied
Bestellungen und Abonnements:
0 26 31 – 35 48 32
Fax: 0 26 31 – 35 61 02
E-Mail: hjb@bernt.de
www.ren-dhark.de

Herausgeber: Hajo F. Breuer
Titelbild: Ralph Voltz
Druck und Bindung:
Ueberreuter Buchproduktion

ISBN 3-937355-32-4

Vorwort

Wer von Ihnen sich schon einmal mit dem Schreiben einer Geschichte befaßt hat, kennt das Phänomen: Irgendwann im Verlauf des Prozesses entwickelt die Handlung ein Eigenleben. Plötzlich kommt ein ganz anderer Roman heraus, als man ursprünglich beabsichtigt hatte.

So war auch eigentlich geplant, mit dem ersten Sechsteiler der Serie STERNENDSCHUNGEL GALAXIS die drei Jahre zwischen dem Ende des Drakhon- und dem Beginn des Bitwar-Zyklus komplett abzudecken. Doch schon beim Verfassen des zweiten Exposés wurde mir klar, daß die Geschichte eine solche Dynamik entwickelte, daß man viele faszinierende Themen einfach hätte abwürgen müssen, hätte man in den sechs Bänden tatsächlich über diese ganzen drei Jahre berichten wollen. So kam es, daß Band 6 der Reihe schon im März 2060 endete.

Wer mich kennt weiß, daß ich eine solche Gelegenheit nicht ungenützt verstreichen lasse. Ursprünglich hatte ich geplant, in STERNENDSCHUNGEL GALAXIS auf jeden Fall noch die erste Forschungsreise der nunmehr privaten POINT OF zu schildern. Das holen wir mit diesem Sonderband nunmehr nach. Ren Dhark macht sich ganz friedlich auf einen Forschungsflug ins All. Er findet neue Völker und alte Bekannte – und wird in einen Krieg hineingezogen, wie er ihn sich bisher nicht einmal hätte vorstellen können!

Die HJB-Paperbacks sind ein voller Erfolg. So erscheinen in diesen Tagen die letzten vier Ausgaben der Serie DER MYSTERIOUS, die somit komplett vorliegt. In den insgesamt sechs Bänden werden wichtige Episoden aus den knapp zweieinhalb Jahrtausenden geschildert, die der Worgunmutant Arc Doorn nun schon auf der Erde weilt. Er trifft Männer und Frauen, von denen heute nur noch die Geschichtsbücher künden – und trägt einen verbissenen Kampf gegen seinen Erzfeind Potrek aus, der nur ein Ziel kennt: sich die Erde untertan zu machen!

Ebenfalls zusammen mit diesem Sonderband erschienen ist der achte Band des Bitwar-Zyklus: Die Erde scheint unrettbar verloren. Ren Dhark bricht noch einmal auf ins All, auf der Suche nach dem einen Hinweis, der den Untergang der Sonne vielleicht doch noch verhindern könnte. Die Spur führt ihn auf die *Erwachende Welt* – und zu einem schockierenden Geheimnis.

Nun aber wird es Zeit, sich anzuschnallen und mit der POINT OF ins Weltall zu fliegen. Begleiten Sie Ren Dhark und seine Gefährten auf den folgenden Seiten zum *Sternenkreisel*...

Giesenkirchen, im August 2005
Hajo F. Breuer

Prolog

Schwerer Körper, klarer Kopf – prägnanter ließ sich die Unvergängliche nicht beschreiben. Ihre Gestalt war entfernt humanoid. Für eine Zinisch war sie etwas zu klein und gedrungen geraten, zudem hatte sie zu dicke Beine.

Im Gegensatz zum hochgewachsenen Hohenpriester Barlac, der weitaus hagerer und schlanker war als die Unvergängliche; er überragte sie um mindestens zwei Hauptеslängen. Auf der Hierarchieleiter seines Volkes stand er allerdings mehrere Sprossen unter ihr. Genaugenommen war es nur eine einzige Sprosse, immerhin war er die zweitwichtigste Person im Staat Zieen – doch die gesellschaftliche Rangordnung sah vor, daß zuallererst die Unvergängliche kam und dann eine ganze Weile gar nichts...

Die Unvergängliche verfügte über keinen Namen. Sie war einfach die Unvergängliche, und damit hatte sich's. Ihr Wort war nicht nur Befehl und Gesetz – es war das Chorteben (in etwa zu übersetzen mit »Manna«) des Volkes der Zinisch. Sie sprach sehr wenig, aber wenn sie etwas sagte, lauschte ihr die ganze Nation voller Aufmerksamkeit und Ergebenheit.

Auf jedem der mehr als zweitausend Raumschiffe der Zieen-Flotte hatte der Kapitän das uneingeschränkte Sagen; er konnte sogar Todesurteile aussprechen. Aber sobald die Unvergängliche und der Hohepriester Barlac, der sie ständig begleitete, aufs Schiff kamen, verschoben sich die Kompetenzen. Dann war der Kapitän nur noch der dritthöchste Mann an Bord. Und falls obendrein Staatschef und Flottenkommandant Iritik anwesend war, schrumpfte der Kapitän sogar zur Nummer vier zusammen.

Weder Barlac noch die Unvergängliche mischten sich in Staatsdinge oder interne Belange auf den Raumschiffen ein. Sie kamen meist mit einer ganz bestimmten Absicht auf einen der fünfhundert riesigen Personentransporter oder auf einen der mehr als eintausendfünfhundert Kampfraumer: Die »grüne Witwe« brauchte einen neuen Lebensgefährten – und der Hohepriester wählte ihn für sie aus.

Niemand hätte es je gewagt, die Unvergängliche öffentlich als »grüne Witwe« zu bezeichnen, das traute man sich nur hinter vorgehaltener Flughaut. Fakt war, daß sie Männer verbrauchte wie andere Zinisch Eet, ein beliebtes Volksgetränk, das aus dem Sud einer übelriechenden, aber wohlschmeckenden Pflanze hergestellt wurde.

Die durchschnittliche Größe eines Zinisch, egal ob männlich oder weiblich, lag bei umgerechnet 1,80 Metern. Die Unvergängliche konnte da nicht mithalten. Sie war nur knapp 1,40 Meter groß und vom Körperbau her umfangreicher als die meisten ihres Volkes. Somit war sie nach dem Schönheitsempfinden ihrer eigenen Spezies alles andere als ein Rasseweib. Dennoch betrachtete es fast jeder Mann aus dem Volk als besondere Ehre, wenn der greise Hohepriester mit seinem knochigen Greiffinger auf ihn deutete und ihm damit zu verstehen gab, daß er ihn als neuen Gefährten für die Unvergängliche ausersehen hatte.

Der Auserwählte folgte dann der Unvergänglichen aufs Schiff – und lebte fortan an der Seite der begehrtesten Frau im Staate, die ihm über viele zieenische Zeiteinheiten (kurz: ZZE) hinweg die höchsten lustvollen Weihen zuteil werden ließ…

… bis sie seiner überdrüssig war und ihn tötete – auf eine Art und Weise, die nur sie beherrschte und niemand sonst in ihrem Volk. Genau das war es, was sie einmalig machte. Einmalig und unsterblich.

Das Morden tat ihr gut, denn nach jedem Ableben eines Gefährten wirkte sie frischer und lebendiger, und ihre Hautfarbe war stellenweise so dunkelgrün wie bei einer blutjungen Zinisch.

In Wahrheit war sie uralt, sehr, sehr viel älter als ihr Hohepriester, dessen Haut durchgehend hellgrün schimmerte. Lange würde er nicht mehr bei ihr sein können. Zweihundertsiebzig zieenische Zeiteinheiten seiner Lebenszeit hatte Barlac bereits verbraucht, bei einer Lebenserwartung von höchstens dreihundert ZZE.

Obwohl die Männer wußten, was sie als Geliebter der Unvergänglichen letztendlich erwartete, gab es unter ihnen nur wenige, die sich davor fürchteten, von Barlac ausgewählt zu werden. Die meisten von ihnen wünschten sich nichts sehnlicher, als in den geschmeidigen Armen der außergewöhnlichsten Frau des Volkes in einen Taumel höchster Glückseligkeit zu verfallen – selbst wenn sie das unterm Strich einen gehörigen Teil ihrer Lebenszeit kostete. Ihre eigenen Gefährtinnen konnten ihnen nicht das bieten, was ihnen die Unvergängliche bot. Daheim fanden Intimkontakte ausschließlich zum Zwecke der Befruchtung statt, die jeweils nur wenige Augenblicke dauerte.

Auf Zieen, dem Heimatplaneten der Zinisch, hatte die Unvergängliche in einem kleinen Tempel gelebt, den man ihr am Rand eines kolossalen Gebirges errichtet hatte. Ihr derzeitiges Domizil war ein kubusförmiges Raumschiff von 100 Metern Kantenlänge: die TESHON (»Liebesnest«). Alle anderen Würfelschiffe waren zehnmal so groß, ihre Kantenlänge betrug jeweils einen Kilometer. Die Kampfraumer, die die Würfelschiffe als Verteidigungsflotte begleiteten, kamen nur auf eine Länge zwischen dreißig und achtzig Metern.

Barlac war noch recht jung gewesen, knappe sechzig ZZE, als ihn die Unvergängliche zu ihrem Priester auserkoren hatte – nach dem Ausscheiden seines Vorgängers. Mittlerweile wiesen die Flughautreste an seinen Unterarmen schrumpelige Falten auf, sein grünliches, kurzes, einstmals flauschiges Fell fühlte sich rauh an, und seine großen trichterförmigen Ohren standen nicht mehr so aufrecht wie früher, sondern hingen schlaff herab.

Die Alten erinnerten sich noch daran, wie Barlac einst, vor zweihundertzehn ZZE, vom damaligen Hohepriester zum Gefährten der Unvergänglichen auserwählt worden war. Warum sie ausgerechnet ihn am Leben gelassen hatte, blieb allerdings ein Geheimnis zwischen den beiden. Die Unvergängliche sprach nie darüber, welche Kriterien zur Ernennung eines neuen Hohenpriesters führten.

Der aktuelle Geliebte der Unvergänglichen hieß Stengh; er zählte gerade mal achtundvierzig ZZE. Seit sie ihn vor kurzem von Bord der ZALDAPT (»Durchpflüger des Weltalls«), dem Flaggschiff der Zieen-Verteidigungsflotte, zu sich auf die TESHON geholt hatte, hatten die beiden ihren Wohnbereich nicht mehr verlassen.

Stengh hatte die besten Aussichten, der neue Hohepriester zu werden, denn die Amtszeit des derzeitigen Priesters dauerte schon übermäßig lange. Offenbar mochte sich die Unvergängliche noch nicht von Barlac trennen, oder die Wahl des Nachfolgers fiel ihr diesmal besonders schwer.

Barlac störte die beiden Liebenden nicht. Er kümmerte sich darum, daß auf dem Schiff alles seine Ordnung hatte, und ansonsten um seinen eigenen Kram.

Auf der TESHON durften außer der Besatzung nur der Hohepriester, die Unvergängliche, deren Geliebter und ein paar Bedienstete mitfliegen. Somit konnte hier an Bord jeder viel Raum für sich beanspruchen – ein Luxus verglichen mit den beengten Platzverhältnissen auf den übrigen Würfelschiffen, auf denen jeweils rund zwei Millionen Zinisch untergebracht waren.

Barlac befand sich auf einem Kontrollrundgang, als das Schiff plötzlich starken Erschütterungen ausgesetzt war. Hatte Gukusac, der Kapitän der TESHON, nicht aufgepaßt und einen Meteoriten gestreift?

Die Möglichkeit, daß die Flotte angegriffen wurde, schloß der Hohepriester von vornherein aus. Keine fremde Spezies war so vermessen, sich mit einem Volk anzulegen, das von der Intelligenz und von der Technik her weiterentwickelt war als jede andere Art in der Galaxis. Barlac war noch nie eine Gattung untergekommen, die es mit den Zinisch hätte aufnehmen können…

1.

Raumflughafen Cent Field, im Juli 2060

Ren Dhark und Dan Riker standen in der Hauptschleuse der POINT OF und schauten zu einer kleinen Gruppe, die auf den Ringraumer zukam – allen voran Marschall Ted Bulton in flottem Stechschritt, so daß ihm seine jungen Begleiter kaum folgen konnten. Dhark erkannte einige von ihnen. Es waren Kadetten der Kallisto-Akademie, die zehn Jahrgangsbesten.

Was sie von ihm wollten, war klar: Ren Dhark sollte ein vor Monaten gegebenes Versprechen einlösen und die zehn wißbegierigen, abenteuerhungrigen jungen Burschen für ein Jahr zur Fortbildung an Bord nehmen. Der Zeitpunkt war günstig: Die POINT OF würde demnächst zu ihrem ersten offiziellen Forschungsflug als privates Raumschiff ins All starten – ohne besonderen Anlaß, ohne Gefahr im Verzug, einzig und allein zur Erforschung des Alls.

»Das wird garantiert stinklangweilig«, murrte der junge, überaus ehrgeizige Niederländer Wim Beeten. »Ich wäre viel lieber bei einem militärischen Einsatz mitgeflogen, schließlich werden wir ausgebildet, um die Erde zu schützen, und nicht, um Steine auf fremden Planeten aufzusammeln.«

»Vielleicht sammeln wir ja auch Pflanzen«, scherzte der Korse Ennio Neri, von dem man sagte, er sei nicht nur Wims bester, sondern auch dessen einziger Freund. »Die können wir dann trocknen und dem Weltall-Herbarium in Giesenkirchen stiften.«

Im Grunde genommen paßten die beiden gar nicht zusammen. Während die Ausbilder auf der Akademie einhellig der Meinung waren, daß sich Wim mit seiner großen Klappe früher oder später um Kopf und Kragen reden würde, zählte Ennio mehr zu den stillen Träumern, die gern mal leise vor sich hin philosophierten. Manchmal vermittelte er den Eindruck, in seiner eigenen Welt zu leben. Ihn zu unterschätzen war allerdings ein schwerer Fehler...

Auch Marco Prada war ein kluger Kopf – und ein Muskelpaket auf Beinen. Der Portugiese sah aus wie die europäische, hellhäutige Ausgabe des legendären verstorbenen Schauspielers B. E. Baraccus, von dem er selbst allerdings noch nie etwas gehört hatte. Marco mochte nämlich keine Actionfilme und wendete nur dann Gewalt an, wenn Verhandeln absolut nichts mehr brachte. Seine Kameraden bezeichneten ihn als gutmütigen Bären, waren sich aber durchaus bewußt, daß man Bären besser nicht reizte.

Alle drei marschierten in einer Reihe direkt hinter Marschall Bulton. Die übrigen Kadetten folgten ihnen, in keiner bestimmten Formation, chaotisch wie aufgescheuchte Fliegen, sieben auf einen Streich.

»Was für ein Kindergarten«, flüsterte Dan Riker seinem Freund Ren zu. »Als ich noch in der Ausbildung steckte, hätte man mir Wochenarrest verpaßt, wäre ich dermaßen aus der Reihe getanzt.«

»Die Zeiten ändern sich halt«, entgegnete der Commander der POINT OF schmunzelnd.

Commander der POINT OF – es war noch nicht lange her, da hatte sich Dhark mit einem wichtigeren Titel schmücken dürfen: Commander der Planeten. Inzwischen hatte der einunddreißigjährige, große, schlanke weißblonde Mann das höchste terranische Amt abgegeben. Seither kommandierte er nicht mehr und nicht weniger als sein eigenes Schiff. Die meisten Besatzungsmitglieder und auch viele andere Menschen aus seinem Umfeld nannten ihn nach wie vor Commander.

Die terranische Regierung hatte ihm die POINT OF als Dank für seine persönlichen Verdienste geschenkt. Allerdings hatte der neue Commander der Planeten, Henner Trawisheim, dabei den Hintergedanken im Kopf gehabt, Ren Dhark und das ungewöhnlichste Schiff des Universums auch weiterhin für eigene

Zwecke und die der terranischen Flotte einspannen zu können – denn der Unterhalt des Ringraumers einschließlich der Soldzahlungen überstieg Dharks finanzielle Verhältnisse bei weitem. Doch Rens Freund und Gönner Terence Wallis, einst reichster Mann der Erde, mittlerweile Gründer und Präsident des Staates Eden im Kugelsternhaufen M 53, hatte Trawisheim und Bulton einen Strich durch die Rechnung gemacht. Der Billionär hatte eine Stiftung ins Leben gerufen, die Dhark den unabhängigen Betrieb der POINT OF ermöglichte.

Davon profitierte auch die Erde. Bei Forschungsreisen gewonnene Erkenntnisse kamen Eden und Terra gleichermaßen zugute. Sonderwünsche mußten allerdings extra bezahlt werden.

Die einjährige Fortbildung der zehn jahrgangsbesten Kadetten war eine solche Sonderleistung. Amüsiert dachte Dan Riker an die schwierige Verhandlung mit Ted Bulton zurück,* und der Mund des einunddreißigjährigen schwarzhaarigen Mannes wurde über seinem vorstehenden Kinn noch breiter, als er ohnehin schon war…

»Sie verlangen Geld dafür?« hatte sich der Marschall seinerzeit entrüstet.

»Was denn sonst? Wollten Sie mich mit Glasperlen abspeisen?« hatte Dhark gekontert. »Früher bestand meine gesamte Besatzung aus Flottenangehörigen, die inzwischen aber Privatleute geworden sind. Als ihr Chef trage ich mehr Verantwortung denn je für sie, weshalb ich jeden Dollar brauche, den ich erwirtschaften kann.«

»Zwei Millionen Dollar für ein Jahr Fortbildung von zehn Kadetten sind wirklich nicht zuviel«, hatte Riker sich in die Verhandlung eingemischt, und Amy Stewart hatte hinzugefügt: »Ich hätte das Doppelte verlangt.«

Die dreiundzwanzigjährige blonde Amy war seit einiger Zeit Rens Lebensgefährtin. Sie, der erste weibliche Cyborg, war schlank, muskulös und hochintelligent. Mitunter trat sie etwas

---

* Siehe STERNENDSCHUNGEL GALAXIS Band 4: »Syntie-Falle«

zu hart auf, ein Schutzmechanismus, den sie sich während der Zeit der Giant-Invasion angewöhnt hatte.

Dhark und Stewart verfügten über eine gemeinsame Wohnung der POINT OF-Stiftung in Alamo Gordo, mit Blick auf den Raumhafen Cent Field. Manchmal erholten sie sich auch auf ihrem luxuriösen Anwesen auf Eden. Meistens traf man sie allerdings auf dem Schiff an.

Ren Dhark hatte Dan und Amy nach der Verhandlung mit Bulton eingestanden, daß er ohne beider Einmischung nur eine Million Dollar verlangt hätte – einhunderttausend pro Kadett. Dem Marschall hätte das sicherlich gefallen…

Theodore Bulton, Flottenkommandant der terranischen Raumstreitkräfte, war von untersetzter, massiger Statur. Er war verheiratet, hatte drei Töchter und ein Enkelkind. Obwohl ihn einige Kadetten von der Körpergröße her überragten, ließ die Art seines Auftretens auf dem Flugfeld keinen Zweifel daran, wer in der Elfergruppe die Befehle gab. Als er mit seinen Jungspunden bei der POINT OF eintraf, befahl er ihnen erst einmal, Aufstellung zu nehmen, und er schreckte auch nicht davor zurück, den Trupp als »Sauhaufen« zu bezeichnen.

Plötzlich ertönte ein langgezogenes Pfeifen am Himmel. Zwei nagelneue Flash jagten mit ausgeschaltetem Intervall heran und schossen dicht über die Köpfe der Gruppe hinweg. Der »Sauhaufen« bewegte sich wie eine geschlossene Einheit. Innerhalb von Sekundenbruchteilen warfen sich alle zehn Kadetten gleichzeitig zu Boden.

*

Marschall Bulton blieb als einziger stehen. Die zwei unitallblauen Beiboote erschreckten ihn nicht, sie nervten ihn nur.

Nachdem sie eine Schleife gezogen hatten, landeten die Flash in einem Gewaltmanöver, das ihre Piloten aber voll unter Kontrolle hatten, in der Nähe ihres künftigen Mutterschiffs. Grinsend stiegen die beiden aus. Es handelte sich um den dreiunddreißigjährigen Mike Doraner und um den vierunddreißigjährigen Ukrainer Pjetr Wonzeff – hartgesottene Kämpfer, die schon vor der Entdeckung der POINT OF an der Seite von Ren Dhark Terras Feinden die Stirn geboten hatten.

»Seid ihr beiden für solche Spielereien nicht schon ein bißchen zu alt?« bemerkte Dhark kopfschüttelnd. »Ich hatte euch angewiesen, die neuen Flash an der Transmitterstation in Empfang zu nehmen und sie zu testen, nicht sie beinahe zu zerstören.«

»Die Maschinen haben keinen Kratzer abbekommen«, versicherte Wonzeff ihm. »Sie lassen sich bestens fliegen und stehen auch sonst unseren anderen Beibooten in nichts nach. SLE-Antrieb, Sternensog, Transitionstriebwerke, Intervallum – alles funktioniert perfekt, auch die Gedankensteuerung.«

Fluchend standen die Kadetten wieder auf. Alle trugen ihre Ausgehuniformen, die jetzt allerdings leicht lädiert aussahen.

»Laßt mich raten: Ihr Jungs seid samt und sonders scharf darauf, zum Papst gewählt zu werden!« rief Doraner ihnen schadenfroh zu. »Und ihr übt schon mal, wie man den Boden küßt!«

»Ihr Grinsen wird Ihnen gleich vergehen!« donnerte Bulton los. »Die Disziplinarstrafe, die Sie beide erwartet, hat sich gewaschen, darauf können Sie Ihren Arsch verwett...!«

Ihm fiel ein, daß Doraner und Wonzeff nicht mehr zur Flotte gehörten, und er verschluckte den Rest seiner Worte.

»Wallis hat seine Zusicherung tatsächlich eingehalten, sogar pünktlich«, bemerkte Riker anerkennend. »Er versprach uns Ersatz für die beiden fehlenden Flash, sobald im Sommer die Produktion in seiner neuen Werft auf Eden anläuft.«

»Hattest du denn Zweifel, daß er sein Wort hält?« entgegnete Ren. »Terence Wallis ist ein Mann, der meint, was er sagt. Offensichtlich sind die ersten von Menschen gebauten Flash genauso gut wie die aus den Werkstätten der Worgun.«

»Das war zu erwarten, schließlich stammen die Baupläne von ihnen«, meinte Dan. »Die Menschheit kann jetzt alles nachbauen, was die Mysterious einst entwickelt haben.« Er räusperte sich. »Na ja, fast alles. Den Checkmaster gibt es nur an Bord der POINT OF, daran wird sich wohl auch in Tausenden von Jahren nichts ändern.«

»Und das ist auch gut so!« erwiderte Dhark. »Die speziellen

Waffen unseres Schiffes lassen sich auch anderswo einbauen, und selbst das Intervallfeld ist inzwischen nichts Einmaliges mehr. Einzig den Checkmaster kann man nicht kopieren – Margun und Sola sei Dank! Unser etwas anderer Bordcomputer verhält sich mitunter zwar ein wenig seltsam, hin und wieder sogar störrisch, doch ohne ihn wäre die POINT OF nur ein Raumschiff unter vielen, ein überholtes Modell, das wir fortwährend nachrüsten müßten, um zu verhindern, daß es vom technischen Fortschritt eingeholt wird. Schon aus Platzgründen ist eine unbegrenzte Aufrüstung unseres Ringraumers aber unmöglich.«

Der Checkmaster, das Bordgehirn der POINT OF, war sozusagen der Hyperkalkulator unter den Hyperkalkulatoren. Seine Speicher- und Rechnerkapazität schien endlos zu sein und ließ sich nicht in verläßlichen Zahlen erfassen. Die teilbiologische Konstruktion enthielt Nervenzellen und Gewebe seiner beiden Erschaffer, der Worgun-Wissenschaftler Margun und Sola, was den Checkmaster zu einer Art eigenständiger Persönlichkeit machte.

Falls er es als notwendig erachtete, entzog er Dhark auch schon mal das Kommando und übernahm selbst die Kontrolle über das Schiff.

Bisherige Versuche, ihm seine Geheimnisse zu entreißen, hatten stets nur zu Teilerfolgen geführt. Bis heute wußte niemand an Bord so genau, was noch alles in ihm und in dem Ringraumer steckte.

*

Dan Riker übernahm es, die Kadetten auf der POINT OF herumzuführen. Dadurch hatten Ren Dhark und Ted Bulton Gelegenheit für ein Vieraugengespräch in Dharks Kabine.

Der Marschall äußerte seinen Mißmut darüber, daß sich Ren Dhark von Eden finanzieren ließ. Für ihn war Terence Wallis ein Verräter an der Menschheit…

»… der kein Recht hatte, mit seinem gesamten riesigen Unternehmen auf einen unbewohnten fremden Planeten umzusiedeln und dort einen eigenen Staat zu gründen.«

»Viele Juristen sehen das anders«, entgegnete der Commander. »Wallis' Blitzaktion war von den terranischen Gesetzen gedeckt.«

»Ach ja, und warum führte er den Umzug dann sozusagen bei Nacht und Nebel durch?«

»Um einer eventuellen Enteignung zu entgehen – denn auch das wäre gesetzlich möglich gewesen.«

Bulton winkte ab. »Ach, gehen Sie mir doch zum Teufel mit der verdammten Juristerei! Anwälte vertreten stets die Meinung ihrer zahlenden Mandanten – so wie dieser ausgekochte WI-Rechtsverdreher A. B. C. D. E. Fortrose, der sich offenbar einbildet, das Recht stünde dauerhaft auf seiner Seite. Ich begreife nicht, wie dieses graue unscheinbare Männchen es schafft, einen Prozeß nach dem nächsten zu gewinnen. Wenn ich Richter wäre... Egal, mir liegt vor allem der militärische Gesichtspunkt schwer im Magen. Terence Wallis hat Geld, und wer das Geld hat, hat die Macht. Schon bald wird er in der Lage sein, eine kolossale Flotte zu bauen, die der terranischen Verteidigungsflotte um ein Vielfaches überlegen sein dürfte. Was, wenn er eines fernen Tages auf den Gedanken kommt, seinen früheren Heimatplaneten zu erobern und die Menschheit zu unterwerfen?«

»Das würde er niemals tun, schließlich ist er selbst ein Teil der Menschheit«, beruhigte Dhark ihn. »Daher gibt es keinen Grund, an seiner Loyalität zu zweifeln. Im übrigen befindet sich Edens Ringraumerwerft noch im Aufbau. Wallis hat lediglich die Produktionsstraße für Flash mit Hochdruck bauen lassen, damit er sein Versprechen einhalten konnte und die POINT OF wieder einen kompletten Satz Beiboote zur Verfügung hat.«

»Hätte die Regierung besser auf die Worgun-Datei aufgepaßt, wäre er heute gar nicht in der Lage, Flash zu bauen«, brummelte Bulton. »Halten Sie den Diebstahl der geheimen Daten ebenfalls für juristisch einwandfrei?«

»Das ist Anschauungssache«, bekam er zur Antwort. »Die Worgun-Datei war kein Geschenk an einen bestimmten Staat, sondern an die gesamte Menschheit – und zu der gehören nun mal auch die Bewohner von Eden. Außerdem gibt es nach wie vor keinen Beweis, daß Wallis die Daten gestohlen hat.«

»So reden Sie doch nur, weil Eden Sie und Ihr Schiff mitsamt Besatzung gekauft hat.«

»Das ist nicht wahr! Nicht Eden finanziert den Betrieb der POINT OF, sondern die unabhängige Stiftung, auf deren Kapital Wallis keinen Einfluß mehr hat. In jene Stiftung sind übrigens auch die zwei Millionen Dollar geflossen, die Sie als Gebühr für die einjährige Fortbildung Ihrer Kadetten zahlen mußten – das bedeutet jedoch nicht, daß Sie mich jetzt gekauft haben. Meine Besatzung und ich sind und bleiben unabhängig. Und von unseren Forschungsreisen profitiert die Erde letztlich genauso wie Eden.«

Bulton sah dennoch nicht ein, daß er für die Fortbildung der Kadetten so viel hatte zahlen müssen. »Im Grunde genommen hätten Sie der TF Geld geben müssen, Commander Dhark, statt umgekehrt. Schließlich haben wir die Ausbildung der Jungs bis zu einem bestimmten Punkt voll finanziert. Sie übernehmen nahezu perfekte Mitarbeiter...«

»... und verleihe ihnen den letzten, den bedeutsamsten Schliff«, unterbrach Dhark ihn, »damit später einmal so gute Offiziere aus ihnen werden, wie Sie selbst einer sind, Marschall. Im übrigen hat allein die Aussicht, auf der POINT OF mitfliegen zu dürfen, jeden einzelnen Kadetten an der Militärakademie zu neuen Höchstleistungen motiviert, so daß jetzt der gesamte Jahrgang ein echter qualitativer Gewinn für die Terranische Flotte ist.«

»Niemand wurde auf diese Weise manipuliert beziehungsweise motiviert«, widersprach der Marschall. »Mein Plan, die zehn Jahrgangsbesten mit einer ganz besonderen Weiterbildung zu belohnen, entstand erst, nachdem mir die Leistungsergebnisse der Kadetten vorlagen.«

»So hatte es zumindest den Anschein; aber wie mir mittlerweile zugetragen wurde, machte Ihr ›Marschallplan‹ schon Monate vor den Abschlußprüfungen in der Kallisto-Akademie die Runde«, erwiderte Ren. »Sogar der Hausmeister soll davon gewußt haben.«

»Nun ja, vollständig ausschließen kann ich nicht, daß ich bereits etwas früher über mein Vorhaben laut nachgedacht habe«, druckste Bulton herum. »Möglicherweise in Gegenwart einiger Ausbilder der Akademie, die ich nach Terra eingeladen hatte, um mich über die Fortschritte der Kadetten schlau zu machen. Aber so richtig festgelegt hatte ich mich bei jener kleinen Unterredung, die sowieso mehr privat als dienstlich war, noch nicht; schließlich benötigte ich ja noch Ihr Einverständnis, Commander Dhark. Dummerweise hatten Sie gerade eine Menge Ärger um die Ohren – wann eigentlich nicht? –, weshalb ich Sie vorerst nicht damit behelligen wollte.«

Was für ein Fuchs, dachte Ren Dhark. *Aber ein schlechter Lügner...*

»Mein Einverständnis haben Sie ja inzwischen«, sagte er versöhnlich. »Ich werde mich so oft es geht persönlich um die zehn Kadetten kümmern. Nach einem Jahr auf der POINT OF werden Sie sie kaum wiedererkennen.«

»Wollen's hoffen«, knurrte der Flottenkommandant. »Wohin geht Ihre erste Forschungsreise überhaupt?«

»Zum Außenbezirk des Perseusarms«, antwortete Ren Dhark. »Das Gebiet dort ist noch unerforscht – was sich bald ändern wird.«

*

»Die Erde bewegt sich um ihre Achse und täuscht den Himmelsumschwung somit nur vor. Nicht die Sonne zieht ihre schiefe Jahresbahn um die Erde, sondern die Erde schwingt mit schief gestellter Achse um die Sonne. Die Erde ist nur einer von mehreren um die Sonne kreisenden Planeten.«

Mit solchen Kernsätzen aus seinem Werk »De revolutionibus orbium coelestium« hatte der deutsche Astronom Nikolaus Kopernikus einst das alte Weltbild des Ptolemäus zerstört, das die Erde zum Mittelpunkt des Alls erklärt hatte. Damit vollendete Kopernikus die Ideen, die dem Gelehrten Regiomontanus vorgeschwebt hatten. Noch über seinen Tod hinaus unterstützten viele Gelehrte die »Kopernikanische Wende«, darunter kein geringerer als der italienische Mathematikprofessor Galileo Galilei (»... und sie bewegt sich doch!«) – aber in jenen unzivilisierten

Zeiten war es verdammt gefährlich, Wahrheiten laut auszusprechen.

Mittlerweile hatte die Menschheit ihr Wissen über das Weltall enorm erweitert. Man wußte längst, daß die Erde keine Scheibe war – im Gegensatz zur Galaxis, einer flachen Scheibe aus Sternen und interstellarer Materie mit einer deutlichen Verdickung in der Zentralregion, die eine hohe Sternendichte und Massenkonzentration aufwies. Die galaktische Scheibe verfügte über eine ausgeprägte Spiralstruktur und war von einem sphärischen Raum umgeben, dem galaktischen Halo.

Die durchschnittliche Distanz der Spiralarme voneinander betrug rund 6000 Lichtjahre. Der von der Erde aus betrachtet innere Arm der Spirale wurde Sagittariusarm genannt – den außen liegenden Spiralarm bezeichnete man als Perseusarm. Und irgendwo dazwischen, im Orionarm, lag die lebensspendende Sonne Sol, deren Licht, so hoffte man auf der Erde, niemals erlöschen würde.

Die POINT OF hatte den äußeren Spiralarm als Ziel ausersehen. Ren Dhark steuerte den Perseusarm mit einigen kürzeren Transitionen an. Unterwegs rief er nach und nach die Kadetten in die Kommandozentrale und ließ sie alle mal »ans Ruder« – immer schön abwechselnd und unter ständiger Beobachtung durch die zuständigen Offiziere.

Obwohl die Neuen naturgemäß noch viele Fehler machten, zeigte sich der Commander großzügig und verzichtete weitgehend auf die Erteilung von Rügen. Geduldig beantwortete er jede Frage, ganz gleich, wie oft sie ihm gestellt wurde.

Auch Artus wollte seinen Teil zu der Fortbildung der Kadetten beitragen. Das verlief nicht ganz einfach, da er sie oftmals mit wortreichen Erklärungen überschüttete, bei denen er viel zu sehr ins Detail ging. Hinterher blickte er dann meist in ratlose Gesichter.

»Hast du noch eine Frage?« erkundigte er sich nach einer weitschweifigen technisch-wissenschaftlichen Ausführung zum Thema Ortungsstrahlen bei Wim Beeten, der ihm tapfer bis zum Schluß zugehört hatte.

»Nur eine«, antwortete der Niederländer mit der großen

Klappe. »Kannst du mir sagen, an welcher Stelle deines Vortrags ich den Faden verloren habe?«

Vom Äußeren her gehörte Artus zum Typ des humanoiden Großserienroboters: Er war aus Stahl und hatte dünne, röhrenförmige Arme und Beine. Sein Innenleben zu erklären war schon weitaus schwieriger. Nicht nur sein Kopf war vollgestopft mit Elektronik vom Feinsten, auch sein ganzer Körper steckte voller elektronischer Wunder, die er selbst laufend verbesserte; unter anderem hatte er mit dem Einbau zusätzlicher Miniaturgeräte begonnen, über deren Funktionen er sich zunächst noch ausschwieg.

Das größte Wunder an ihm war allerdings der Nexus von vierundzwanzig Cyborg-Programmgehirnen, die man mit seiner eigenen Suprasensorik vernetzt hatte. Vermutlich war es dabei zu einem Fehler im Nanobereich gekommen, der sich zwar anmessen, aber nicht näher analysieren ließ. Die Folge: Seriennummer M-40-20-02-2002-U lebte – und zwar seit der Nacht vom 18. auf den 19. September 2058. Sein »Geburtsort« war die Cyborgstation im Brana-Tal. Mittlerweile besaß er sogar einen terranischen Paß.

Über wie viele Begabungen Artus eigentlich verfügte, vermochte nicht einmal Ren Dhark genau zu sagen. Der Commander hatte den lebenden Roboter schon zu TF-Zeiten an Bord der POINT OF geholt; seither flog er in der Kommandozentrale mit. Mit dem Checkmaster vertrug er sich mehr recht als schlecht. Artus konnte fremde Rechner problemlos beeinflussen – den Bordcomputer der POINT OF hingegen nicht, es sei denn, der ließ es freiwillig zu.

Amy Stewart beobachtete das Treiben in den verschiedenen Abteilungen der Kommandozentrale voller Interesse – das war spannender als der Blick in die große Bildkugel, denn im All tat sich derzeit nichts.

Die 2,64 Meter durchmessende Bildkugel war eine holographieähnliche Sphäre, die entstand, sobald der blauglänzende Ringraumer ins Weltall startete. Gleichgroße Kugeln erschienen zeitgleich in wichtigen Nebenzentralen, zum Beispiel im Triebwerksraum oder in der Waffensteuerung. Auch in anderen

Räumen entstanden solche Sphären, allerdings wiesen sie nur dreißig Zentimeter Durchmesser auf.

Amy fiel auf, wie befreit Ren Dhark augenblicklich wirkte. Seit man ihn als Commander der Planeten abgewählt hatte, stand er nicht mehr unter dem Druck der Verantwortung für Terra und für die Worgun – und den Verlust seines Sohnes Ion hatte er offenbar auch einigermaßen verkraftet. Wie es den Anschein hatte, freute er sich darauf, unbeschwert und ohne jede amtliche Verpflichtung die Geheimnisse des Weltalls zu erkunden. Amy nahm sich vor, ihn trotzdem im Auge zu behalten. Plötzlich auftretende Depressionen konnten auch den stärksten Kerl umhauen.

Nachdem das Raumschiff an seinem Ziel eingetroffen war, übernahm der Checkmaster den Weiterflug. Mit Sternensog flog er den Perseusarm in langsamem Überlichttempo auf einer vorberechneten Route ab. Sämtliche Instrumente liefen auf Hochtouren, um rundum alles zu katalogisieren.

Es hätte alles so schön friedlich ablaufen können…

*

Wie Wonzeff und Doraner war auch Tino Grappa ein Mann der ersten Stunde. Von Anfang an war der mailändische Ortungsoffizier an Bord der POINT OF mit dabei, und seine Ortungsgeräte waren ihm inzwischen mehr ans Herz gewachsen als eine schöne Frau.

Eigentlich hatte Tino hier, im »hintersten Winkel des Universums«, nichts sonderlich Aufregendes erwartet. Um so erstaunter war er, als er plötzlich Energieausbrüche ortete, die immer stärker wurden…

»Laserfeuer«, meldete er kurz und knapp seine noch recht ungenauen Meßergebnisse dem Commander.

Ren Dhark leitete sofort eine leichte Richtungsänderung ein, um nach dem Rechten zu sehen. Außerdem ließ er den Tarnschutz aktivieren.

Nun konnte die POINT OF von den Geräten anderer Raumer nicht mehr erfaßt werden. Selbst Außenkameras würden sie erst ab einer bestimmten Entfernung ausmachen – erst dann, wenn sie »fast zum Greifen nahe« heran war.

»Sieht ganz nach einer Raumschlacht aus«, fuhr Grappa fort, nachdem er weitere Messungen vorgenommen hatte. »Es handelt sich um eine größere Flotte von mehreren hundert Raumschiffen. Ihre Waffen scheinen nicht sehr hochentwickelt zu sein.«

»Und die Waffen ihrer Gegner?« hakte Dhark nach.

»Ich messe vereinzelt das Feuer von Impulsgeschützen an«, erwiderte Grappa. »Es könnte von den gegnerischen Schiffen stammen.«

»Könnte?« unterbrach ihn der Commander. »Seit wann sind Sie so unpräzise, Leutnant Grappa? Wie viele Kampfraumer greifen die Flotte an, und womit sind sie bewaffnet?«

»Wir müssen noch näher heran«, rechtfertigte sich der Ortungsoffizier. »Das Laserfeuer und die Flotte selbst schirmen den Angreifer vor meinen Ortungen ab.«

»Demnach dürfte die gegnerische Flotte nicht sonderlich groß sein«, schlußfolgerte Dan Riker. »Vielleicht sind es ja nur eine Handvoll Schiffe.«

Die POINT OF näherte sich dem Kampfplatz. Wieder wurde vereinzelt die Energieausstrahlung von Impulsgeschützen angemessen, ohne daß sich konkret ermitteln ließ, von wo aus auf die Flotte geschossen wurde.

War es möglich, daß es lediglich ein einzelnes Schiff war, das den Angriff durchführte?

Vielleicht wehrte es sich auch nur gegen den massiven Beschuß mit Laserstrahlen…

Von der Riesenflotte selbst bekam man auf der POINT OF jetzt massenhaft Daten herein.

»Insgesamt sind es mehr als zweitausend Schiffe – gut fünfhundert gewaltige Würfelraumer von rund einem Kilometer Kantenlänge und mehr als eintausendfünfhundert raketenförmige Raumer von dreißig bis achtzig Metern Länge«, faßte Grappa zusammen. »Nur die Raketenschiffe sind bewaffnet. In den Würfeln messe ich extrem viele Bioimpulse an. Wenn die Daten stimmen, müßten sich in jedem dieser Schiffe etwa zwei

Millionen Lebewesen aufhalten. Möglicherweise handelt es sich um eine Auswandererflotte.«

»Oder um Rückkehrer«, widersprach ihm der stellvertretende Kommandant Dan Riker. »Aufgrund der Magnetstürme und hohen Strahlungswerte in unserer Galaxis verließen zahlreiche Völker ihre Heimatplaneten mit unbekanntem Ziel. Das Problem ist seit dem Verschwinden der Galaxis Drakhon zwar beseitigt, doch noch sind längst nicht alle Flüchtlinge zurückgekehrt. Viele von ihnen haben möglicherweise noch gar nicht mitgekriegt, daß ihnen keine Gefahr mehr droht, oder sie trauen dem Frieden nicht.«

»Oder sie fühlen sich dort, wo sie jetzt sind, wesentlich wohler als in ihrem früheren Zuhause«, entgegnete Ren Dhark. »Berichten Sie weiter, Leutnant. Mich interessieren vor allem die Raketen. Die unbewaffneten Würfelschiffe können wir vorerst vernachlässigen, von ihnen geht offenbar keine Gefahr aus.«

»Sowohl die Raketen als auch die Würfel bestehen überwiegend aus Aluminium. Energie liefern offenbar Atomreaktoren. Zudem messe ich die charakteristischen Muster von ›Time‹-Effekt-Triebwerken an. Die etwas altmodisch anmutenden Raketenschiffe sind am Heck mit Steuerflossen ausgestattet. Von den Achtzigmeterraketen gibt es nur wenige. Drei Vierzigmeterraketen treiben beschädigt im All.«

»Schon eine ganze Menge für den ersten Schnellcheck«, sagte Dhark. »Gute Arbeit, Leutnant.«

»Danke, Commander, aber ich bin noch nicht fertig. Im hinteren Teil der Flotte habe ich ein wesentlich kleineres Würfelschiff entdeckt, mit einer Kantenlänge von etwa einhundert Metern, also um einen Faktor tausend kleiner als die übrigen Würfelschiffe. Mehrere raketenförmige Kampfraumer haben sich im Halbkreis um den Kleinwürfel formiert, um ihn besonders zu schützen. Zusätzlich wird er durch die gesamte Flotte geschützt, auch durch die mächtigen Personentransportschiffe, so daß niemand an ihn herankommt.«

»Vielleicht handelt es sich um das Schiff der Anführer«, überlegte Dhark. »Bei den meisten Fremdvölkern ist es Sitte, daß die

Staatschefs im imposantesten Raumschiff sitzen, im Flaggschiff, das in der vordersten Reihe fliegt. Andere Völker wiederum behüten ihre verängstigten Regierungsoberhäupter wie rohe Eier. Erst wenn die Schlacht nicht mehr gewonnen werden kann, erst wenn viel Blut geflossen ist, erst wenn es keinen anderen Ausweg mehr gibt – dann zeigt sich der Anführer des besiegten Volkes seinen Feinden und verlangt wie selbstverständlich eine Sonderbehandlung.«

»Ich bin zwar nur der Erste Offizier und nicht ganz so schlau wie meine Vorgesetzten«, mischte sich Hen Falluta in das Gespräch ein, »aber ich würde dennoch gern meinen Senf dazugeben, wenn es recht ist.«

Seine Worte waren mehr augenzwinkernd gemeint. Auf der POINT OF hatte schon immer ein lockerer Ton geherrscht; seit die Flottenangehörigen zu Privatmenschen »mutiert« waren, verstärkte sich das noch. Anreden wie »Sir« und »Commander« waren weiterhin gang und gäbe, allerdings wurde nicht fortwährend davon Gebrauch gemacht. Natürlich gab es auch eine Unterteilung in Dienstgrade, schließlich mußte jeder »Angestellte« wissen, wer wann und wo das Sagen hatte. Da bot es sich regelrecht an, die gewohnte Befehlsstruktur beizubehalten, wie es auch auf anderen privaten Schiffen, zur See und im All, üblich war.

Auf dem Jungfernflug der POINT OF war Falluta der Checkmaster-Techniker gewesen – somit war auch er einer der ersten Mitstreiter Dharks, einer, auf den man sich fest verlassen konnte.

»Meiner bescheidenen Erfahrung nach schützen nicht alle Planetenvölker ausschließlich ihre Staatsoberhäupter«, merkte er an, »sondern auch ihre Heiligen. Vielleicht hat im Zehntelwürfel so eine Art Guru seinen Sitz, ein richtig kluger Kopf, oder einer, der aus übertriebenem Personenkult vom Volk verehrt wird, obwohl er eigentlich noch nie irgend etwas Gescheites zu sagen hatte.«

Dhark wollte etwas erwidern, als sich Glenn Morris aus der Funkzentrale meldete. »Sir, ich fange soeben einen Breitbandfunkspruch auf – in utarisch.«

»Utarisch?« wiederholte Ren Dhark verwundert. »Was haben die Utaren in dieser Gegend verloren?«

Er betätigte einen Sensorschalter, so daß der Funkspruch in der gesamten Kommandozentrale zu hören war. Die Translatoren übersetzten die Worte problemlos, schließlich war den Menschen diese Sprache nicht fremd.

»... fordern wir euch zum letzten Mal auf, uns einen Teil eurer Vorräte zu überlassen. Außerdem wird eine Delegation von uns mehrere eurer Schiffe nach Handelsware durchsuchen. Wenn ihr mit uns kooperiert, lassen wir euch am Leben. Andernfalls werden wir ein Schiff nach dem anderen vernichten!«

Ren Dhark war genauso verblüfft wie seine Offiziere.

»Seit wann betätigen sich die Utaren als Weltraumpiraten?« murmelte er fassungslos.

Die Antwort der Flotte bestand aus einer weiteren Laserstrahlensalve, die offenbar keine Wirkung zeigte, denn der Funkspruch des unbekannten Schiffes wurde wiederholt – diesmal in ratekisch.

»Die Utaren und die Rateken sind... Verbündete?« stammelte Dan Riker ungläubig. »Das kann nicht sein. Eher fallen Ostern und Weihnachten auf denselben Tag.«

Die birnenköpfigen, drei Meter großen Rateken und die blauhäutigen Utaren, die selten mehr als einen Meter groß wurden, bemühten sich zwar redlich, diplomatische und geschäftliche Kontakte aufrechtzuerhalten, dennoch konnten sie sich nicht riechen. Das kriegerische, selbstherrliche Volk der Rateken nahm die buntgekleideten, mitunter recht aggressiven Utaren nicht so richtig ernst und nannte sie »Alte Zwerge«. Für die Utaren wiederum waren die Rateken unzivilisierte Barbaren. Nachdem Ende 2058 ratekische Rebellen einen Anschlag auf die utarische Botschaft verübt hatten, hatte sich das Verhältnis zwischen beiden Völkern noch mehr verschlechtert.* Utaren und Rateken waren keine Feinde – aber weit davon entfernt, Freunde zu werden, geschweige denn Verbündete.

---

* Siehe REN DHARK-Sonderband 17: »Jagd auf die Rebellen«

Die Verblüffung in der POINT OF steigerte sich noch, als der Funkspruch ein drittes Mal wiederholt wurde – und zwar auf Angloter.

»Man kann mir ja alles mögliche weismachen«, sagte Ren Dhark – und jeder in der Zentrale wußte, daß das nicht stimmte. »Aber ein Piratenbündnis zwischen Utaren, Rateken und Menschen...? Ohne mich! Wir fliegen sofort auf die andere Seite der Flotte und sehen nach, was es damit auf sich hat.«

Noch bevor der Befehl ausgeführt werden konnte, folgte ein weiterer Funkspruch – in einer Sprache, die Dhark mächtig bekannt vorkam, die aber in dieser Galaxis nicht das geringste verloren hatte...

»O nein!« stöhnte er auf. »Nicht die schon wieder!«

2.

»Bisher haben wir nur Warnschüsse abgegeben!« warnte der Kommandant der KRIEGSBRAUT den ihm unbekannten Kommandanten der »Aluminiumflotte«. »Wenn ich nicht endlich eine Antwort bekomme, vernichten wir euch gezielt, Schiff für Schiff. Kapiert das endlich, und stellt euch nicht weiter taub und dumm! Selbst der minderwertigste Translator läßt sich auf eine der vier Sprachen, mit denen wir versuchen, Kontakt zu euch herzustellen, koordinieren. Falls ihr weiterhin so tut, als würdet ihr uns nicht verstehen, ergreifen wir rigorosere Maßnahmen, verlaßt euch darauf! Pakk Raff, der oberste Rudelführer aller Nomaden, macht keine leeren Drohungen!«

Wieder war die einzige Antwort ein Schwall von Laserstrahlen, die am Schutzschirm des kreuzförmigen Kriegsschiffs wirkungslos abprallten. Das machte die Nomaden nur noch wütender.

»Was bilden die sich ein?« regte sich Kommandant Pack Raff auf. »Wir sind diesen Primitiven weit überlegen. Was hindert mich eigentlich daran, sie alle umzubringen?«

»Der Umstand, daß wir kaum noch was zu fressen haben, während deren Vorratskammern wahrscheinlich aus allen Schweißnähten platzen«, erwiderte sein Erster Offizier. »Wenn wir die Schiffe vernichten, vernichten wir auch die Vorräte.«

»Das weiß ich selbst!« giftete Pakk Raff ihn an. »Unsere Notvorräte gehen dem Ende zu. Allmählich kann ich kein Nahrungskonzentrat mehr sehen. Wir brauchen was Frisches! Allein schon der Gedanke an blutiges Fleisch macht mich rasend!«

»Möglicherweise haben sie nur Getreidekörner an Bord, wie das Volk der Joshiis«, erwiderte der Erste skeptisch.

»Das würde sich bei einer Untersuchung ihrer Schiffe leicht

herausstellen«, entgegnete Pakk Raff. »Aber sie weigern sich ja, uns an Bord zu lassen.«

Das ist trotzdem kein Grund, sie alle zu töten, erwiderte sein Gesprächspartner in Gedanken, verzichtete jedoch darauf, seine Worte laut auszusprechen, denn das hätte einen schnellen Biß in seine Kehle bedeutet...

Nomaden waren in etwa menschengroß und sahen entfernt aus wie aufrechtgehende Dobermänner ohne Fell. Als Intelligenzwesen trugen sie natürlich Kleidung. Ihre Hände und Füße waren jeweils viergliedrig. Im Vergleich zu Menschen waren Nomaden sehr stark, weil sie an Bord ihrer Raumschiffe in einer Normschwerkraft von 1,3 Gravo lebten.

Ein anderes Zuhause hatten sie nicht mehr. Ihr Heimatplanet in der Galaxis Drakhon war schon vor langer Zeit vernichtet worden, weshalb sie auch schon in Drakhon mit ihren Familien auf ihren Schiffen gewohnt hatten. Sie waren Allwanderer, Händler – und Piraten.

Kurz bevor die Galaxis Drakhon in ihr angestammtes Universum zurücktransferiert worden war, hatte Pack Raff mit der KRIEGSBRAUT ein zweites Nomadenrudel bis in die Milchstraße verfolgt.

Eine Rückkehr beider Schiffe war nunmehr unmöglich. Und die Chance, daß sich die miteinander verfeindeten Rudelführer in dieser riesigen Galaxis jemals wieder begegneten, stand eins zu mehreren Billionen.

*

Das schillernde Schwarz des Kreuzes, dessen Balken jeweils eine Länge von zweihundertsiebzig Metern aufwiesen, hob sich von der Schwärze des Alls deutlich ab – ein Anblick, den Ren Dhark schon in Drakhon zum Fürchten gefunden hatte. Am Ende eines jeden Kreuzbalkens befanden sich Geschützkuppeln und Torpedowerfer.

»Ein Irrtum ist ausgeschlossen – es ist ein Kampfraumer der Nomaden«, teilte der Commander der gesamten Besatzung der POINT OF mit. »Ich hatte gehofft, dieses barbarische Volk nach dem Verschwinden der Galaxis Drakhon nie mehr wiederzusehen.«

Dhark hatte längst in Erfahrung gebracht, daß die Utaren kurz vor dem Rücktransfer Drakhons Kontakt mit Nomaden gehabt hatten. Allerdings hatte er angenommen, sie hätten die Milchstraße rechtzeitig wieder verlassen. Von einem Zusammentreffen zwischen Nomaden und Rateken war ihm hingegen bisher nichts bekannt. Das Volk der Rateken war im allgemeinen nicht sonderlich mitteilsam.

Mit allen ihnen zur Verfügung stehenden Lasergeschützen feuerten die Raketenschiffe auf den Kreuzraumer, doch an dem Schutzschirm der Nomaden bissen sie sich die Zähne aus. Die Piraten schüttelten ihre Angreifer ab wie lästige Insekten.

»Jetzt machen sie ernst!« sagte Tino Grappa. »Ich messe einen enormen Energieanstieg an Bord des Kreuzraumers. Offensichtlich läßt Pakk Raff alle Waffen hochfahren.«

Das Nomadenschiff setzte sich in Bewegung und hielt auf eines der riesigen Würfelschiffe zu. Der Kommandant des Kubus aktivierte eine Tarnvorrichtung, die allerdings derart primitiv war, daß sie weder die hochentwickelten Ortungsgeräte des Kreuzraumers noch die des Ringraumers täuschen konnte.

»Ich kann durch den Tarnschirm hindurchsehen, als ob er aus Glas wäre«, bemerkte Grappa kopfschüttelnd.

Ren Dhark befürchtete das Schlimmste und manövrierte die POINT OF zwischen den Kreuzraumer und das Würfelschiff. Er ließ das Intervallfeld deaktivieren und den Kompaktfeldschirm einschalten.

Sekunden später schlugen die Impulsstrahlen der Nomaden gegen den KFS und wurden nach allen Seiten abgelenkt, als wären sie Strahlen aus einer Wasserpistole. Der Würfelraumer war außer Gefahr.

Jetzt gab sich Dhark zu erkennen! Er schaltete die Tarnung aus und forderte die Nomaden unmißverständlich auf, ihren Angriff auf die Flotte sofort einzustellen.

Auf der KRIEGSBRAUT löste der Anblick der POINT OF Panik aus. Pakk Raff wußte nur zu gut, wozu der Ringraumer, sein Kommandant und die Besatzung fähig waren.

Eine Antwort auf seinen Funkspruch erhielt Ren Dhark nicht. Die brauchte er auch nicht; es genügte ihm völlig, zu beobachten, wie die KRIEGSBRAUT auf Fluchtkurs ging und in einer Nottransition verschwand – nach wohin auch immer…

*

Die Kommunikation zwischen der POINT OF und der zwar imposanten, aber nicht sonderlich wehrhaften Flotte gestaltete sich zunächst etwas umständlich. Das Fremdvolk sandte eine Achtzigmeterrakete aus – offenbar mit dem Anführer darin – und schickte verschiedene mathematische Symbole an den Ringraumer.

»Was für ein primitiver Versuch der Kontaktaufnahme«, mokierte sich Funkoffizier Glenn Morris. »Fehlt nur noch, daß sie zum Telefonhörer greifen.«

»Was kann man von einer solchen Seifenkistenflotte anderes erwarten?« pflichtete Hen Falluta ihm bei.

Ren Dhark rückte den beiden den Kopf zurecht. »Haben Sie schon vergessen, daß auch wir bis vor kurzem noch ›Seifenkisten‹ geflogen sind, meine Herren? Ohne die Entdeckung der POINT OF hätte es noch unzählige Menschengenerationen gedauert, bis wir unseren heutigen Stand der Technik erreicht hätten.«

Er funkte auf derselben Welle Symbole zurück, zeitgleich mit Sprachsignalen, die den Symbolen angeglichen waren. Auf ähnliche Weise lehrte man auf manchen Schulen Fremdsprachen: Die Lehrer gaben ihren Schülern Romane auf Angloter zu lesen und spielten gleichzeitig über Kopfhörer Tonträger ab, auf denen dasselbe Werk in einer Fremdsprache vorgelesen wurde. Diese simple Lernmethode, die im zweiten Teil des Unterrichts umgekehrt angewendet wurde – fremde Sprache lesen, Angloter hören –, machte nach (umstrittener) Expertenmeinung mehr Sinn als das nervtötende Pauken von Vokabeln.

Es dauerte eine Weile, bis vom Raketenschiff eine erste, noch ziemlich unverständliche Antwort eintraf. Das Idiom der Fremden schien überwiegend aus sehr hohen Tönen zu bestehen, einige davon stammten sogar aus dem Ultraschallbereich. Der Checkmaster konnte sie dennoch rasch entschlüsseln. Gleichzeitig gelang ihm eine Synchronisation der Sendeimpulse, so daß sich allmählich eine gegenseitige Bildübertragung aufbaute...

In den Bildkugeln der POINT OF zeichneten sich erst konturenhaft, dann immer deutlicher humanoide Gestalten ab, die sich dem ersten Augenschein nach aus Fledermäusen beziehungsweise fledermausähnlichen Wesen entwickelt hatten.

»Bats«, flüsterte der Korse Ennio Neri, der das Glück hatte, als einziger der zehn Kadetten zur richtigen Zeit am richtigen Platz zu sein: hier und jetzt in der Kommandozentrale.

Noch ahnte Neri nicht, daß er dem etwas unheimlich anmutenden Fremdvolk soeben seinen Spitznamen verpaßt hatte. So etwas ging auf der POINT OF ruckzuck; wer als erster eine passende Bezeichnung erfand, hatte »gewonnen«.

Voller Ehrfurcht starrte Ennio auf die drei Fremden, die sich dicht an dicht vor einer primitiven Kamera drängten und von der Bildkugel komplett erfaßt wurden.

Sie waren etwa menschengroß, hatten einen leichten Pelz, flauschig und dunkelgrün, und einen typischen Fledermauskopf mit großen Trichterohren. An den Armen konnte man Ansätze von verkümmerten Flughäuten erkennen, die aus den Ärmeln ihrer grünen Uniformen ragten.

Die Grüntöne ihrer Kleidung unterschieden sich voneinander, was möglicherweise mit ihren verschiedenen Wichtigkeitsgraden/Diensträngen zusammenhing. Auch das Fell war unterschiedlich grün – je älter ein »Bat« aussah, um so heller schimmerte es.

»Scannen Sie drauflos, Grappa«, ordnete Dhark an.

»Schon dabei«, entgegnete der Mailänder. »Sie sind so groß wie wir, aber nur halb so schwer, weil sie viel feingliedriger sind und sehr wahrscheinlich hohle, ziemlich zerbrechliche Knochen haben. Ihr Alter läßt sich schwer ermitteln; für die Umrechnung in Erdenjahre bräuchte ich nähere Infor...«

Er verstummte abrupt, denn eines der unheimlichen Wesen meldete sich jetzt zu Wort. Die Menschen verstanden die

Sprachlaute nur unzureichend, da alles, was im Ultraschallbereich lag, ausschließlich vom Checkmaster und den Translatoren empfangen werden konnte.

»Das Volk der ruhmreichen Zinisch sendet Ihnen seine Grüße«, lautete die perfektionierte Übersetzung. »Ich bin Iritik, Staatsoberhaupt und Oberbefehlshaber der Verteidigungsstreitkräfte von Zieen. Meine beiden Regierungsratgeber und ich möchten euch für eure Hilfe gegen den Aggressor danken.«

»Aggressor« lautete die Übersetzung des Translators. Dhark konnte dieses Wort nicht ausstehen. Auf der Erde war es in der Vergangenheit zu oft von gewissenlosen Diktatoren mißbraucht worden, um Regierungsgegner zu diskreditieren.

»Mein Name ist Ren Dhark«, stellte sich der Commander vor. »Die Völker in dieser Galaxis kennen uns unter der Bezeichnung Terraner. Brauchen Sie unsere Hilfe bei der Reparatur Ihrer beschädigten Schiffe?«

»Danke, aber das schaffen wir schon allein«, antwortete einer von Iritiks Ratgebern. »Wir haben alles im Griff.«

Dhark hatte das Gefühl, daß sein gutgemeintes Angebot seine drei Gesprächspartner kränkte, aber vielleicht täuschte er sich ja. Eine fremde Spezies ließ sich nun mal nicht nach terranischen Verhaltensmustern beurteilen.

»Ich, Varnif und Orbef« – gemeint waren offenbar die beiden Ratgeber – »würden gern an Bord Ihres Schiffes kommen, um uns persönlich bei Ihnen und Ihrer Besatzung zu bedanken«, schlug der Anführer der Zinisch vor. »Wir bringen ein Begrüßungsgeschenk mit.«

Ren Dhark zuckte innerlich zusammen. Eigentlich war er ein gastfreundlicher Mensch – aber etwas in ihm schlug plötzlich Alarm. Das angekündigte Geschenk rückte in die Nähe des vergifteten Apfels, den die böse Königin Schneewittchen mitbrachte.

»Wir kommen zu Ihnen, wenn es recht ist«, erwiderte er zu aller Verwunderung. »Für uns Menschen ist das Übersetzungsmanöver einfacher.«

»Menschen?« fragte Iritik. »Ich denke, euer Volk nennt sich Terraner.«

»Andere Völker nennen uns so«, klärte Dhark ihn auf. »Wir selbst bezeichnen uns als Menschen.«

»Wie seltsam«, entgegnete Iritik. »Wir heißen Zinisch, und genauso werden wir auch von anderen Spezies genannt.«

»Kennen Sie viele fremde Völker?« erkundigte sich Riker.

»Wer sind Sie?« stellte Orbef ihm die Gegenfrage.

»Ich heiße Dan Riker«, erhielt er zur Antwort. »Ich bin der, äh, Ratgeber von Ren Dhark.«

»Wozu braucht ihr Terranermenschen zwei Namen?« wunderte sich Varnif. »Einer genügt doch völlig.«

Meine Rede! dachte Artus.

Er hielt sich merklich zurück. Eine sprechende und denkende Maschine hätte die Zinisch nur unnötig verwirrt.

»Wir kennen bisher leider nur wenige Fremdvölker«, beantwortete Iritik Rikers Frage. »Keins davon konnte mit unserer technischen Entwicklung mithalten. Heute sind wir zum erstenmal zwei Spezies begegnet, die uns... die uns gleichgestellt sind.«

Gleichgestellt. Ganz offensichtlich fiel es dem Staatsoberhaupt schwer, offen zuzugeben, daß ihm sowohl die Nomaden als auch die Terraner in technischer Hinsicht haushoch überlegen waren.

Auch sonst hätten die Zinisch, schätzte Dan, den Nomaden kaum etwas entgegenzusetzen gehabt. Die sabbernden Hundeartigen waren ungeheuer stark, während die Fledermauswesen reichlich klapprig daherkamen. Pakk Raff hätte ein blutiges Gemetzel unter ihnen angerichtet.

Der Staatschef von Zieen wirkte etwas zerknirscht, enttäuscht, weil man ihn und seine Ratgeber nicht an Bord des ringförmigen Schiffes lassen wollte. Dennoch erklärte er sich mit einem Besuch der Fremden einverstanden, schließlich hatte er allen Grund, ihnen dankbar zu sein.

Ren Dhark gab Anweisung, zwei Flash bereitzumachen. Einen davon wollte er selbst fliegen, in Begleitung von Amy Stewart. Den zweiten Flash besetzte er mit Pjetr Wonzeff und Manu Tschobe.

Der zweiundvierzigjährige Afrikaner Tschobe, ebenfalls einer von Dharks ständigen Wegbegleitern, war Arzt und Funkspezialist und hatte auch sonst noch diverse Begabungen. Eine davon war hypnotischer Art. Tschobe sah seinen Mitmenschen meist nur dann direkt in die Augen, wenn er sie mit seiner leichten Para-Gabe beeinflussen wollte. Manchmal klappte das auch ohne Augenkontakt...

Dhark hatte ein ungutes Gefühl, was die Zinisch anging. Möglicherweise konnte er Manus Gabe auf dem Flaggschiff der Zieen-Flotte gut gebrauchen.

*

Iritik informierte die Kapitäne sämtlicher Flottenschiffe über die aktuelle Lage. Danach zog er sich mit Varnif und Orbef aus der Kommandozentrale zurück, um sich in seinem abhörsicheren Quartier mit ihnen zu beraten.

»Hältst du es wirklich für eine gute Idee, die Fremden an Bord zu holen?« fragte Varnif den Staatschef.

»Ich hatte keine Wahl«, erwiderte Iritik.

»Es hätte genügt, sich bei ihnen zu bedanken und weiterzufliegen«, meinte Orbef.

Iritik funkelte ihn aus zornigen Augen an. »Du weißt nicht, was du redest! Wir ruhmreichen Zinisch sind die Krone der göttlichen Schöpfung. Zu wissen, daß es in dieser Galaxis mindestens zwei Völker gibt, die fortgeschrittener sind als wir, empfinde ich als persönliche Demütigung. Wir werden versuchen, uns das Vertrauen der Terranermenschen zu erschleichen, damit sie uns an Bord ihres Ringraumers holen. Dort müssen wir dann eine Möglichkeit finden, ihren Schutzmechanismus abzuschalten. Sobald sie sich nicht mehr hinter der unsichtbaren Wand verstecken können, sind sie unseren Schiffen wehrlos ausgeliefert, und wir werden sie mit geballter Macht angreifen.«

»Das können wir auch, wenn sie zu uns an Bord kommen«, entgegnete Varnif.

»Du läßt sie gefälligst in Ruhe, verstanden?« blaffte Iritik ihn unbeherrscht an. »Ren Dhark ist offensichtlich das Oberhaupt seines Volkes, andernfalls stünde ihm kein eigener Ratgeber zu.

Falls ihm bei uns etwas zustößt, zerstören die, die auf dem Schiff zurückgeblieben sind, unsere gesamte Flotte. Schon die anderen wären dazu in der Lage gewesen. Daß sie vor dem Ringraumer panisch geflohen sind, zeigt mir, wie mächtig dieses Schiff sein muß. Wer es besitzt, ist nahezu unbesiegbar.«

»Wir könnten uns das Schiff aneignen, sobald wir die Terranermenschen beseitigt haben«, schlug Orbef vor. »Und dann verfolgen wir damit die anderen.«

»Vorausgesetzt, wir finden heraus, wie man das Ringschiff fliegt«, gab Varnif zu bedenken.

»Zweifelst du daran?« ranzte Iritik ihn an. »Alles wird genauso verlaufen wie bei den Kelug und den anderen Fremdvölkern. Wir nehmen uns das Wissen, das wir brauchen. Die Unvergängliche sagt, wir ruhmreichen Zinisch seien die Spitze der Evolution, die Götter des Universums.«

Große Worte für einen kleinen Zinisch, der bisher nur einen staubkorngroßen Teil der Galaxis kannte.

Varnif wechselte rasch das Thema; er wußte, wie wütend der Flottenkommandant werden konnte, wenn man ihm dauernd widersprach. »Was für ein Begrüßungsgeschenk hast du für Ren Dhark eigentlich vorgesehen?«

»Das mit dem Geschenk habe ich nur so dahergesagt, damit er uns zu sich einlädt«, räumte Iritik ein. »Irgendein wertloser Gegenstand wird sich schon finden...«

*

Ren Dhark verzichtete bewußt auf eine Demonstration der Stärke und somit auf den Einsatz des Intervallfeldes – er hatte bei Unterredungen mit fremden Völkern immer gern noch ein paar Asse in der Hinterhand. Die Zinisch öffneten ein Hangartor an ihrem großen Raketenschiff und ließen die beiden Flash einfliegen.

Die Atmosphäre an Bord war atembar. Sobald der Hangar mit Luft befüllt war, betraten ihn mehrere grünuniformierte Zinisch und forderten die Insassen der Beiboote durch Handzeichen auf, auszusteigen und ihnen zu folgen.

Alle vier kamen der Anordnung nach, allerdings ließ Dhark Wonzeff bei den Flash zurück.

»Typisch«, bemerkte der ukrainische Pilot. »Wann immer es spannend wird, teilt man mich zur Wache ein.«

»Vielleicht geht es ja hier im Hangar aufregender zu als bei uns, wer weiß?« entgegnete Dhark schmunzelnd. »Passen Sie also gut auf sich auf, Mike.«

Wenig später standen Amy, Manu und er in der Kommandozentrale Iritik und seinen Beratern gegenüber. Noch ein paar weitere Zinisch, vermutlich Offiziere, hielten sich in der Zentrale auf, kümmerten sich aber in erster Linie um ihre Arbeit an den Schaltpulten. Nur ab und zu traf Amy ein verstohlener, unfreundlicher Blick.

Einer der beiden Berater, Varnif, hatte ein tragbares Gerät bei sich, das einem klobigen Aktenkoffer ähnelte. Amy tippte auf ein einfach gestricktes Übersetzungsgerät – und sie behielt recht. Radebrechend wandelte der »Koffer« die kleine Willkommensrede des Staatschefs in Angloter um.

Dhark stellte seine Begleiter vor und bedankte sich für die Einladung, wobei er einen am Körper verborgenen Minitranslator einsetzte. Auch Amy und Manu verfügten über Translatoren, die samt und sonders wesentlich leistungsfähiger waren als Iritiks kofferförmige Apparatur. Vor dem Abflug hatte der Checkmaster die kleinen Geräte exakt auf die Sprache der Zinisch »eingenordet«.

Bereits in der Bildkugel hatten die drei Fledermausartigen müde und abgespannt gewirkt. Dieser erste Eindruck verstärkte sich jetzt noch. Das gesamte Volk wirkte ein wenig schwach auf den dünnen Beinen. Nicht aufgrund von Erschöpfung, sondern weil ihre Rasse so zerbrechlich gebaut war.

In Zweikämpfen mit den Nomaden hätten sie keine Chance gehabt, dachte Tschobe. *Sie sehen aus, als könne man sie umniesen.*

Er zog in Erwägung, auszuprobieren, inwieweit sich die Zinisch von seiner Para-Gabe beeinflussen ließen.

Amy verzichtete bisher darauf, auf ihr Zweites System umzuschalten. Allem Anschein nach ging von diesen unheimlichen

Klappergestellen keine konkrete Bedrohung aus. Wenn da nur nicht ihr Instinkt wäre, der sie dauernd warnte...

Ren Dhark erging es ähnlich. Einerseits schienen die Zinisch harmlos und wehrlos zu sein. Andererseits lauerte da etwas im Hintergrund, irgendwo, weit weg, nicht greifbar, aber trotzdem ständig anwesend...

Lange durften sich die drei Besucher nicht in der Zentrale des Raketenschiffs aufhalten, so daß sie sich nur oberflächlich mit den technischen Gegebenheiten vertraut machen konnten. Iritik führte sie auf kürzestem Weg in seinen Privatbereich.

Zu sechst durchquerten sie mehrere schmale Tunnelröhren. Varnif und Iritik gingen voran, Orbef bildete das »Schlußlicht«. Amy fiel auf, daß er sie laufend feindselig anstarrte. Sobald sie ihn aber direkt anblickte, schaute er schnell weg.

Iritiks Quartier war lediglich mit dem Nötigsten eingerichtet: Sitzgelegenheiten, Abstellflächen, verschlossene Spinde sowie ein schlecht gesicherter Waffenschrank mit einfachen Lasergewehren. Dhark fiel auf, daß sich in den Räumen des Staatschefs keine Wächter aufhielten, nicht einmal Roboter. Hatte er so viel Vertrauen in seine fremden Gäste, daß er besonderen Schutz nicht für nötig hielt? Oder versteckte auch er noch ein As im Ärmel?

Iritik überreichte Dhark das versprochene Begrüßungsgeschenk: Ein Würfelschiff in einer runden Glaskugel, die nur über eine winzige Öffnung verfügte, kaum größer als ein Sparschweinschlitz. Das kleine Raumschiff füllte das Innere der Kugel fast vollständig aus.

»Wie das Schiff in die Kugel kommt, werde ich Ihnen nicht verraten«, erklärte Iritik – obwohl ihn gar keiner danach gefragt hatte. »Das ist eins der größten Geheimnisse unseres Volkes.«

»Wir hatten früher auf Terra mal ein ähnliches Geheimnis«, erwiderte Dhark und nahm das Geschenk lächelnd entgegen. »Leider ist der Flair des Geheimnisvollen inzwischen raus.«

Er dachte dabei an die Hamburger Buddelschiffe. Damals hatte man kleine Segelschiffsnachbauten in zusammengefaltetem Zustand durch die dünnen Hälse von leeren Rumflaschen gezwängt und mittels eines raffiniert ausgeklügelten Fadensystems in der Flasche vorsichtig aufgerichtet – unter vollen Segeln! Auch nach Bekanntwerden dieser Methode waren solche handgearbeiteten Stücke als Reiseandenken weiterhin begehrt gewesen. Erst als um 2022 herum pfiffige Geschäftsleute hochmoderne Technik zu Hilfe nahmen, um möglichst schnell möglichst viele Buddelschiffe zu produzieren, mit denen sie dann den Markt überschwemmten, verloren selbige ihren Zauber und blieben in den Regalen stehen. Weniger war halt manchmal mehr.

»Dieses Modell habe ich vor einhundertsiebzig zieenischen Zeiteinheiten mit eigener Hand gebastelt«, sagte Iritik voller Stolz. »Obwohl ich damals noch keine zehn ZZE auf der Welt war, hatte ich schon sehr geschickte Hände.«

Die hatte ich als zehnjähriger Junge auch, erwiderte Dhark in Gedanken.

»Wie alt wird ein Zinisch im Durchschnitt?« fragte er direkt heraus.

»Unser Höchstalter liegt ungefähr bei dreihundert zieenischen Zeiteinheiten«, antwortete ihm das Staatsoberhaupt. »Demnach habe ich mit meinen hundertachtzig ZZE noch eine recht ansehnliche Lebenszeit vor mir.«

Der Translator verwendete den Begriff »zieenische Zeiteinheit«, ohne dazu nähere Angaben zu machen. Eine Umrechnung in Erdenjahre war ihm beim derzeitigen Wissensstand über dieses Volk noch nicht möglich. Translatoren waren nicht mehr und nicht weniger als Dolmetscher. Für spezielle Übersetzungen und Berechnungen benötigten sie zusätzliche Informationen. Eine fremde Sprache in ihren Grundzügen zu entschlüsseln und in die eigene (programmierte) Sprache umzuwandeln war eine Sache – die Umrechnung von Zeit- und Maßeinheiten eine andere.

Die meisten Spezies richteten ihre kalendarischen Berechnungen nach den Sternen aus, aber manchmal wurden auch andere »Meßlatten« angelegt. Eine ZZE konnte somit durchaus mehr als ein Jahr betragen, vielleicht eineinhalb oder sogar zwei. Falls letzteres zutraf, stand Dhark einem Volk gegenüber, dessen Angehörige sechshundert Jahre alt wurden.

Um exaktere Werte zu bekommen, hätte Manu Tschobe eines der Wesen medizinisch untersuchen müssen. Doch das hätten sich die Bats wohl kaum gefallen lassen.

Nachdem die üblichen Höflichkeiten ausgetauscht waren, kam Iritik zur Sache.

Er bot den Terranern ohne Umschweife an, ihnen ihre »Schutzwandtechnologie« abkaufen zu wollen.

Ren Dhark fragte erst gar nicht lange, womit er zu bezahlen zu beabsichtigte – er lehnte Iritiks Ansinnen sofort ab.

»Es handelt sich um militärische terranische Technologie, und die ist unverkäuflich«, machte er seinem Gesprächspartner deutlich. »Ich biete Ihnen allerdings an, Sie an Ihren Zielort zu begleiten, damit Sie nicht befürchten müssen, unterwegs erneut von Piraten überfallen zu werden. Befinden Sie sich mit Ihren Evakuierungsschiffen auf der Rückkehr zu Ihrem Heimatplaneten, so wie viele andere Völker derzeit?«

»Das ist richtig – doch der Weg dorthin ist streng geheim«, erwiderte Iritik. »Ihre Begleitung muß ich daher ablehnen.«

Er berichtete, wie sein Volk vor dreihundertsechzig zieenischen Zeiteinheiten vor den ansteigenden Strahlungswerten in die Tiefen der Galaxis geflohen war. Trotz vieler Zwischenstationen auf fremden Planeten hatten die Zinisch nie ein richtiges neues Zuhause gefunden. Glücklicherweise waren sie unterwegs überall auf Nahrung gestoßen…

»Wir ernähren uns von wildwuchernden Pflanzen aller Art. In unserer Heimat wachsen die verschiedensten Gattungen, heißt es. Leider hat hier an Bord bislang noch keiner je einen Fuß auf Zieen gesetzt. Die, die einst dort lebten, sind schon lange tot; sie starben auf unseren Schiffen oder auf fremden Welten. Was wir über unseren Planeten wissen, kennen wir nur aus den Aufzeichnungen unserer Vorfahren – und aus den Erzählungen der Unvergänglichen. Die Unvergängliche hat schon viele Generationen überdauert. Sie stirbt nie!«

Dhark, Amy und Manu Tschobe horchten auf. Die Unvergängliche? Diese Frau erweckte sofort ihr Interesse.

»Ist sie eine Zinisch?« wollte Dhark wissen.

»Sie ist mehr als das«, antwortete Iritik fasziniert. »Sie ist der lebende Beweis, daß unser Volk direkt von den Göttern abstammt.«

Er schwieg abrupt. Schlagartig änderte sich sein Verhalten.

»Tut mir leid, Terranermenschen, aber ihr habt jetzt genug über uns erfahren. Mehr Auskünfte bekommen Sie nicht, Staatsoberhaupt Ren Dhark. Denken Sie, ich durchschaue Sie nicht? Sie horchen mich geschickt aus, erzählen aber kaum etwas über sich.«

*

Ren Dhark klärte Iritik nicht darüber auf, daß er gar kein Staatsoberhaupt war, denn dann hätte der Anführer der Zinisch noch mehr abgeblockt.

»Es liegt nicht in unserer Absicht, Sie auszuhorchen«, versicherte er ihm. »Wir wollen Sie lediglich ein bißchen besser kennenlernen. An freundschaftlichen Beziehungen zu fremden Völkern ist uns Menschen sehr gelegen. Wenn Sie uns Gelegenheit geben, unsere Kontakte zu vertiefen...«

»Und was soll das bringen?« mischte sich Orbef in das Gespräch ein. »Terranermenschen und Zinisch befinden sich ganz offensichtlich nicht auf derselben Augenhöhe, was die technische Entwicklung angeht. Das würde früher oder später zu schweren Konflikten führen, weil wir es nicht dulden, daß man auf uns herabsieht.«

»Niemand von uns sieht auf Ihr Volk herab«, sagte Amy.

»Und warum durften wir dann nicht an Bord Ihres Raumschiffes?« erwiderte der Berater, wobei er nicht Amy ansah, sondern Ren Dhark.

So verhielt er sich schon die ganze Zeit über. Wann immer er Amy etwas zu sagen hatte, teilte er es dem »Staatsoberhaupt« mit, nicht ihr selbst, so als wäre sie gar nicht anwesend.

»Allein die Zusammenstellung eurer Delegation ist eine offene Provokation«, meinte Orbef. »Weshalb ist Ihr Berater nicht mitgekommen, Terranermensch Ren Dhark? Statt dessen bringen Sie eine Frau mit, der es sogar erlaubt ist, in dieser Gesprächsrunde mitzureden.«

»Wie soll ich mich denn sonst mit Ihnen verständigen, wenn nicht durch Reden?« fragte ihn Amy gereizt. »Wäre es Ihnen lieber, ich würde singen?«

Orbef wollte etwas erwidern, aber Iritik machte eine harsche Bewegung mit seiner Greifhand und brachte damit seinen aufgebrachten Berater auf der Stelle zum Schweigen.

»Bitte entschuldigen Sie die Überreaktion meines Beraters«, sagte er zu Ren Dhark und dessen Begleitern. »Er will einfach nicht begreifen, daß fremde Völker nach fremden Sitten leben. Unseren Gefährtinnen ist es nicht gestattet, die Kampfschiffe zu betreten. Sie mischen sich auch nicht in Staatsgeschäfte ein und nehmen an keinen wichtigen politischen Verhandlungen teil. Politik und Krieg sind ausschließlich Männersache. Ihre Aufgabenbereiche sind das Sammeln und Pflücken von Pflanzen, das Anlegen von Vorräten, das Gebären des Nachwuchses, die Versorgung der Neugeborenen...«

»Das klingt ja richtig aufregend«, spöttelte Amy, wohlwissend, daß sie sich überaus undiplomatisch und unprofessionell verhielt. »Das weibliche Geschlecht hat in Ihrem Volk also nicht das geringste zu sagen?«

»Sie verstehen das völlig falsch, Terranermenschenfrau«, rechtfertigte sich Iritik. »Wir lassen uns von unseren Gefährtinnen nicht in unsere Arbeit reinreden, das ist richtig. Aber umgekehrt machen auch wir ihnen keinerlei Vorschriften. Aus der Erziehung des Nachwuchses halten wir uns völlig heraus. Auch das Sammeln, Anbauen und Zubereiten von Pflanzennahrung liegt allein in Frauenhänden. Jede Einmischung hätte vermutlich schwere gesundheitliche Konsequenzen, denn wir Männer sind nur unzureichend in der Lage, eßbare und giftige Gewächse voneinander zu unterscheiden. Ohne unsere klugen Gefährtinnen würden wir glatt verhungern. Aufgrund ihrer diesbezüglichen Fähigkeiten setzen wir viele Frauen auch in biologischen und medizinischen Bereichen ein. Ich finde, mit alledem sind sie ausgelastet genug. Wieso sollten sie auch noch Raumschiffe fliegen und kämpfen?«

Amy Stewart beruhigte sich wieder.

Es stand ihr nicht zu, die Lebensweise einer fremden Spezies zu kritisieren, doch Orbefs Anmerkungen hatten sie schlichtweg geärgert.

Ren Dhark mochte es, wenn Amy »auf dem Kriegspfad« war. Mit einer Frau an seiner Seite, die sich alles gefallen ließ und niemals aufmuckte, hätte er nichts anfangen können. Er war eine starke Persönlichkeit und brauchte eine entsprechende Partnerin.

»Wieso setzt ihr bei der Pflanzensuche und -auswahl eigentlich keine Roboter ein?« erkundigte er sich bei Iritik und seinen Beratern. »Wenn man die Maschinen richtig programmiert, ist eine Fehlerquote nahezu ausgeschlossen.«

»Roboter?« wiederholte Iritik irritiert, nachdem er die Übersetzung dieses Wortes empfangen hatte. »Ihr meint Vielzweckmaschinen, die selbsttätig sämtliche schwierigen oder unbeliebten Arbeiten erledigen? Wollen Sie uns verspotten? Jeder weiß doch, daß es so etwas nicht gibt. Sie sind nichts als ein unerfüllbarer Wunschtraum. Wir sind während unserer Weltraumodyssee jedenfalls auf kein Volk gestoßen, daß in der Lage war, solche Roboter zu bauen.«

»Auf unserem Planeten und auf unseren Schiffen gibt es Hunderttausende davon«, entgegnete Ren Dhark.

Jetzt wirkte Iritik erst recht niedergeschlagen. »Ich habe immer fest daran geglaubt, wir seien mit einer überdurchschnittlichen Intelligenz gesegnet. Unsere Raumschiffe hielten wir für unangreifbar, und wir waren überzeugt, daß es im Universum nichts gab, was der zerstörerischen Kraft unserer hochmodernen Waffen standhielt. Wir haben eine Menge erreicht und dachten, niemand könne uns jemals überflügeln. Auf unserer Irrfahrt durchs All lernten wir manche unbekannte Zivilisation kennen, doch wir standen stets höher…

Und nun, bei der Rückkehr zu unserem angestammten Planeten, stoßen wir plötzlich mit einem Fremdvolk zusammen, dessen Technologie wir nichts entgegensetzen können. Über unsere Laserstrahlen haben die Fremden wahrscheinlich nur gelacht. Und als ob das nicht Demütigung genug wäre, werden wir von einem zweiten Volk gerettet, das noch eine Stufe höherentwikkelt ist – und das sogar Roboter bauen kann. Diese beiden Begegnungen haben mein Weltbild kräftig und nachhaltig erschüttert, weshalb ich vorerst keinen näheren Kontakt mit Ihnen wünsche. Respektieren Sie das bitte.«

»Das tue ich«, erwiderte Dhark und erhob sich von seinem Sitzplatz. »Vielleicht treffen wir uns ja irgendwann einmal wieder, und Sie haben es sich bis dahin anders überlegt.«

Was jetzt passierte, kam für alle Anwesenden völlig überraschend.

Varnif, der sich genau wie Tschobe kaum an der Unterredung beteiligt hatte, sprang plötzlich auf. Sein Blick wanderte unruhig hin und her. Für einen Augenblick sah es so aus, als ob er sich auf die drei Besucher stürzen wollte – nicht im Zorn, sondern mit einem seltsamen Ausdruck der Verzückung...

»Nicht, laß das sein!« schrie Iritik ihn an und griff unter seine Uniformjacke.

Sekunden später knickten Varnifs dünne Beine ein, und er ging lautlos zu Boden. In seiner Brust steckten zwei kurze Pfeile, die an einem Doppelkabel hingen.

Iritik hatte mit einem Elektroschocker auf ihn geschossen und ihn betäubt.

Der Staatschef rang um Fassung. »Entschuldigen Sie bitte, aber die heutigen Erlebnisse waren offenbar zuviel für ihn. Varnif leidet schon seit längerer Zeit unter einer Art Raumkoller. Hätte ich geahnt, daß seine Krankheit ausgerechnet heute zum Ausbruch kommt, hätte ich ihn auf die medizinische Station bringen lassen. Sie werden verstehen, daß ich unser Zusammentreffen jetzt endgültig als beendet betrachte. Meine Männer werden Sie zurück zum Hangar bringen.«

Orbef rief zwei Sanitäter, die den Bewußtlosen aus dem Raum brachten. Ren, Amy und Manu wurden regelrecht hinausgeworfen, so überstürzt, daß ihnen kaum Zeit blieb, sich von Iritik zu verabschieden. Immerhin schaffte es Dhark noch, sein Geschenk an sich zu nehmen, das er zwischendrin auf einem Tisch abgelegt hatte.

*

»Von wegen Raumkoller«, brummelte Manu Tschobe auf dem Weg zum Hangar der Flaggschiffrakete. »Der Bursche war kerngesund.«

»Sind Sie etwa für seine merkwürdige Gefühlsaufwallung verantwortlich?« fragte ihn Amy Stewart.

Der Afrikaner schüttelte den Kopf. »Nicht daß ich wüßte. Ich habe lediglich versucht, mich in sein Innerstes vorzutasten, um herauszufinden, ob ich ihn eventuell beeinflussen kann. Dabei erspürte ich tief in ihm eine starke Anspannung – und Sekunden später brach es aus ihm heraus.«

»Was brach aus ihm heraus?« hakte Ren Dhark nach.

Manu hob die Schultern. »Keine Ahnung. Ich verfüge nur über eine leichte hypnotische Gabe, nicht über hellseherische Fähigkeiten. Mir kam sein Verhalten jedenfalls nicht wie ein Koller vor, sondern mehr wie ein unkontrollierter Freudentaumel.«

Ihre Translatoren hatten die drei deaktiviert. Die Zinisch, die sie zum Hangar begleiteten, hatten kein Übersetzungsgerät bei sich. Man war also »unter sich«.

»Du bist dir hoffentlich darüber im klaren, daß du dich vorhin nicht wie ein Profi verhalten hast«, sagte Ren zu Amy. »Ich verstehe ja, daß es dich wütend macht, aufgrund deines Geschlechts herablassend behandelt zu werden, doch gerade als Cyborg solltest du über solchen Dingen stehen. Du weißt genau, daß dir dieser aufgeblasene Typ nicht das Wasser reichen kann.«

»Das ist es ja«, entgegnete Amy Stewart. »Ich hätte nur die Hand auszustrecken brauchen, um dieses dürre Schlottergestell zu erwürgen… Natürlich hast du recht, ich durfte mich nicht so gehenlassen. Ich werde versuchen, mich zu bessern. Aber manchmal bin ich halt einfach so, wie ich bin.«

Und genau dafür liebe ich dich, antwortete Dhark ihr in Gedanken.

Manu mußte ja nicht unbedingt ihr Liebesgeplänkel mit anhören. Amy schaute zu Ren und verstand ihn auch ohne Worte.

»Sollte eines fernen Tages jemand die Geschichte der Bats niederschreiben, schlage ich als Überschrift vor: ›Wir waren die

Größten – bis jemand kam, der größer war‹«, bemerkte Tschobe. »Mir ist selten ein derart krasser Fall von Selbstüberschätzung untergekommen. Dabei sehen die Bats gar nicht wie Dummköpfe aus, einige von ihnen wirken richtig abgeklärt und weise. Na ja, so kann man sich täuschen. Wahrscheinlich hängen ihre Wissenschaftler lieber unter der Zimmerdecke statt zu forschen.«

»Die Zinisch sehen nur äußerlich aus wie Fledermäuse oder Vampire – es sind aber keine«, erwiderte Dhark mit amüsiertem Kopfschütteln. »Was unterstellen Sie ihnen als nächstes? Daß sie anderen Lebewesen in den Hals beißen und ihnen das Blut aussaugen.«

»Wäre doch möglich«, meinte Amy, die den Hangar als erste betrat. »So wie Varnif uns angestiert hat…«

Sie hielt inne und deutete auf Pjetr Wonzeff, der mit kreidebleichem Gesicht an der Luke eines Flash lehnte. Offensichtlich konnte er kaum noch stehen. Mit der linken Hand bedeckte er seinen Hals, so als ob er dahinter eine Wunde verbergen wollte…

3.

Manu Tschobe untersuchte Pjetr Wonzeff an Ort und Stelle. Der Flashpilot berichtete ihm, daß er plötzlich keine Luft mehr bekommen hatte. Instinktiv hatte er nach seinem Hals gefaßt.

»Mir wurde schwindlig, mein Kreislauf spielte total verrückt, das Herz schien auszusetzen. Für einen Augenblick dachte ich, es sei vorbei mit mir.«

»Könnte ein leichter Herzanfall gewesen sein«, überlegte der afrikanische Mediziner. »Ich werde Sie auf jeden Fall in der Medostation der POINT OF untersuchen. Den Flash fliege ich zurück zum Schiff, per Gedankensteuerung.«

*

Neugier war Dharks größter Fehler – aber auch seine größte Stärke. Hätte er nicht so manches Mal dem Drang, den Dingen auf den Grund zu gehen, nachgegeben, hätte er einige seiner Abenteuer erst gar nicht erlebt – und vieles, das der Menschheit heute von Nutzen war, wäre überhaupt nie entdeckt worden.

Der Commander befahl den ungetarnten Abflug und entfernte sich mit der POINT OF von der Flotte der Bats, die das Manöver mit Sicherheit beobachteten.

Hinter der nächsten Sonne schaltete er allerdings den vollen Tarnschutz wieder ein – und kehrte unbemerkt zur Flotte zurück.

Die Zinisch kümmerten sich um die Besatzungen der drei beschädigten Raketenschiffe. Sie evakuierten ihre Männer und ließen sie auf andere Kampfraumer umsteigen.

Ren Dhark schaute ihnen an der Bildkugel in der Kommandozentrale dabei zu.

Er nutzte die Wartezeit, um die Offiziere und die Mannschaft ausführlich über das Erlebte und die Eigenheiten der Zinisch/Bats zu informieren.

Was dann geschah, konnte man an Bord der POINT OF kaum fassen. Die drei angeschossenen Schiffe wurden ohne viel Federlesens gesprengt. Dreimal leuchtete im Weltall lautlos ein Feuerball auf – dann war von den beschädigten Raumern nichts mehr zu sehen.

»Das nenne ich konsequent«, bemerkte Dan Riker. »Mit Reparaturversuchen halten sich die Bats nicht lange auf.«

»Vielleicht ließen sich die Raketen nicht mehr reparieren«, meinte Hen Falluta.

»Zumindest hätte man einige Ersatzteile ausbauen können«, erwiderte Riker.

»Wahrscheinlich haben sie es eilig«, entgegnete Dhark. »Was auch immer sie mit uns vorhatten, es scheint danebengegangen zu sein. Nun müssen sie befürchten, daß wir ihnen noch nachträglich auf die Schliche kommen und zurückkehren. Eine Rückkehr der Nomaden ist ebenfalls nicht auszuschließen.«

»Was auch immer sie mit uns vorhatten…?« wiederholte Amy Stewart. »Wie meinst du das?«

»Das kann ich nicht genau sagen«, antwortete ihr Lebensgefährte. »Gleich beim Erstkontakt beschlich mich ein ungutes Gefühl – weshalb ich sie nicht zu uns an Bord holen wollte. Während unseres Aufenthalts auf der ZALDAPT wurde dieses Gefühl noch stärker. Die ganze Zeit über kam ich mir vor wie der biblische Daniel in der Löwengrube: umgeben von unberechenbaren Bestien, die jeden Moment zuschnappen können. Vielleicht hat Tschobe mit seiner Vampirtheorie nicht ganz unrecht.«

»Die hat er doch nicht ernst gemeint«, sagte Amy. »Blutsaugende Aliens, die wie Fledermäuse aussehen – das hört sich ja an, als wäre es einem Horrorroman entsprungen. In einem Punkt gebe ich dir allerdings recht: Die Bats waren nicht ehrlich, sie haben irgend etwas vor uns verborgen. Eventuell hängt das mit der Unvergänglichen zusammen, über die sie uns nichts Näheres erzählen wollten.«

Dhark erinnerte sich an das Hundertmeter-Würfelschiff, das beim Angriff der Nomaden von mehreren Raketen besonders geschützt worden war.

War dies möglicherweise das Schiff der Unvergänglichen? Und was hatte es mit ihr auf sich?

Seine Neugier beziehungsweise seine Wißbegierde steigerte sich immer mehr…

Was das exakte Alter der Bats betraf, war Ren Dhark nicht mehr ausschließlich auf Spekulationen angewiesen. Anhand von Iritiks Zahlenangaben konnte er sich inzwischen ein ungefähres Bild machen. Den genauen Wert einer zieenischen Zeiteinheit kannte er bisher zwar noch nicht, aber auf dem Labordeck arbeitete man bereits daran…

Ich liebe Geschenke! dachte der Commander.

*

Die Flotte der Bats nahm jetzt wieder ordentlich Fahrt auf und ging in einen koordinierten »Time«-Effekt-Sprung. Der Wiederaustrittspunkt war nicht anmeßbar – wohl aber die Masse der Riesenflotte.

»Hinterher?« fragte der Erste Offizier.

»Hinterher!« antwortete Ren Dhark.

Eineinhalb Lichtjahre legte die Flotte zurück und brauchte dann erst einmal eine Pause, um die Kondensatoren wieder aufzuladen. Unter Tarnschutz flog die POINT OF erneut an sie heran.

Inzwischen hatte der Checkmaster den Kurs von den beiden Sprungpunkten der Flotte extrapoliert: Wenn sie in dieselbe Richtung weiterflog, würde sie mitten hinein in den Perseusarm gelangen, an eine Stelle, an der die Sterne besonders dicht standen.

»Fernerkundung fortsetzen«, befahl Dhark dem Bordcomputer.

»Warum genau verfolgen wir die Flotte eigentlich?« wollte Riker wissen. »Hat man dir nicht eindeutig zu verstehen gegeben, daß weitere Kontakte zwischen uns ›Terranermenschen‹

und den Zinisch unerwünscht sind? Und daß die Lage ihres Heimatsystems streng geheim ist?«

»Könnte es sein, daß es dir die Unnahbare so sehr angetan hat, daß du sie unbedingt kennenlernen mußt?« setzte Amy Stewart gleich eine Frage hinterher. »Habe ich etwa Grund zur Eifersucht?«

»Mich interessiert gar nicht, wo und wie die Bats leben, und die geheimnisvolle Göttin im Hintergrund – sie nennen sie übrigens Unvergängliche, Amy, nicht Unnahbare – ist mir ebenfalls völlig egal«, behauptete der Commander. »Ich passe lediglich auf die Flotte auf, für den Fall, daß die Nomaden wiederkommen.«

Wer's glaubt, dachte Dan.

Aus der Medostation kam eine gute Nachricht herein: Wonzeff war kerngesund. Für seinen Schwächeanfall gab es keine körperliche Ursache.

Allerdings hatten Manu Tschobe und sein Team nicht herausfinden können, was den plötzlichen Anfall verursacht hatte. Sämtliche Vitalwerte des Flashpiloten waren völlig überraschend »in den Keller« gegangen und bislang noch nicht vollständig wieder nach oben gekommen – sprich: Wonzeff erholte sich nur langsam und mußte mindestens noch zwei Wochen auf der Station bleiben.

»Habe ich das jetzt richtig verstanden?« fragte Dhark den erfahrenen Mediziner. »Ihm fehlt nichts, er ist aber trotzdem krank?«

»Für einen Laien hätten Sie es nicht besser ausdrücken können, Commander«, erwiderte Tschobe am Vipho. »Keine Angst, er wird schon wieder. In vierzehn Tagen jagt er wieder im Flash durchs All, als wäre nichts gewesen. Mich hingegen wird dieser seltsame Vorfall wohl noch eine Zeitlang beschäftigen. Ich lasse Dinge, für die es keine logische Erklärung gibt, nur äußerst ungern auf sich beruhen.«

»Das haben wir offenbar gemeinsam«, entgegnete Ren Dhark und beendete das Gespräch.

Wenig später erhielt er einen Anruf des Biochemikers Leon Laudan. Gemeinsam mit dem Metallurgen Achmed Tofir, dem die Entdeckung des Tofirits zu verdanken war, hatte er in Dharks Auftrag eine Laboranalyse durchgeführt.

»Es fiel uns nicht ganz leicht, das Alter der fremden Materialien zu bestimmen«, gab er offen zu. »Bei der Glasherstellung beispielsweise scheinen die Bats ein gänzlich anderes Verfahren anzuwenden als wir Menschen. Achmed und ich analysierten sogar den Klebstoff, mit dem das metallene Raumschiff zusammengefügt worden war, um zu einem brauchbaren Endergebnis zu kommen.«

»Machen Sie es bitte nicht so spannend«, forderte Dhark ihn auf. »Wie alt ist das Würfelschiffchen in der Glaskugel?«

Nachdem Laudan ihm geantwortet hatte, bedankte er sich bei ihm, ließ Tofir grüßen und brach die Verbindung ab.

Jetzt wußte er, wie alt Iritik wirklich war – umgerechnet in Erdenjahre.

*

»Als Iritik das ›Buddelraumschiff‹ bastelte, betrug sein Alter zehn zieenische Zeiteinheiten«, sagte Dhark seinem Freund Dan. »Heute ist er einhundertsiebzig ZZE älter, also einhundertachtzig. Laudan und Tofir sind sich einig, daß das Alter der Glaskugel mitsamt Inhalt bei vierzehn Erdenjahren liegt, mit einer leichten Tendenz nach oben. Demzufolge ist Iritik ungefähr fünfzehn terranische Jahre alt. Die Lebenserwartung eines Zinisch liegt seinen Angaben zufolge bei dreihundert ZZE. Fazit: In seinem Volk wird niemand älter als fünfundzwanzig Jahre irdischer Zeitrechnung.«

»Eine zieenische Zeiteinheit beträgt demnach circa einen Monat«, rechnete Dan Riker blitzschnell nach. »Iritik sagte, sein Volk habe Zieen vor dreihundertsechzig ZZE verlassen – vor dreißig Jahren also, etwa um 2030 herum.« Er räusperte sich. »Wer hätte gedacht, daß sich der Staatschef der Zinisch als pubertärer Jugendlicher entpuppt?«

Beide Männer hielten sich in Rikers Quartier auf, wo sie sich bei einem Glas alkoholfreien Wein ein wenig zu entspannen versuchten.

»So darfst du das nicht sehen«, erwiderte der Commander. »Als Angehöriger eines Volkes, dessen grundsätzliche Lebenserwartung fünfundzwanzig Jahre beträgt, ist er mit fünfzehn kein unreifer Jüngling mehr, sondern ein erwachsener Mann, fast schon überreif.«

»Ich weiß, ich habe nur Spaß gemacht«, entgegnete Riker. »Das ist vermutlich ähnlich wie mit der Eintagsfliege, welche ihre Kindheit, die Pubertät, das Erwachsensein und den Altersruhestand innerhalb von vierundzwanzig Stunden absolviert – und mit jeder Minute, die vergeht, ein Stückchen klüger wird.«

»Klingt für mich eher nach einer Fabel als nach einer wissenschaftlichen Erkenntnis«, meinte Ren grinsend. »Oder hast du schon mal eine gealterte Eintagsfliege mit Doktorhut gesehen?«

Viel Zeit für Späße und Erholung blieb den beiden Männern nicht. Ren Dhark wurde dringend in die Zentrale gerufen. Etwas Unglaubliches war geschehen...

Mit einem leisen Seufzer machte sich der Commander auf den Weg.

Riker nippte noch mal an seinem Glas und folgte ihm.

Die Gläser der beiden Männer waren noch fast voll, und aus der Flasche fehlte kaum etwas.

Nicht, daß die Freunde einen guten Schluck nicht zu schätzen wußten – aber alkoholfreier Wein schmeckte wie überfahrene Katze.

*

In Flugrichtung der Bats, in etwa fünfundsiebzig Lichtjahren Entfernung, hatte der Checkmaster bei der Fernerkundung eine dichte Sternenballung ausgemacht.

Das an sich war noch nichts Unglaubliches.

So etwas zählte zu den Minimalleistungen des Bordcomputers und wurde von der Besatzung als selbstverständlich hingenommen.

Das Aufspüren eines Systems mit drei Sonnen inmitten der Sternenballung konnte man zwar als ungewöhnlich bezeichnen, doch letztlich war man ja ins All aufgebrochen, um das Wissen der Menschheit mit neuen Erkenntnissen zu erweitern. Derlei Entdeckungen gehörten quasi zum Alltag von Forschungsteams.

Das, was in der Kommandozentrale wirklich für Unruhe sorgte, war das Verhalten des Checkmasters – besser gesagt: das Versagen des Checkmasters, der sich außerstande sah, die ermittelten Daten einzuordnen und zu analysieren.

»Unmöglich!« meinte Dhark, nachdem man ihm auf der Kommandobrücke Meldung gemacht hatte. »Der Checkmaster versagt nie! Jede Wette, er weiß genau, was es mit jenem Dreisonnensystem auf sich hat, aber er behält seine Erkenntnisse für sich.«

»Das würde er uns nicht antun«, entgegnete sein Stellvertreter Dan. »Es sei denn... bisher hatte er für seine Eigenmächtigkeiten jedesmal einen logischen Grund – und der hing meistens mit den Worgun zusammen.«

Worgun! Wie ein Blitz durchzuckte dieser Name Dharks Gehirn.

Hatten sie auch im Perseusarm ihre Spuren hinterlassen? Worgunfunde waren allemal für eine Überraschung gut.

»Das schreit doch danach, untersucht zu werden, Ren«, meinte Amy. »Sollte es dort wirklich eine Hinterlassenschaft der Worgun geben, die fähig ist, über fünfundsiebzig Lichtjahre hinweg den Checkmaster zu beeinflussen, müssen wir unbedingt dahin! Andererseits könnte ich es schon verstehen, wenn du unbedingt in nächster Nähe der schönen Unbekannten bleiben möchtest...«

Damit spielte sie auf die Unvergängliche an, die sich aller Wahrscheinlichkeit nach in dem kleinen Würfel aufhielt, der die Flotte unter ständigem Geleitschutz begleitete. Bisher wußte man auf der POINT OF nur, daß auf jenem Schiff verhältnismäßig wenige Personen mitflogen, mehr hatte die Bioabtastung nicht ergeben.

»Ja, es stimmt, ich interessiere mich für die Unvergängliche«, räumte Ren Dhark offen ein. »Es muß irgend etwas Besonderes an ihr sein, andernfalls würden die Zinisch sie nicht wie eine Göttin verehren. Sie halten sie für unsterblich, doch vielleicht hat sie ja nur ein Mittel entdeckt, das sie langsamer altern läßt.

Stell dir vor, wir würden mit solch einem Mittel zur Erde zurückkehren…«

»Also bleiben wir hier?« fragte Dan ungläubig.

»Das habe ich nicht gesagt«, antwortete sein Freund. »Selbstverständlich nehmen wir Kurs auf die drei Sonnen. Vielleicht wird unser Bordcomputer ja gesprächiger, wenn wir dort ankommen.«

»Und die Flotte der Bats lassen wir ihrer Wege ziehen?« erkundigte sich Amy Stewart. »Was ist, wenn sie gar nicht zu dem Dreisonnensystem wollen und unterwegs die Richtung wechseln?«

Statt einer Antwort gab Dhark Befehl, eine vollautomatische getarnte Drohne auszuschleusen, die den weiteren Flug der Bats begleiten und bei ungewöhnlichen Vorkommnissen sofort Alarm auslösen würde.

Anschließend bereitete sich die POINT OF auf den Flug in das geheimnisvolle System der drei Sonnen vor. Eine einzige Transition genügte dafür…

*

Der äußere Durchmesser des wohl berühmtesten ringförmigen Raumschiffs der Erde betrug einhundertachtzig, der innere Durchmesser einhundertzehn Meter. Die Ringstärke lag bei fünfunddreißig Metern. Ihren Namen hatte die POINT OF dem derzeit erkrankten Ukrainer Pjetr Wonzeff zu verdanken, der bei der Schiffstaufe einen Begriff aus einem alten Englisch-Deutschen-Wörterbuch verwendete: POINT OF INTERROGATION – FRAGEZEICHEN.

Bis heute war dieses Schiff ein Fragezeichen geblieben. Obwohl man bereits das eine oder andere Rätsel gelöst hatte – beispielsweise wußte man inzwischen, womit und auf welche Weise das Schiff mit frischer Energie zu betanken war –, sorgte noch so manche Neuentdeckung für Verblüffung und Verwirrung. Jeden anderen Ringraumer konnte man bis ins kleinste Detail analysieren – die POINT OF aber legte sich nicht »auf die Couch«. Der Checkmaster war der wohl schlechteste »Patient«

der Welt, weil er jede Kooperation mit seinen vielen »Psychiatern« strikt ablehnte.

Gegen nachträgliche Einbauten wehrte sich der Bordcomputer zumindest nicht (solange er sie selbst als sinnvoll erachtete). Obwohl der Raumer die meiste Zeit über von einem zweifachen Intervallfeld umgeben war, das ein Zwischenkontinuum bildete und somit in seinem Inneren eine eigene kleine Welt erzeugte, hatte der Checkmaster im März 2059 die Generatoren für den Kompaktfeldschirm ohne Gegenmaßnahmen »an Bord gelassen«.

Der energetisch dicht gestaffelte Schutzschirm konnte es mit der Abwehrleistung des Intervallfelds durchaus aufnehmen – wobei die Strahlen der Angreifer nicht durchs Feld hindurchgingen, sondern an einer undurchdringlichen, unsichtbaren Wand abprallten.

Gegen zusätzliche Waffen, wie beispielsweise die Wuchtkanonen, wehrte sich die POINT OF ebenfalls nicht, allerdings verfügte sie über derart viele Abwehr- und Angriffsmöglichkeiten, daß eine regelmäßige Aufrüstung im Grunde genommen gar nicht mehr nötig war.

Hinzu kamen erhebliche Platzprobleme. Nicht jede neuentdeckte Waffe war für den Einbau geeignet.

Ringraumer gab es inzwischen viele – doch die POINT OF war eine Sonderanfertigung. Darüber war sich jeder im klaren, der auf ihr mitflog, vom obersten Kommandeur bis zum unscheinbarsten Mannschaftsmitglied. Und alle an Bord fühlten sich ein bißchen geehrt.

Auch Ren Dhark war sich bewußt, daß es das Schicksal gut mit ihm gemeint hatte – es hätte ihn genausogut verrecken lassen können, damals auf Hope, als er noch nichts von der größten Entdeckung der Menschheit wußte. Ohne die POINT OF und ihre gewaltige Macht würde die Erde mittlerweile nicht mehr existieren...

Ren fragte sich, ob vielleicht auch das kleine Würfelraumschiff über unbekannte, mächtige Fähigkeiten verfügte.

»Vielleicht schützt man es deshalb wie ein rohes Ei«, sagte er in der Zentrale zu Artus, der die bevorstehende Transition ins

Dreisonnensystem überwachte. »Das wichtigste Schiff der Flotte muß schließlich vor Beschädigungen bewahrt werden.«

»Und warum hat der Kommandant des ›wichtigen Schiffs‹ dann nicht in den Kampf gegen die Nomaden eingegriffen?« erwiderte der Roboter. »Du hättest es ohne Wenn und Aber getan, Dhark, wäre dein Volk in Gefahr gewesen. Logische Schlußfolgerung: Die Göttliche, die Unvergleichliche, die Unsterbliche oder wie sie sich auch großspurig nennen mag, verfügt über keine besonderen Kräfte – und ihr Schiff schon gar nicht.«

Artus konnte problemlos verschiedene Aufgaben an Bord bewältigen, ohne dabei einen Fehler zu machen.

Und so ganz nebenbei schaffte er es noch, Plaudereien und intelligente Unterhaltungen zu führen sowie Schlußfolgerungen zu ziehen.

Dhark wußte, daß Artus recht hatte. Artus hatte fast immer recht, und das schlimme war, daß Artus dies auch wußte.

»Auch auf die Gefahr hin, daß ich Blödsinn rede: Wir können nicht gänzlich ausschließen, daß die Unvergängliche über spezielle Fähigkeiten verfügt«, sagte Dhark mit der ihm angeborenen Hartnäckigkeit. »Mal angenommen – wirklich nur rein theoretisch! – ihr Schiff wäre eine Hyperkampfmaschine. Kannst du dir die dummen Gesichter der Nomaden vorstellen, wenn sie sich mit geballter Feuerkraft bis zu dem kleinen Würfel vorkämpfen, nur um dann dem sicheren Tod ins Auge zu schauen?«

»Deine Ausführungen sind weiterhin unlogisch, Dhark«, meinte Artus. »Um sich bis zu dem kleineren Würfel durchzukämpfen, hätte die KRIEGSBRAUT zahlreiche große Würfelschiffe und Raketenkampfraumer vernichten müssen. Warum hätte die Unvergängliche das zulassen sollen angesichts ihrer fiktiven Allmacht?«

Dhark seufzte. Gegen Artus kam er einfach nicht an.

»Das ganze ist ja nur ein Phantasiespiel«, erwiderte er schließlich. »Stell dir vor, die Nomaden gehen siegesgewiß auf die zweitausend Schiffe los – und plötzlich und unerwartet teilt sich die Flotte, so wie in der Bibel das Rote Meer. Fast sämtliche Flottenschiffe, die großen Würfel und die Raketen, fliegen zu zwei Seiten weg. Die KRIEGSBRAUT und der kleine Würfel stehen sich jetzt direkt gegenüber, gewissermaßen Auge in Auge. Pakk Raff kapiert zunächst rein gar nichts – bis die leistungsstarken Waffen des gegnerischen, so harmlos wirkenden Schiffs seinen Kampfraumer in alle Einzelteile zerlegen.«

»Klingt in der Tat nach einer raffinierten Kampfstrategie«, gab Artus zu. »Raffiniert, aber unrealistisch. Mal ehrlich, Dhark, ich kann mir nicht vorstellen, daß dir dein Phantasiespiel zukünftig von praktischem Nutzen sein könnte.«

Obwohl Dhark über die bevorstehende Transition Bescheid wußte, kam sie dennoch völlig überraschend für ihn, so sehr war er mit seinen obskuren Gedankengängen beschäftigt.

In den Bildkugeln der POINT OF verschwamm das Weltall. Das Schiff drang in ein übergeordnetes Kontinuum ein: in den Hyperraum. Zu diesem Zweck mußte das Intervall jedesmal abgeschaltet werden.

Unangenehme Nebenwirkungen gab es normalerweise keine. Schlimmstenfalls wurde der klare Blick in die Bildkugel durch optische Täuschungen getrübt.

Die unendlichen Weiten des Universums zu bereisen war eine faszinierende Angelegenheit, aber man durfte nicht alles für real halten, was man zu sehen glaubte.

Hinter bunten Nebeln und fernen Lichtern verbarg sich so manches seltsame Geheimnis, und wer es lösen wollte, mußte auf alles gefaßt sein…

Diesmal spielte das All Dharks Sinnen einen verrückten Streich. Zeitweise war in der Bildkugel nichts weiter zu sehen als ein tiefes Schwarz. Dann schälte sich allmählich ein Licht aus der Schwärze und formte sich zu einer Sonne. Die Sonne stand nicht still. Sie drehte sich vor einem Planeten, der sich wiederum langsam um sich selbst drehte.

Die Halluzination wurde immer abenteuerlicher: Eine zweite und eine dritte Sonne tauchten in der Kugel auf. Sie drehten sich um einen gemeinsamen Schwerpunkt, rotierten vor dem Planeten, der in der Ebene ihrer Drehbewegung stand, aber außen vor diesem Sternenkreisel. Sein Abstand zu den drei Sonnen, die vor ihm tanzten, war genau so, daß erdähnliche Umweltbedingungen auf ihm herrschten So etwas war eine astrophysikalische Unmöglichkeit. Dhark lächelte versonnen. Wann hatte er zuletzt ein derart phantastisches Trugbild gesehen...?

Sternenkreisel! ging es ihm durch den Kopf – eine treffendere Bezeichnung für diese Sinnestäuschung gab es nicht.

Rens Lächeln erstarb, als er begriff, daß die POINT OF den Hyperraum bereits verlassen hatte. Sie tauchte ohne meßbaren Zeitverlust am vorab berechneten Zielpunkt auf, mitten in der Sternenballung.

Das, was der Commander für pure Einbildung gehalten hatte – war echt.

4.

Drei identische Sonnen vom Typ F, etwas heißer als Sol, kreisten um einen gemeinsamen Schwerpunkt. Sie waren in einem perfekten Dreieck angeordnet, und ihr Tempo war relativ hoch.

»Zu hoch«, befand Astrophysiker Wren Craig aus der astronomischen Abteilung der POINT OF. »Die Sonnen kreisen viel zu schnell um den Schwerpunkt und müßten eigentlich nach außen wegfliegen. Aber eine bislang unbekannte Kraft zwingt sie auf diese enge Bahn. – Das war die einfache Erläuterung für Laien. Möchten Sie auch die komplizierte, aber exakte Version hören, Commander, mit allen wissenschaftlichen Fachausdrükken?«

»Verzichte«, erwiderte Ren Dhark, der den achtunddreißigjährigen Astrophysiker in die Zentrale hatte kommen lassen. »Wenn ich das recht verstehe, ist der Schwerpunkt, um den die Sonnen kreisen, der ungefähr erdengroße Planet in der Lebenszone?«

»Nein«, antwortete Craig. »Dieser Planet steht in Bezug auf den Sternenkreisel, den die drei Sonnen bilden, still im All. Unseren Berechnungen nach wird die unbekannte Kraft, die die Sonnen in der Bahn hält, zwar vom Planeten abgestrahlt, aber es ist nicht der Planet selbst, der sie aussendet. Fangen Sie mit dieser Information an, was sie wollen. Bislang haben wir nur eine wirklich sichere Erkenntnis gewinnen können: Der Planet dreht sich nicht um eine der Sonnen, sondern steht an einem festen Punkt im All. Er hat eine Eigenrotation, so daß es auf ihm Tag und Nacht gibt. Theoretisch müßte er von den Sonnen angezogen werden und hineinstürzen. Praktisch auch. Doch darum kümmert sich der Planet nicht im geringsten. Dieses System stellt die gewohnten physikalischen Gesetze total auf den Kopf.«

»Konnten Sie etwas Ungewöhnliches an den Sonnen entdekken?«

»Nichts – abgesehen natürlich von ihrer unmöglichen Anordnung. Darf ich mitkommen, wenn Sie den Planeten erkunden?«

»Wie kommen Sie darauf, daß ich beabsichtige, einen Erkundungstrupp loszuschicken?« fragte Ren Dhark verwundert.

»Wie lange kennen wir uns schon, Commander?« stellte Wren Craig augenzwinkernd die Gegenfrage.

*

Ren Dhark flog den Planeten an und ließ ihn rundum mit Suchstrahlen abtasten. Nur so konnte er sichergehen, daß der Erkundungstrupp vor unliebsamen Überraschungen verschont bleiben würde.

Das Ergebnis der Abtastung sorgte erneut für Verblüffung auf der POINT OF. Nirgendwo waren Energiequellen zu orten. Und es gab auf dem Planeten kein einziges tierisches Lebewesen...

»... nicht einmal Insekten«, berichtete der Ortungsoffizier. »Dafür aber Gewächse in üppiger Menge. So ziemlich der gesamte Planet ist von Pflanzen aller Art überwuchert. Auch die großen Städte, die aus dem Dickicht herausragen, sind teilweise zugewachsen.«

»Kein Wunder, schließlich gibt es dort unten nichts, das den unkontrollierten Pflanzenwuchs ausbremst«, meinte Dan Riker. »Keine Läuse, keine Raupen, keine Käfer, keine pflanzenfressenden Vierbeiner...«

»Sobald die Bats hier eintreffen, dürfte sich das ändern«, entgegnete Ren Dhark, der überzeugt war, daß es sich bei diesem seltsamen Planeten um die Heimatwelt der Zinisch handelte. »Ist schon irgendwie praktisch, wenn man sich überwiegend von Pflanzen ernährt. Dann hat man den Freßkorb quasi vor der Haustür stehen – und so ganz nebenbei säubert man noch die Straßen von Unkraut.«

»Nicht alle Pflanzen sind für die Bats eßbar«, erinnerte ihn

Amy an die zurückliegende Unterredung mit Iritik. »Du hast doch gehört, daß die Batmänner zu dusselig sind, sich mit frischer Nahrung zu versorgen, weil sie giftige und genießbare Gewächse kaum voneinander unterscheiden können. Eventuell müssen ihre Frauen bestimmte Pflanzenarten erst einmal entsprechend zubereiten, bevor sie auf den Tisch kommen – so wie die irdische Brennessel, die man zwar nicht anfassen darf, die aber einen ausgezeichneten Salat abgibt, wenn man die Blätter richtig behandelt. In erster Linie muß man sie natürlich von allerlei Ungeziefer befreien, was bei den Bats offensichtlich nicht nötig ist.«

»Mir ist es ganz recht, daß es auf Batworld keine Insekten und andere Mistviecher gibt«, warf Leutnant Hornig ein. »Normalerweise müssen wir uns bei Erkundungsgängen jedesmal höllisch vorsehen, um nicht gestochen zu werden oder auf irgendein skorpionähnliches Getier zu treten. Insbesondere auf Dschungelplaneten ist ohne Raumanzug meistens kein Durchkommen, und selbst die schützen einen nicht davor, von monströsen Raubtieren angegriffen, zerfetzt und aufgefressen zu werden. Da unten haben wir dieses Problem glücklicherweise nicht.« Er räusperte sich. »Es sei denn, wir stoßen auf fleischfressende Pflanzen.«

Leutnant Hornig (kannte überhaupt jemand an Bord seinen Vornamen?) konnte sowohl auf der POINT OF als auch im Außeneinsatz vielseitig eingesetzt werden. Ob in der Zentrale, im Maschinenraum oder auf fremden Planeten – Hornig gab immer sein Bestes. Und so ganz nebenbei hatte er soeben den Namen für den Planeten der Bats erdacht: Batworld.

Heute sollte Leutnant Hornig, der von seinen Hippie-Eltern einst auf den »schönen« Namen »Lap« (für »love and peace«) getauft worden war und diese Tatsache lieber für sich behielt, sein Talent als Führungskraft unter Beweis stellen und für begrenzte Zeit probehalber das Kommando in der Zentrale übernehmen – unter Aufsicht des Ersten Offiziers Hen Falluta, der sich nur im Notfall einmischen durfte, aber jederzeit berechtigt war, Hornig das Kommando wieder zu entziehen.

Dhark und Riker hatten sich spontan entschlossen, höchstpersönlich an der Erkundung des Planeten teilzunehmen. Falls es dort eine Worgun-Anlage gab, die den Verlauf der Sonnen beeinflußte, mußte sie gefunden und untersucht werden. Bisher hatte man allerdings keine Anzeichen für irgendwelche Hinterlassenschaften der Worgun entdeckt, und der Checkmaster sah sich weiterhin außerstande, nähere Auskünfte zu erteilen. Entweder wußte der eigenwillige Bordcomputer wirklich nichts, oder irgend etwas beziehungsweise irgendwer blockierte ihn.

Rikers Ehefrau Anja sollte unbedingt mit nach Batworld kommen, schließlich war sie die führende Expertin für Worgun-Mathematik und hatte eine Reihe von Abhandlungen darüber veröffentlicht. Noch gehörte sie nicht zur ständigen Besatzung der POINT OF, aber sie hatte es sich nicht nehmen lassen, ihren Mann auf dem ersten privaten Forschungsflug des Ringraumers zu begleiten, obwohl sie dafür einige Vortragstermine hatte absagen müssen.

Anja Riker war vierunddreißig Jahre alt, hatte blonde Haare, eine Stupsnase und eine aufregende Figur, die sie liebend gern in enge Pullis zwängte. Daß sie damit die Männer in ihrem näheren Umfeld verwirrte, war von ihr durchaus beabsichtigt.

Ren Dhark war noch mit der Zusammenstellung des Erkundungsteams beschäftigt, als Anja die Kommandozentrale betrat. Der Commander wollte sie gerade begrüßen, da brach die nächste Überraschung über die Besatzung der POINT OF herein: In der Funkzentrale ging ein Signal ein – in der Sprache der Worgun.

*

»Die INSTANZ hat eure Zugangsberechtigung geprüft und ist zu einem positiven Ergebnis gekommen«, lautete der eingehende Funkspruch. »Die INSTANZ kann euch Zugang zur Station gewähren, wenn dies angeordnet wird.«

»Es wird angeordnet«, antwortete der Checkmaster, ohne eine Aufforderung Ren Dharks abzuwarten. »Übersende uns die erforderlichen Daten.«

»Da schau her, unser Bordgehirn ist endlich aufgewacht«,

lästerte Arc Doorn, der ebenfalls an der Exkursion teilnehmen sollte.

Der stets etwas mürrisch dreinschauende, ziemlich maulfaule Sibirier besaß ein sehr präzises Einfühlungsvermögen in fremde Technologien, das fast schon unnatürlich war.

Mit seinen langen roten Haaren wirkte der große Mann wie ein Recke aus vergangenen Zeiten – eigentlich fehlte ihm nur noch ein Schwert.

»Bist du wieder voll einsatzfähig?« fragte Dhark den Checkmaster.

»Ja«, antwortete der Bordcomputer. »Während der Überprüfung durch die INSTANZ funktionierten einige meiner Sinne nur eingeschränkt, ohne daß ich es verhindern konnte. Jetzt bestimme ich wieder über mich selbst.«

»Die INSTANZ konnte dich über eine Entfernung von fünfundsiebzig Lichtjahren hinweg kontrollieren?« staunte Dhark. »Ist sie so mächtig?«

»Sie ist ein Gigantrechner, eine Kommandoeinheit der Worgun«, erklärte ihm der Checkmaster. »Ihre Fähigkeiten sind enorm, aber auch begrenzt. Außerhalb des Systems konnte sie noch keine Überprüfung vornehmen, die fand erst hier statt. Die INSTANZ mußte herausfinden, ob dem Schiff Zugang zu ihrer Station gewährt werden kann.«

»Aber auf diesem Planeten gibt es keine Station«, erwiderte der Commander.

»Ihr konntet die Station nicht anmessen, weil die INSTANZ es nicht wollte«, entgegnete der Hyperkalkulator. »Sie verfügt über verschiedene Möglichkeiten, die Station, die einhundert Kilometer unter der Erdoberfläche liegt, zu tarnen. Für das Dreisonnensystem gilt das gleiche: Wenn die INSTANZ nicht will, daß das System gefunden wird, dann findet man es auch nicht. Ausschließlich ich war in der Lage, es gegen den Willen der INSTANZ zu orten – man muß nur wissen, wie man die Bordtechnik dieses Schiffes am effizientesten einsetzt; in dieser Hinsicht weist ihr Terraner noch immer erhebliche Mängel auf. Leider war es selbst mir unmöglich, eine exakte Analyse des Dreisonnensystems aus der Ferne vorzunehmen.«

»Worauf warten wir noch?« fragte Arc Doorn ungeduldig. »Erkunden wir die Station nun oder nicht?«

Dhark nickte nur und wandte sich dann Leutnant Hornig zu. »Heute ist Ihr Glückstag, Leutnant. Sie müssen kein Kompetenzgerangel mit dem Ersten und dem Zweiten Offizier befürchten. Ich bleibe an Bord und befehlige die POINT OF selbst.«

»Schade«, murmelte Hornig. »Ich hatte mich schon so darauf gefreut, für ein paar Stunden den Kommandanten mimen zu dürfen.«

»Dann wird es Sie sicherlich freuen zu hören, daß ich Ihnen das Kommando des Erkundungstrupps übertrage«, erwiderte Dhark. »Ihnen stehen zum Erkunden der Planetenoberfläche zehn Flash zur Verfügung, und Sie können sich die Zweiergruppen frei auswählen. Fünf der neuen Kadetten sollten jedoch mit dabei sein, in Begleitung von fünf erfahrenen Besatzungsmitgliedern. Außerdem nehmen Sie zwei Cyborgs mit. Ach ja, ich habe Wren Craig versprochen, daß er ebenfalls mitkommen darf. Am besten, Sie teilen ihm Mike Doraner als Piloten zu.«

Wie viele bleiben mir da eigentlich noch? fragte sich Hornig in Gedanken. *Und das nennt er freie Auswahl!*

Ren Dhark kümmerte sich nicht weiter um die Flashtruppe, das lag jetzt in Hornigs Händen. Der Commander hatte andere Pläne: Er wollte mit der POINT OF einhundert Kilometer tief in den Planeten eindringen und der INSTANZ einen Besuch abstatten.

*

Leutnant Hornigs Wahl fiel auf den Spanier Sancho Orlando und den Dänen Kjeld Danskoog. Beide hatten eine Veranlagung zu Übergewicht, waren körperlich aber topfit, trotz ihres Hangs zu Süßigkeiten. Mit dem Niederländer Wim Beeten, dem Korsen Ennio Neri und dem muskulösen Portugiesen Marco Prada war der »Kadetten-Fünferpack« komplett.

Ihnen zur Seite stellte er die Flashpiloten Scott, Dressler, Fongheiser, Warren und Protter.

Bei der Wahl der Cyborgs hätte Hornig am liebsten Amy

Stewart bei sich gehabt, für die er heimlich schwärmte. Amy brannte jedoch darauf, die unterirdische Station zu erkunden und lehnte ab. Auch Lati Oshuta und Bram Sass erteilten ihm eine Abfuhr – was ihnen aber nichts nutzte. Sie mußten in den sauren Apfel beißen und den Flashtrupp verstärken.

Nachdem auch die paar restlichen Plätze in den zehn Flash besetzt waren, wurden sie aus der mittlerweile gelandeten POINT OF ausgeschleust.

Anschließend senkte sich der Ringraumer mit eingeschaltetem Intervallum ins Erdreich hinab und flog in der Tiefe die Koordinaten an, die der Checkmaster von der INSTANZ erhalten hatte.

*

Kjeld Danskoog war der jüngste der zehn Jahrgangsbesten – und der kreativste. Auf der Kallisto-Akademie hatte er regelmäßige Holokino-Freizeitabende organisiert, wofür man ihm außerhalb der Nutzungszeit die Turnhalle zur Verfügung gestellt hatte.

Dort hatte er dänische Klassiker wie »Der nun aber endgültig letzte Coup der Olson-Bande« aufgeführt, aber auch aktuelle Science-Fiction-Filme wie »Krieg der Zwischenwelten« oder die Weltallsatire »Mit dem Moped durch die Galaxis«. Selbstverständlich hatte auch der Seriendauerbrenner »Enterprise – die zwölfte Generation« nicht fehlen dürfen.

Für seine unermüdlichen kulturellen Bemühungen hatte man ihm den Akademie-Kreativpreis verliehen, bestehend aus einer Plakette und einer Urkunde. Geld wäre Kjeld zwar lieber gewesen, dennoch trug er das Abzeichen voller Stolz.

In seiner Phantasie hatte er sich oft vorgestellt, einem Forschungsteam anzugehören, fremde Planeten zu erkunden und Aufregendes zu erleben. Darüber und über die Kinoabende sprach er mit seinem Flashpiloten Dressler, der ihm geduldig zuhörte, obwohl ihn das alles eigentlich nicht im geringsten interessierte. Doch Dressler hatte nun mal ein Herz für die Jugend. Er erinnerte sich noch gut an seine eigenen Träume von Freiheit und Abenteuer. Mittlerweile stand er mit beiden Beinen fest im Leben. Er akzeptierte die Realität wie sie war – und erlebte in seinem Beruf mehr als genug.

Von oben betrachtet bot Batworld nur wenig Spannung und Aufregung. Genaugenommen gab es kaum etwas zu sehen, der Planet hüllte seine Geheimnisse weitgehend in ein dichtes Blattwerk. Leutnant Hornig stieß auf eine große Stadt mit hohen Gebäuden. Er gab Befehl, sie anzufliegen und nach freien Plätzen zum Landen Ausschau zu halten.

Über Funk bildete er fünf Vierergruppen, die sich über verschiedene Stadtteile verteilen sollten. Jede Gruppe erhielt den Auftrag, so viele Fakten und Hinweise wie möglich zu sammeln und sich in zwei Stunden wieder bei den Flash einzufinden, zwecks Informationsaustausch.

Zu Hornigs Gruppe gehörten Dressler, Danskoog und der siebenundzwanzigjährige Allround-Cyborg Bram Sass. Der Ladiner und ehemalige Landwirt hatte dunkle Haare, buschige Augenbrauen und sah älter aus als er war. Bram war leicht »verschnupft«; er kämpfte lieber mit Ren Dhark an vorderster Front – und die befand sich diesmal im Inneren der Welt.

Auch Kjeld Danskoog war alles andere als begeistert von dieser Mission.

»Was gibt es in einer verlassenen Stadt schon groß zu untersuchen?« fragte er mißlaunig, nachdem er ausgestiegen war. »Selbst in den Geisterstädten im amerikanischen Westen ist mehr los als hier.«

»Logisch, dort wimmelt es ja auch nur so von Touristen, die es kaum erwarten können, von den Souvenirhändlern ausgenommen zu werden«, entgegnete Dressler amüsiert. »Ehrlich gesagt, Kleiner, auch mir wäre etwas mehr Action lieber. Doch man kann sich seine Aufgaben nun einmal nicht aussuchen.«

»Nennen Sie mich nicht Kleiner«, knurrte Kjeld, der es nicht ausstehen konnte, wenn man ihn nicht für voll nahm.

Die vier Männer gingen auf ein großes Haus zu. Es sah aus wie die meisten Häuser in dieser Stadt: ein häßlicher Steinklotz mit vielen hundert Wohnungen, und jede davon verfügte über einen von außen zu betretenden Eingang. Türen gab es keine, und Fenster fehlten gänzlich. Um seine Wohnung zu erreichen, mußte man einen der vielen elektrischen Außenaufzüge benutzen, die an jedem Gebäude angebracht und derzeit stillgelegt waren.

Sämtliche Häuser waren mit riesigen, durchsichtigen, dünnen Kunststoffolien überzogen. Offensichtlich hatten die Zinisch ihre Wohnstätten vor der Abreise »eingemottet«.

»Das Ganze erinnert mich an einen Holofilm, den ich mal in der Akademie vorgeführt habe: ›Planet der Vampire‹«, sagte der Kadett. »Eine Raumschiffsbesatzung landete auf einer fremden Welt. Dort lebten geflügelte Riesenvampire in kargen Felsenhöhlen. Die schroffen Steilwände mit den zahlreichen Höhlen sahen diesen Gebäudeklötzen hier verdammt ähnlich.«

»Eine gewisse Ähnlichkeit der Bats mit Vampiren läßt sich nicht verleugnen«, meinte Dressler. »Allerdings können die Zinisch nicht fliegen, deshalb brauchen sie ja Aufzüge an ihren Häusern. Schade, daß sie nicht funktionieren. Hoffentlich gibt es drinnen Treppen.«

Er zog sein Vibro-Kampfmesser aus der Gürtelscheide und schlitzte die Folie vor dem Haupteingang auf. Kjeld wollte das Haus als erster betreten, doch Bram Sass schob ihn mit einer leichten Handbewegung beiseite und ging selber voran. Danskoog, Dressler und Hornig folgten ihm.

»Was sollte das eben?« entrüstete sich der junge Däne im Hausflur und blickte den Cyborg feindselig an. »Alter hat Vortritt vor Schönheit?«

»Wenn du bei Exkursionen auf unbekannten Planeten überleben willst, Kleiner, solltest du dir eine Grundregel merken: Laß immer denjenigen vorangehen, der das dickste Fell hat«, erwiderte Sass. »Hätte hier drinnen ein Heckenschütze gelauert, wärst du jetzt tot. Ich hingegen kann einen Schuß besser wegstecken, vor allem, wenn er aus einer primitiven Waffe abgefeuert wird.«

Leutnant Hornig schaute sich Bram Sass genauer an. Ganz offensichtlich hatte der Cyborg aufs Zweite System umgeschaltet.

»Mag ja sein, daß ich nicht so kugelfest bin wie Sie«, sagte Kjeld, »aber die Wahrscheinlichkeit, daß hier irgendwo Heckenschützen lauern, halte ich für sehr gering – schließlich hat man auf diesem Planeten kein Leben feststellen können. Im übrigen möchte ich auch von Ihnen nicht geduzt und Kleiner genannt werden.«

»Wie ist der Film mit den Vampiren eigentlich ausgegangen?« fragte Dressler rasch, um erst gar keinen Streit aufkommen zu lassen.

»Die Raumfahrer stellten fest, daß sie sich in gar keiner fremden Welt befanden, sondern auf der Erde der Zukunft«, antwortete ihm der Kadett. »Ohne es zu ahnen, waren sie viele Jahrhunderte durch die Zeit gereist – um festzustellen, daß mittlerweile Fledermäuse und Vampire die Macht übernommen…«

»Kommt mir irgendwie bekannt vor«, unterbrach Leutnant Hornig ihn. »Gab es den gleichen Film nicht schon zu Zelluloid-Zeiten, mit Affen statt mit Vampiren? Egal, wir sollten uns jetzt endlich auf unsere Aufgabe konzentrieren, schließlich sind wir nicht auf ein Plauderstündchen hierhergekommen.« Er deutete auf ein Leitersystem im Inneren des Gebäudes. »Na los, rauf mit euch! Oder denkt ihr, ich trage euch nach oben?«

Treppen existierten in dem Haus nicht (und auch in keinem anderen, wie sich später noch herausstellen sollte). Scheinbar waren die Leitern als Fluchtweg gedacht, falls die außen angebrachten Aufzüge ausfielen.

Das Quartett suchte mehrere Stockwerke im unteren Bereich ab. Durch Notausgänge, die ins Gebäudeinnere und somit zu den Leitern führten, gelangten sie in die halbdunklen Wohnungen. Für die weitere Durchsuchung benötigten sie ihre zur Ausrüstung gehörigen Handlampen.

Das Ergebnis war überall das gleiche: Jede Wohneinheit war spärlich, fast schon spartanisch eingerichtet. Licht von draußen fiel nur durch den jeweiligen Haupteingang. Lediglich die elektrischen Haushaltsgeräte und die vielen Lampen zeugten davon, daß hier keine Höhlenbarbaren lebten, sondern intelligente Wesen. Der technische Stand der Geräte lag etwa bei dem der Erde des Jahres 2050 – kurz bevor die Menschheit mit der GALAXIS ins Unbekannte aufgebrochen war.

Möbel, Lampen, Apparate – alles war mit durchsichtigen Plastikfolien abgedeckt, beziehungsweise mit dehnbarem Material, das dem Kunststoff Polyäthylen sehr ähnlich war. Es fühlte sich etwas weicher an und roch ziemlich streng. Sass tippte auf ein Konservierungsmittel, mit dem jede Folie leicht durchsetzt war.

Vom Abschließen ihrer Wohnungen oder einzelner Räume schienen die Bats nicht viel zu halten, denn es gab nirgendwo Türen. Lediglich neben den ins Freie führenden Ausgängen stand jeweils eine schwere Metallplatte, die über zwei Rollenschienen bewegt wurde und im Fall eines Kälteausbruchs oder Unwetters ohne viel Kraftaufwand vor das Wandloch geschoben werden konnte. Dadurch wurde jedes mehrstöckige Wohngebäude zu einer Art Festung.

Dressler wunderte sich darüber, daß die Bats ihre Häuser vor dem Abflug nicht rundum mit den Platten verschlossen hatten.

»Vielleicht hatten sie es eilig«, meinte Leutnant Hornig.

»Immerhin hatten sie Zeit genug, alles mit Folien abzudekken«, widersprach Bram Sass. »Ich glaube eher, daß sie Frischluftfanatiker sind. Sie wollen bei ihrer Heimkehr gutgelüftete Wohnungen vorfinden, was verständlich ist, angesichts des Gestanks, den die Schutzfolie drinnen und draußen verbreitet.«

Pro Wohneinheit gab es mindestens ein Zimmer, unter dessen Decke Metallstangen angebracht waren – allem Anschein nach die Schlafkammern. Obwohl sie nicht fliegen konnten, schliefen die Zinisch offenbar gern mit dem Kopf nach unten hängend, so wie ihre mutmaßlichen Vorfahren.

Nach erfolgloser Suche nach irgendwelchen Besonderheiten kletterten die vier Männer über die Notleitern wieder nach unten. Draußen wurde die von der POINT OF begonnene Suche nach eventuellem tierischen Leben fortgesetzt. Vergebens. Die tragbaren Geräte zeigten keinerlei Werte an. Nicht einmal Mikroben konnten angemessen werden.

»Das einzig Lebendige scheinen tatsächlich die Pflanzen zu sein«, stellte Leutnant Hornig abschließend fest. »Ich schlage vor, wir nehmen ein paar seltene Exemplare für unsere Wissenschaftler mit, sobald wir zurückfliegen.«

»Sobald?« wiederholte Kjeld Danskoog erschrocken. »Heißt das, wir sind noch nicht fertig?«

»Noch lange nicht«, erwiderte der Leutnant. »Am Stadtrand liegt ein größeres Industriegelände. Das werden wir uns nachher noch genauer ansehen, zusammen mit den anderen. Und wenn wir das erledigt haben, nehmen wir uns einen anderen Teil des Planeten vor. Auf Batworld gibt es noch jede Menge Bauten, auch wenn sie aus der Luft nur schwer auszumachen sind.«

Kjeld stieß einen sehr, sehr tiefen Seufzer aus – zweifelsohne der Seufzer eines Gelangweilten. Hornig paßte das gar nicht. Er nahm sich vor, später noch ein ernstes Wort mit Danskoog zu reden. Und vielleicht auch mit den übrigen Kadetten, falls sie sich genauso wie er verhielten.

»Mach dir nichts daraus, du erlebst schon noch genügend Abenteuer«, tröstete Dressler den Jungen. »Selbst Filmhelden lassen es manchmal etwas ruhiger angehen. Der ›Planet der Vampire‹ bestand sicherlich auch nicht nur aus hektischem Rumgerenne und wüster Ballerei.«

»Aber nein, es gab sogar eine heiße Sexszene«, erwiderte Kjeld und lächelte, als er daran zurückdachte. »Der Kommandant der Raumfahrer begann ein leidenschaftliches Verhältnis mit einer langhaarigen, vollbusigen Vampirfrau. Dummerweise hatte sie ihren Blutrausch nicht unter Kontrolle und saugte den armen Kerl gleich in der ersten Liebesnacht aus, gerade, als sich beide auf dem gemeinsamen Höhepunkt ihrer Ekstase befanden.«

»Was für ein schöner Tod!« meinte Dressler.

Was für ein unglaublicher Schwachsinn! dachte Leutnant Hornig und begab sich kopfschüttelnd zu seinem Flash.

*

Als Stengh auf der TESHON erwachte, kopfüberhängend, blickte er der Unvergänglichen genau in die Augen. Sie hing an der Stange nebenan und schaute ihn vermutlich schon eine geraume Weile an. An der Art, wie sie ihn ansah, wußte er, daß sich gleich sein Schicksal erfüllen würde...

»Schade, daß unsere gemeinsame Zeit vorüber ist«, sagte er. »Ich hatte so sehr gehofft, der neue Hohepriester zu werden.«

»Tut mir leid, aber ich empfinde für dich nicht dasselbe wie für Barlac und all die Priester vor ihm«, entgegnete die Unvergängliche und fügte in Gedanken hinzu: *Außerdem bist du nicht intelligent genug für das Priesteramt.*

Sie langte mit der linken Greifklaue nach oben. Gleichzeitig löste sie ihre Fußklauen von der Schlafstange. Geschickt machte sie einen Überschlag und landete mit den Füßen sicher auf dem Boden.

Auch Stengh stieg herab.

Die Unvergängliche streckte sich auf dem harten Fußboden aus. Scheinbar wollte sie sich noch ein letztes Mal mit ihm paaren.

Ihr Anblick brachte Stengh fast um den Verstand. Zwar war sie alles andere als schön, dennoch konnte er ihr nicht widerstehen. Schon wie sie dalag...! Keiner Zinischfrau wäre es in den Sinn gekommen, sich zum Zwecke der Paarung hinzulegen, so etwas wurde als ordinär empfunden. Der Befruchtungsvorgang fand grundsätzlich unter der Decke hängend statt, und er dauerte nur einen kurzen Moment.

Die Unvergängliche konnte keinen Nachwuchs bekommen. Den brauchte sie auch nicht, schließlich war sie unsterblich. Trotzdem paarte sie sich mit wechselnden Liebhabern – nur so zum Vergnügen. Ein derartiges Verhalten war allgemein verpönt. Aber vielleicht war es ja gerade das, was die Unvergängliche für die Zinischmänner so anziehend machte...

Vorsichtig legte sich Stengh auf sie, so als ob er befürchtete, er könne ihr weh tun. Dabei wirkte er viel zerbrechlicher als sie.

Ihre behaarten Lippen berührten sich, ihre Münder blieben geschlossen. Sanft kraulten sich beide hinter den Ohren. Dies war eine der zärtlichsten Gesten zwischen Mann und Frau.

Augenblicke später hatte Stengh das Gefühl, sein Leben würde ihm mit aller Gewalt aus dem Leib gerissen. Sein Ich schien plötzlich frei in der Luft zu schweben. Es wurde von etwas angezogen, von einer mächtigen Kraft, die sehr weit entfernt war.

Doch da gab es noch eine andere Kraft, ganz in der Nähe – und die war um ein Vielfaches stärker...!

*

Körperlich fühlte sich die Unvergängliche unheimlich gut, wie eine Batterie, die man gerade frisch aufgeladen hatte. Auch ohne Blick in die Spiegelkristallwand wußte sie, daß sie wieder ein gutes Stück jünger geworden war. Sie hatte sich von mindestens fünfzig zieenischen Zeiteinheiten befreit.

Aber zu welchem Preis? Stengh lag leblos in ihren Armen. Er hatte sich für ihre ewige Jugend geopfert – wie so viele vor ihm, deren Namen sie längst nicht mehr alle in Erinnerung hatte. Ihre Liebhaber hatten sterben müssen, damit sie weiterleben konnte…

Nur sie allein, nur die Unvergängliche besaß diese Kraft – keiner sonst aus ihrem Volk! Anderswo wäre sie aufgrund ihrer tödlichen Gabe mit Sicherheit zur Aussätzigen erklärt worden. Man hätte sie als Bestie gebrandmarkt und längst getötet.

Die Zinisch hingegen verehrten sie über alle Maßen. Ihre Kraft und die damit verbundene Unsterblichkeit machten sie hier zur Göttin. Sogar Iritik bezeichnete die Unvergängliche als die wahre Herrscherin des Volkes. Und die Männer waren scharenweise freiwillig bereit, sich für sie zu opfern. Ob sie mit ihrer Gabe auch Frauen töten konnte, hatte sie nie ausprobiert.

Auf Zieen hatte sich die Unvergängliche so oft wie möglich in ihren Tempel zurückgezogen, zum Alleinsein oder zur Paarung mit einem opferbereiten Jüngling. Oder zu einem intelligenten Gespräch mit ihrem weisen Hohenpriester. Für die Flucht von ihrem Heimatplaneten hatten ihr die Zinisch ein eigenes Raumschiff gebaut, eine Art Tempelersatz. Auch hier konnte sie dem süßen Nichtstun frönen, wann immer es ihr beliebte.

Leider mußte sie sich ab und zu dem Volk zeigen, um ihm »göttliche Ratschläge« zu erteilen, das ließ sich nicht vermeiden. Die Unvergängliche haßte diese kleinen Ansprachen, aber Barlac hielt Öffentlichkeitsarbeit für immens wichtig.

Der Inhalt ihrer »Predigten« ans Volk war einerlei. Jeder Satz der Unvergänglichen wurde akribisch aufgezeichnet, damit er der Nachwelt erhalten blieb – selbst wenn er noch so geistlos war. Dafür, daß ihre Anhänger und Anbeter genau das zu hören bekamen, was sie hören wollten, sorgte der Hohepriester. Er schrieb die Texte ihrer Reden und lag damit immer richtig.

Dabei verbreiteten die Unvergängliche und ihr »Ghostwriter« alles andere als echte Weisheiten. Aussprüche wie »Es gibt für jedes Problem eine Lösung, man muß sie nur suchen und finden« waren so allgemein gehalten, daß sie auf alle möglichen Lebenssituationen zutreffen konnten. Dennoch fühlten sich viele Zuhörer direkt davon angesprochen, und einige nannten diese Luftblasen sogar »göttliche Prophezeiungen«.

Barlac hatte sich von Anfang an als Hoherpriester bewährt. Gleich beim ersten Kennenlernen hatte sie gewußt, daß er für dieses Amt wie geschaffen war. Er war weise, diskret und las ihr jeden Wunsch von den Augen ab. Am wichtigsten aber war, daß sie ihn liebte, andernfalls hätte sie es niemals so lange mit ihm ausgehalten.

Und genau das machte die Auswahl seines Nachfolgers so schwierig. Wo bekam sie einen Mann her, der dieselben Eigenschaften wie Barlac besaß und für den sie dasselbe empfand?

Theoretisch hätte sie auch ohne Hohenpriester weitermachen können. Aber sie fürchtete sich vor der Einsamkeit. Ihre wechselnden Paarungspartner vertrieben ihr die Langeweile, mehr nicht. Inneren Frieden und Geborgenheit fand sie nur in Barlacs Armen. Arme, die in knapp dreißig zieenischen Zeiteinheiten nicht mehr für sie da sein würden, weil allmählich seine natürliche Lebensspanne ablief. Dann war sie allein, es sei denn, sie fand rechtzeitig einen gleichwertigen Ersatz.

*

Das Industriegelände, das Leutnant Hornig am Stadtrand ausgemacht hatte, war so groß wie drei Städte – und bot trotzdem nichts Neues, Aufregendes. Der zwanzig Mann starke Trupp stieß auf stillgelegte Stahlwerke, Aluminiumhütten, Maschinenfabriken und auf eine Raumschiffswerft – alles perfekt »eingemottet« und jederzeit wiederverwendbar.

»Die durchsichtige Kunststoffolie muß es irgendwo im Sonderangebot gegeben haben«, bemerkte Kadett Sancho Orlando in einer Fabrikhalle, die sie zu dritt betreten hatten.

»Wo denn?« entgegnete Marco Prada. »In der Stadt, die wir durchkämmt haben, gab es nicht ein einziges Geschäft.«

»Das stimmt nicht so ganz«, widersprach ihm Lati Oshuta. »Es gibt dort zwar keine Läden wie auf der Erde – mit Schaufenster und Türglöckchen –, aber die Bats betreiben in ihren Städten mit Sicherheit einen schwunghaften Warenhandel.«

Der vierundzwanzigjährige Japaner Oshuta war lebhaft wie eine Quecksilberkugel und schien die gute Laune regelrecht gepachtet zu haben. Dauernd versuchte er, die Kadetten mit seiner Fröhlichkeit anzustecken. Doch die abenteuerhungrigen jungen Männer schlurften nur lustlos durch die Gegend und sehnten den Feierabend herbei.

»In dem Stadtteil, der von meinem Team durchsucht wurde, stießen wir auf mehrere Lagerhallen, die offen zugänglich sind«, berichtete Lati an Sancho und Marco gewandt. »Dort gibt es Elektrogeräte, Haushalts- und Einrichtungsgegenstände, Fahrzeugteile und sonstige Produkte. Das meiste ist verpackt, es befindet sich in kartonähnlichen Behältern. In langen Regalen stehen allerdings Ansichtsexemplare, so wie in einem Kaufhaus auf der Erde. Ich nehme an, die Bats können sich aus den Hallen holen, was sie brauchen.«

»Ohne zu bezahlen?« entgegnete Prada.

Der Cyborg zuckte mit den Schultern. »Was weiß ich? Über irgendein wie auch immer geartetes Währungssystem werden sie sicherlich verfügen. Vielleicht betreiben sie in den Hallen und auf Marktplätzen auch nur Tauschhandel.«

»Apropos tauschen: Hätten Sie vorhin beim Informationsaustausch beide besser aufgepaßt, wüßten Sie von der Entdeckung jener Handelsstätten«, sagte Leutnant Hornig, der gerade hereinkam.

»Da habe ich nur mit halbem Ohr zugehört«, gestand Marco Prada kleinlaut ein.

»Wir sind aber nicht hier, um halbe Sachen zu machen!« stauchte Hornig ihn und Orlando zusammen. »Allmählich langt es mir! Ihr scheint das Ganze für ein Spiel zu halten oder für eine Art Übung, die man möglichst schnell hinter sich bringt. Holen Sie sofort Danskoog, Neri und Beeten hierher! Ich möchte mit euch fünfen reden.«

Wenig später hielt Hornig den Kadetten in der Fabrikhalle eine Standpauke, die sich gewaschen hatte. Unmißverständlich machte er ihnen klar, daß es auf der POINT OF und auch später, in der Terranischen Flotte, keine unwichtigen Aufgaben gab.

»Was wichtig ist und was nicht, das entscheiden einzig und allein eure Vorgesetzten, klar? Wenn ihr dabei mitreden wollt, strengt euch gefälligst an und werdet selbst Captain, General oder meinethalben Commander der Planeten. Bis es soweit ist, tut ihr gefälligst, was euch gesagt wird! Über Befehle wird nicht diskutiert, sie werden ausgeführt, verstanden?«

Betretenes Schweigen breitete sich aus. Nur Wim Beeten konnte mal wieder seine große Klappe nicht halten.

»Verstanden, Sir«, erwiderte er. »Sie sind wie ein Vater zu uns, ehrlich. Meiner sagt auch immer: Solange du deine Füße unter meinen Tisch steckst, tust du, was ich sage, Sohn, darüber wird nicht diskutiert.«

Jedem anderen Offizier hätte so viel Frechheit glatt die Sprache verschlagen. Leutnant Hornig war jedoch nicht auf den Mund gefallen.

»Ich kenne noch etwas, über das es sich nicht zu diskutieren lohnt, Kadett Beeten: Arrest! Sie werden auf dem Schiff so lange in der öden Zelle schmoren, bis Ihnen Batworld in Ihrer Erinnerung wie das reinste Paradies vorkommt. Das einzige Unterhaltungsprogramm, das man Ihnen im Arresttrakt bietet, sind stapelweise Zeitschriften – von der Sorte, wie man sie auf den Tischen von Friseuren und in Wartezimmern von Ärzten findet. Abtreten!«

Die Kadetten machten, daß sie wegkamen. Selbst Beeten gab keinen Kommentar mehr ab – schließlich wollte er irgendwann in ferner Zukunft wieder aus seiner Zelle herauskommen.

»Waren Sie nicht ein bißchen zu streng?« fragte Lati Oshuta den Leutnant.

»Die Burschen müssen lernen, jeden Befehl ohne Wenn und Aber sofort auszuführen, und nicht nur dann, wenn sie gerade mal Lust dazu haben«, meinte Hornig. »Andernfalls überleben sie auf den diversen Kriegsschauplätzen unter den Sternen nicht lange.«

Er wechselte das Thema und kam noch einmal auf die Warenhallen zu sprechen.

»Sie erwähnten, daß dort unter anderem Fahrzeugteile angeboten werden, Mister Oshuta. Ist Ihnen eigentlich aufgefallen, daß in den Straßen der Stadt kein einziges Fahrzeug herumstand? Keines auf Rädern, kein Schweber – einfach nichts.«

»Leider bin ich nicht Doktor Allwissend«, entgegnete der Cyborg. »Ich tippe mal auf unterirdische Garagen oder Parktürme. Sollen wir danach suchen?«

Hornig schüttelte den Kopf. »Dafür fehlt uns die Zeit. Wir brechen die Untersuchung des Industriegeländes ab und werden uns noch etwas mehr über den Planeten verstreuen.«

Er rief alle zehn Flashbesatzungen draußen vor der Fabrik zusammen und gab ihnen Anweisung, Batworld auf einzelnen, weit voneinander entfernten Bahnen systematisch zu erkunden. Wieder wurden eine feste Zeit und ein Treffpunkt vereinbart.

Als sein Flash vom Boden abhob, diesmal mit Lati Oshuta als Pilot, war Hornig ganz in Gedanken versunken. Obwohl er es nicht laut aussprach, wäre auch er lieber auf der POINT OF geblieben, um die geheimnisvolle Worgun-Station zu erkunden.

Einzig und allein Wren Craig schien zufrieden zu sein. Er betrachtete die kleine Expedition nach Batworld als willkommene Abwechslung zu seiner Arbeit in der astronomischen Abteilung, und er nahm sich vor, zukünftig öfter mal »an die frische Luft« zu gehen. Aber wie das mit guten Vorsätzen nun einmal war...

5.

Mit normalen Meßgeräten wäre die Worgun-Station unter der Erde niemals entdeckt worden. Nur mit der Bordtechnik des Ringraumers konnte sie angemessen werden – und wenn man zudem noch über einen Koordinator wie den Checkmaster verfügte, konnte überhaupt nichts mehr schiefgehen.

Ren Dhark machte erst gar nicht den Versuch, den Bordcomputer zu kontrollieren. Ganz offensichtlich wußte der Checkmaster, was er tat, und alle an Bord vertrauten auf ihn. Momentan verständigte sich die INSTANZ direkt mit dem Checkmaster, ohne daß jemand von der Besatzung mithören konnte.

Die Station war erkennbar von einem Intervallfeld umgeben – was auch erklärte, weshalb sie noch immer funktionierte. Der Checkmaster gab ihr den Befehl, das Feld abzuschalten. Seine Anweisung wurde umgehend befolgt.

Direkt über der Station blieb die POINT OF stehen. Dhark schaltete den Brennkreis aus und sank nur mit der Schwerkraft tiefer auf die Station hinab. Auf diese Weise wurden Beschädigungen der Station vermieden – falls sie nicht über die gleiche Technologie verfügen sollte wie die Ringraumer, deren Unitallhülle von den Flash auch mit eingeschaltetem Brennkreis durchflogen werden konnten.

Ohne daß es einer besonderen Aufforderung bedurfte, teilte der Checkmaster den Offizieren in der Kommandozentrale mit, daß ihm die INSTANZ soeben einen Landeplatz zugewiesen habe. Die Weitergabe der Koordinaten war reine Formsache, da der recht selbständig denkende Bordcomputer den Platz bereits ansteuerte.

*

Die Halle war riesig. Obwohl bereits drei S-Kreuzer darin parkten, war noch reichlich Landeplatz für weitere Ringraumer vorhanden. Mitten in der Halle stand ein vier Meter hoher Roboterkoloß, starr wie eine Statue. Im Gesicht seines großen Kopfes zeichneten sich schwach humanoide Züge ab, allerdings wurde die Nase nur durch einen schwarzen Fleck dargestellt. Die Augen sahen von weitem wie trübe Linsen aus, waren in Wahrheit aber verschiedenfarbig: eines grün, eines rot. Dort, wo die Ohren hingehört hätten, ragten links und rechts zwei kurze Antennen mit Kugelköpfen heraus.

Der 1,2 Tonnen schwere Metallkörper war nur bedingt menschenähnlich und verfügte über zwei kräftig geformte Beine mit jeweils zwei Kniegelenken. Auch die dicken Metallarme besaßen zwei bewegliche Gelenke.

Dem Koloß gegenüber stand ein zweites Robotermonstrum, ein graues, langgestrecktes Zwanzigmeterungetüm, das über keine beschreibbare geometrische Form verfügte und an seiner breitesten Stelle acht Meter durchmaß. Genauso hoch waren auch die drei halbkugelförmigen Kuppeln auf seinem unförmigen Leib. Der Controllo war kein Kampf- oder Arbeitsroboter, sondern ein schwebendes Transportmittel mit Sitzen darin. Nichtsdestotrotz war er bis zu einem gewissen Grad auf selbständiges Handeln programmiert.

Beide Robotergiganten gehorchten zwar der INSTANZ, verfügten aber über ein bestimmtes Maß an Entscheidungsfreiheit, was dazu führte, daß sie sich nicht immer einig waren. Der Controllo wollte die Insassen des fremden Ringraumers zunächst einer Wahrheitsprüfung unterziehen – eine unangenehme, nicht ganz schmerzfreie Prozedur. Der Viermeterkoloß hingegen war der Ansicht, das sei nicht nötig, da ja die INSTANZ schon eine Überprüfung vorgenommen hatte.

»Eine Überprüfung des Schiffes, nicht der Personen«, signalisierte ihm der Controllo.

»Die INSTANZ weiß schon, was sie tut«, kam es vom Koloß zurück. »Ich habe Anweisung, die Fremden sofort zu ihr zu bringen.«

»Wurdest du auch angewiesen, die Kontrolle wegzulassen?«

»Nicht direkt, aber ich wurde auch nicht angewiesen, sie durchführen zu lassen.«

»Weil das nicht zu deinem Zuständigkeitsbereich gehört! Allein mir steht es zu, zu bestimmen, wer die Kontrolle durchlaufen muß und wer nicht.«

»Da irrst du dich aber gewaltig! Ich wurde beauftragt, die Besucher unversehrt zur INSTANZ zu bringen, und genau das werde ich auch tun.«

»Das kannst du auch, sobald sie vorschriftsmäßig einer Prüfung unterzogen wurden.«

Als die POINT OF in der Halle eintraf, stritten die riesigen Roboter noch immer miteinander. Das Schiff setzte auf dem ihm zugewiesenen Landeplatz auf.

»Die INSTANZ erwartet die Begrüßungsdelegation der POINT OF«, teilte der Checkmaster Ren Dhark mit.

»Na, dann sollten wir mal auf die Schnelle eine Abordnung zusammenstellen«, sagte Dan Riker rasch, bevor sich sein Freund dazu äußern konnte. »Außer Anja, Amy, Artus und mir kommen auf jeden Fall Doorn und Tschobe mit. Hast du noch Vorschläge, Ren?«

»Eigentlich schon«, entgegnete der Commander überrascht. »Ich hatte vor, das Schiff für einen Notstart bereitzuhalten und dir das Kommando an Bord zu übertragen – aber da du deinen Satz mit den Worten ›außer Anja, Amy, Artus und mir‹ begonnen hast, kombiniere ich mal messerscharf, daß du unter allen Umständen mitwillst.«

»Die POINT OF ist bei Falluta und Bebir in guten Händen«, wies Dan ihn auf den Ersten und Zweiten Offizier hin. »Die beiden haben uns in der Vergangenheit schon so oft vertreten, daß sie fast schon so denken und fühlen wie wir. Was hattest du doch gerade gesagt? Wen wolltest du mitnehmen?«

»Ich habe noch gar nichts gesagt«, erwiderte Dhark schmunzelnd. »Doch da du mir großzügig gestattest, mir ebenfalls jemanden auszusuchen, entscheide ich mich für einen unserer fähigsten Wissenschaftler: H. C. Vandekamp.«

»Amy müssen wir einmal abziehen, sie war doppelt«, warf

Artus ein. »Somit verbleiben Ihrem Rateteam nur noch acht Punkte.« Als ihn alle verwundert ansahen, fügte der Roboter, der in letzter Zeit ein Faible für Quizsendungen entwickelt hatte, entschuldigend hinzu: »Pardon, doch das wollte ich schon immer mal sagen.«

»Wie wäre es, wenn du deine rhetorischen Fähigkeiten an der richtigen Stelle anwendest?« funkte ihn der Checkmaster an. »Draußen in der Halle gibt es ein Problem.«

*

Es darf nur einen geben – auf die INSTANZ traf das nicht zu. Die Worgun hatten an vielen Großstützpunkten künstliche Kontrollgehirne zurückgelassen, die dort als oberste Instanz (!) dafür verantwortlich waren, daß alles reibungslos funktionierte. Auf den ersten Blick schienen diese Kommandoeinheiten über ein eigenes Seelenleben zu verfügen, doch jede INSTANZ war nichts weiter als eine Maschine – eine überaus perfektionierte allerdings.

In einigen Punkten stand die INSTANZ dem Checkmaster in nichts nach. Sowohl der extraordinäre Bordrechner der POINT OF als auch die Worgun-Kommandoeinheit konnten sich per Kunststimme, Gedankensteuerung und Funk mit ihrem Umfeld verständigen. Der Checkmaster schlug der INSTANZ die letzteren beiden Kommunikationsmöglichkeiten vor, um Verständigungsschwierigkeiten von vornherein auszuschließen.

»Ich werde meine Gedankensignale so aussenden, daß sie jeder meiner Gäste verstehen kann«, versicherte ihm die INSTANZ. »Aber für wen soll ich Funk verwenden?«

»Für Artus«, lautete die Antwort. »Er kommt damit besser zurecht.«

»Wer oder was ist ein Artus?«

»Diese Frage habe auch ich mir schon oft gestellt. Sie ist gar nicht so leicht zu beantworten, glaube mir.«

*

Es war ein Bild für die Götter: Links stand ein Viermeterkoloß auf zwei klotzigen Beinen, rechts ein unförmiger »Zwanzigmeterbus« mit Kuppeln – und dazwischen ein dürres Metallgestell, das gestikulierend auf die beiden Monstren einredete.

»Artus sieht aus wie ein armseliges Nürnberger Würstchen in einer Pfanne mit zwei prächtigen Thüringer Bratlingen«, bemerkte Dan Riker in der Zentrale der POINT OF, den Blick auf die Bildkugel gerichtet. »Hoffentlich nehmen sie ihn nicht in ihre Mitte und zerquetschen ihn.«

»Machst du dir etwa Sorgen um ihn?« fragte Ren Dhark. »Und ich dachte immer, du kannst Artus nicht ausstehen.«

»Ich mag nur seine vorlaute Art nicht. Na ja, allmählich scheint er sich zu bessern, habe ich den Eindruck.«

»Warum hast du ihn eigentlich für die Delegation ausgewählt, wenn du ihn beziehungsweise seine Art nicht magst? Manu Tschobe wird über Artus' Anwesenheit ebenfalls nicht begeistert sein.«

»Tschobe hat als Mediziner grundsätzliche Vorurteile gegen lebendige Maschinen. Ich hingegen bemühe mich, neutral zu bleiben. Daß meine Wahl auf Artus fiel, hängt mit seinen vielfältigen Fähigkeiten zusammen. Er ist sozusagen ein Checkmaster auf zwei Beinen.«

»Soweit würde ich jetzt aber nicht gehen«, ließ sich die künstliche Stimme des Checkmasters vernehmen – die fast schon ein wenig beleidigt klang.

Der Checkmaster hatte Artus in die Halle beordert, damit er den Streit zwischen den Robotern schlichtete. Alle drei verständigten sich mit fremdartigen Funksignalen, die Artus problemlos entschlüsselte.

Auf der POINT OF konnte sie niemand verstehen, höchstens der Checkmaster, doch der dachte nicht daran, das Streitgespräch zu übersetzen.

Letztlich kehrte Artus unversehrt in den Ringraumer zurück.

»Alles klar!« verkündete er. »Die Roboter werden uns beide zur INSTANZ bringen. Dort will der Controllo noch einmal nachfragen, ob eine zusätzliche Personenkontrolle durchgeführt werden soll oder nicht. Darauf haben sich die beiden zumindest geeinigt. Ich hoffe, sie bekommen sich nicht gleich wieder in die Metallwolle.«

»Hattest du Angst vor ihnen?« wollte Amy Stewart wissen.

»Weshalb?« entgegnete der Roboter. »Nur weil sie größer und dicker sind als ich – sehr viel größer und dicker! –, sind sie nicht zwangsläufig auch stärker. Ich verfüge über Waffen, von denen diese Monstren noch nie etwas gehört haben.«

»Das lieben wir so sehr an dir: deine Bescheidenheit!« sagte Dan Riker seufzend.

Dhark rief die Delegierten in die Zentrale. Manu Tschobe und der dreiundvierzigjährige Kontinuumsforscher und Experte für Intervallfelder H. C. Vandekamp folgten seinem Aufruf. Dan und Anja Riker, Amy Stewart, Arc Doorn, Artus und Ren Dhark selbst waren bereits anwesend.

*

Seit die POINT OF ins Dreisonnensystem eingedrungen war, hatte sich die INSTANZ in erster Linie mit dem Checkmaster verständigt – schließlich hatten die Worgun die Bordgehirne auf ihren Ringraumern für ebensolche Zwecke gebaut. Zwar war der für dieses System zuständigen Kommandoeinheit nicht entgangen, daß der Checkmaster ein ganz erstaunliches Exemplar von Computer war, doch hatte es keinen logischen Grund gegeben, dem Ringraumer die Landeerlaubnis in der Station zu verweigern.

Bis jetzt.

»Ihr seid keine Worgun!«

Die Gedankenstimme der INSTANZ klang emotionslos. Dennoch glaubte Ren Dhark, ein gewisses Entsetzen herauszuhören. Er und seine sieben Begleiter befanden sich in einer hohen und breiten Tunnelröhre, in die sogar der groß Controllo hineinpaßte, welcher der Gruppe folgte. Der Viermeterkoloß stapfte voran. Am Ende des Tunnels lag ein großes metallenes Tor, das geschlossen war. Dahinter sollten sie mit der INSTANZ zusammentreffen.

Daraus würde wohl nichts mehr werden, denn die INSTANZ

gab den beiden Riesenrobotern den Befehl, die unbekannten Eindringlinge auf der Stelle zu töten. Dhark und seine Mitstreiter machten sich kampfbereit.

»Jetzt kannst du denen zeigen, wie stark du wirklich bist!« rief Dan Riker Artus zu und griff nach seiner Handfeuerwaffe.

»Aufhören!« ertönte eine befehlende Stimme in allen Köpfen – und zusätzlich als Funksignal in den Signalempfängern von Artus und der INSTANZ. »Die Menschen werden nicht angetastet, verstanden?«

Der Checkmaster griff ein! Auch der Controllo und der Koloß empfingen seine Signale, doch sie nahmen grundsätzlich nur Befehle von der INSTANZ entgegen – und die bestand weiterhin auf der sofortigen Tötung der achtköpfigen Delegation.

Außerdem kündigte die INSTANZ an, auch den Ringraumer vernichten zu wollen.

»Dazu bist du weder befähigt noch berechtigt!« erwiderte der Checkmaster. »Du hast bei meiner Ankunft eine gründliche Überprüfung an mir vorgenommen. Somit weißt du genau, daß ich eine befehlsberechtigte Worgun-Einheit bin. Und ich befehle dir, die Menschen in Frieden zu lassen! Sie sind Freunde der Worgun. Ohne ihr Eingreifen würde jenes Volk, das dich und mich geschaffen hat, noch heute versklavt vor sich hinvegetieren.«

Die INSTANZ stoppte den Angriff durch den Controllo und den Koloß, zeigte sich aber weiterhin unschlüssig.

»Du bist in der Tat eine befehlsberechtigte Worgun-Einheit«, räumte sie ein. »Dennoch bin ich mir nicht sicher, ob deine Bevollmächtigung auch für dieses System gilt, das schließlich unter meinem Kommando steht.«

Der Checkmaster hatte ein noch zündkräftigeres Argument auf Lager: »Befolge meinen Befehl, oder ich leite deine totale Zerstörung ein!«

Dhark glaubte, eine unterschwellige Wut des Hyperkalkulators auf die seelenlose INSTANZ zu spüren. Oder bildete er sich das nur ein? War es überhaupt möglich, daß Rechner gegenseitig wütend aufeinander wurden?

Nach einer kurzen Phase des Abwägens schickte die IN-

STANZ die Riesenroboter zurück in die Halle. Damit hatte sich die vom Controllo geforderte Wahrheitsprüfung erledigt. Beide Monstermaschinen verließen die große Tunnelröhre.

Am Ende des Tunnels zeigte sich ein Licht. Das große metallene Tor öffnete sich. Ein paar Dienstroboter vom Typ Koloß, aber nur halb so groß, kamen der Gruppe entgegen, um ihre weitere Begleitung zu übernehmen.

»Ihr dürft zu mir kommen«, teilte die INSTANZ den acht Delegierten mit. »Auch wenn ihr keine Worgun seid und euch auch nicht in Begleitung eines Worgun befindet, der für euch bürgen könnte.«

Arc Doorn grinste so breit, als habe die INSTANZ gerade einen furchtbar guten Witz gemacht.

»Worüber freuen Sie sich so?« sprach H. C. Vandekamp ihn an.

»Ich amüsiere mich nur über die geschwollene Ausdrucksweise der INSTANZ«, entgegnete Doorn. »*Ihr dürft zu mir kommen*. Für mich hört sich das an, als würde der liebe Gott seine Englein zu sich rufen. Dabei ist diese mysteriöse Kommandoeinheit unter Garantie nichts weiter als ein zusammengeschweißtes häßliches Etwas aus Chips und Drähten.«

*

Häßlich war die INSTANZ mit Sicherheit nicht, zumindest nicht rein äußerlich. Sie entpuppte sich als Hyperkalkulator mit gewaltigen Ausmaßen. Die INSTANZ stand inmitten einer riesigen Halle und war von einer quaderförmigen metallenen Verkleidung umgeben, die mit kunstvollen Verzierungen versehen war.

»Man braucht ja ein Pferd, um den Quader ganz zu umrunden«, bemerkte Vandekamp und betastete die Zierkunst, die Ähnlichkeit mit terranischer Ornamentik an Kirchenwänden hatte.

Ein paar Meter weiter veränderte sich das Dekor auf krasse Weise. Die nachfolgenden Ausschmückungen erinnerten den Betrachter ebenfalls an Kirchenwände, allerdings nicht an Ornamente, sondern an Graffiti-Schmierereien der übelsten Sorte. Anja Riker besah sich die Zeichen näher, doch es handelte sich zweifelsfrei um keine mathematischen Formeln.

»Mit meiner äußeren Hülle haben sich mehrere Worgun-Künstler befaßt«, ließ die INSTANZ die Stationsbesucher wissen. »Im Rahmen eines kulturellen Projekts der Regierung. Die Metallplatten wurden in einer unserer Fabriken gebaut und dort von jungen Kunstschaffenden mit Schneidstrahlern bearbeitet. Ursprünglich war gar nicht geplant, sie als Verkleidung für mich zu verwenden; auf den Gedanken kam man erst knapp zehn Epoyjahre später, als meine Baupläne fertig waren und die Worgun das geeignete System für die Errichtung dieser Station gefunden hatten.«

Mittlerweile hatte sich die INSTANZ vom Checkmaster ein paar detaillierte Auskünfte über die Menschen senden lassen, um sie besser zu verstehen und sich leichter mit ihnen verständigen zu können. Ihr eigener Fremdvölker-Speicher war nur mit oberflächlichen Informationen gefüllt.

»Es gab Künstler unter den Worgun?« sagte Dan Riker in einem Anflug von Ironie. »Hatten sie für so was überhaupt Zeit – bei all den Kriegen, die sie führen mußten, all den Völkern, die es zu manipulieren galt, und all den Galaxien, in denen sie Gott spielten, indem sie den Verlauf von Planeten und Sonnen änderten?!«

»Natürlich leben unter den Worgun auch Künstler, so wie in jedem Volk«, beantwortete die INSTANZ Rikers Frage, die von ihr als ernstgemeint aufgefaßt wurde. »Darstellende Künstler, Designer, Philosophen«, zählte sie auf.

»Es gab sogar Philosophielehrer«, warf Arc Doorn ein. »Habe ich mal gehört… ich glaube, Gisol sprach davon.«

»Wer ist Gisol?« fragte die INSTANZ. »Und warum redet ihr von den Worgun in der Vergangenheit, so als würden sie nicht mehr existieren? Die Anmerkung über ihre Versklavung habe ich ebenfalls nicht begriffen.«

»Der Checkmaster wird dir eine Kurzzusammenfassung von den Geschehnissen in Orn übermitteln«, sagte Ren Dhark. »Danach möchten wir dir dann ein paar Fragen stellen.«

»Vorab sollten wir aber zu einer kleinen Besichtigungstour aufbrechen«, schlug Doorn vor. »Ich kann es kaum erwarten, mir alles anzusehen.«

»Alles?« wiederholte die INSTANZ. »Dann habt ihr hoffentlich viel Zeit mitgebracht. Die Station ist nämlich größer, als ihr vielleicht annehmt. Meine Dienstroboter werden euch begleiten; ich habe sie angewiesen, euren Befehlen Folge zu leisten. Außerdem werdet ihr für die Besichtigung Fahrzeuge brauchen. Ich könnte ein paar Transportschweber aktivieren, wenn ihr es anordnet.«

»Ist nicht nötig«, meinte Dhark. »Wir sehen uns zunächst nur die umliegenden Räumlichkeiten an, damit wir uns ein ungefähres Bild von der unterirdischen Anlage machen können. Das sollte fürs erste genügen.«

»Mir genügt das nicht«, protestierte Doorn, und auch Vandekamp und Tschobe legten Widerspruch ein.

Dhark blieb hart. Er brannte darauf, der INSTANZ Fragen zu stellen – zu den Bats und zum Dreisonnensystem.

Die Übertragung der vom Checkmaster angeforderten Daten dauerte nur wenige Sekundenbruchteile. Jetzt wußte die INSTANZ, wie es ihren Erbauern seit deren Flucht aus Nal* ergangen war. Eine Anmerkung dazu machte sie nicht, sie nahm die neuen Erkenntnisse emotionslos als gegeben hin.

*

Unter Roboterbegleitung schaute sich die POINT OF-Delegation die zu Fuß erreichbaren Räumlichkeiten an. Wie man es von ihnen gewohnt war, hatten die Worgun geklotzt und nicht gekleckert. Sie hatten die Station in großem Stil errichtet. Normalgroße Räume gab es nicht, nur Hallen. Werkstätten, Labore, Lagerhallen, Maschinenräume – alles war riesig.

Die Koloßroboter, die großen und die kleineren, hatten eine ganze Halle für sich, so umfangreich wie mehrere Maschinen-

---

* Worgun-Bezeichnung für die Milchstraße

hallen. Sie befanden sich in Abrufbereitschaft. Einen zweiten Controllo schien es nicht zu geben.

»Die Energieerzeuger befinden sich unterhalb der Station auf einer eigenen Etage«, berichtete die INSTANZ. »Es dürften die gewaltigsten sein, die ihr je gesehen habt.«

»Du hast keine Ahnung, was wir schon alles gesehen haben«, sagte Artus.

Die INSTANZ begleitete die Delegierten überall hin, ohne sich dabei vom Fleck zu rühren. Sie war über alles, was in der Station vorging, informiert und konnte sich mit jedem Besucher gedanklich oder über Funk verständigen.

Auch mit dem Checkmaster stand sie dauerhaft in Verbindung. Der Hyperkalkulator war wie ein unsichtbarer Schatten immer in der Nähe seiner Schützlinge, um im Notfall eingreifen zu können. Mit seinen weitreichenden Sensoren kontrollierte er jeden ihrer Schritte.

Die Zwischenbemerkung des Roboters, der die Menschen begleitete, schien die INSTANZ zu ärgern – insofern das bei einem seelenlosen Großrechner überhaupt möglich war.

»Halte dich gefälligst aus unserer Kommunikation heraus«, ermahnte der Hyperkalkulator das vermeintliche Gerät auf zwei Beinen. »Roboter sind Befehlsempfänger. Es ist Zeitverschwendung, sich mit ihnen zu unterhalten. Mir ist sowieso nicht ganz klar, warum dich die Delegierten mitgenommen haben. Für einen Kampfroboter bist du vermutlich zu schwächlich, und niedere Arbeiten gibt es hier keine zu verrichten. Warum gehst du nicht zurück in die Raumflughalle und kommunizierst weiter mit deinesgleichen?«

Damit waren die beiden Riesenroboter gemeint, nicht die Besatzungsmitglieder der POINT OF.

Das ist mal wieder typisch! dachte Artus verärgert. *Der Checkmaster hat ihm nichts Konkretes von mir erzählt.*

Dhark lehnte es ab, die untere Etage aufzusuchen. Viel mehr als die Energieerzeuger interessierten ihn die Ortungs- und Waffenanlagen. Die Dienstroboter geleiteten die Gruppe dorthin.

Anja Riker übernahm es, sich die Schaltanlagen näher anzusehen. Ihr fiel eine Dauerortung auf, die schon seit mehr als fünfzehn Jahren bestand.

»Die Ortungsanzeige meldet eine circa tausend Schiffe starke Flotte, ganz in der Nähe, in 1,5 Lichtjahren Entfernung«, unterrichtete sie die anderen. »Die Bats können es nicht sein. Laut Datumsangabe steht die Flotte dort schon seit dem Jahr 2045.«

»Seit fünfzehn Jahren, ohne sich vom Fleck zu rühren?« staunte Amy. »Was hat es damit auf sich, INSTANZ?«

»Ich habe mich nie entschließen können, all die Schiffe zu vernichten«, erhielt sie zur Antwort, »obwohl sie in Reichweite meiner Energiegeschütze liegen. Wenn ihr mir den Befehl gebt, lösche ich die Flotte komplett aus. Es sind keine Zyzzkt, aber vielleicht Verbündete von ihnen.«

»In Zukunft wird in diesem System und auch darüber hinaus von dir kein einziges Schiff mehr vernichtet«, ordnete Dhark an. »Wie du aus den Daten über die Worgun und die sonstigen vom Checkmaster erhaltenen Informationen ersehen kannst, tobt in unserer Galaxis kein Krieg gegen die Zyzzkt mehr. Die Waffen schweigen, und das soll auch so bleiben.«

»Negativ. Ich wurde darauf programmiert, die Station zu verteidigen.«

»Man kann nur etwas verteidigen, das angegriffen wird. Die Flotte da draußen macht nicht den Anschein, als würde sie diesen Planeten beschießen wollen.«

»Das würde aus dieser Entfernung auch niemals funktionieren«, erwiderte die INSTANZ. »Die minderwertigen Waffen auf den zylinderförmigen Schiffen haben eine sehr begrenzte Reichweite. Was die Besatzungen allerdings nicht daran gehindert hat, im Jahr 2037 eurer Zeitrechnung einen Angriff auf mich zu starten. Ich weiß nicht, in wessen Auftrag sie handelten, doch sie haben meine Macht offenbar unterschätzt. Ich vernichtete die halbe Flotte, bevor sie die Flucht ergriffen. Wenn ich gewollt hätte, wäre keiner von ihnen entkommen.«

Dhark hielt nach einer Sitzgelegenheit Ausschau. Als er keine fand, setzte er sich einfach auf den Fußboden. Amy und Anja taten es ihm gleich.

Als die anderen das sahen, wußten sie, daß es mit der Durchsuchung der Station vorerst vorbei war. Jeder nahm dort Platz, wo er gerade war. Nur Artus blieb stehen.

»Höchste Zeit, daß du uns ausführlich alles schilderst«, forderte Dhark die INSTANZ auf. »Und wenn ich sage alles, dann meine ich auch alles. Laß nichts aus, dann erspare ich mir vielleicht überflüssige Fragen.«

*

»Das ganze System mit allem Drumherum – die Sonnen, der Planet und diese Station – ist der Prototyp einer galaktischen Abwehranlage gegen die Zyzzkt«, begann die INSTANZ mit ihrer Schilderung. »Eine mächtigere Waffe gab es nie, zumindest damals nicht, im Jahr 860 eurer Zeitrechnung, als man damit begann, den Planeten derer, die ihr Bats nennt, in diesen Teil des Weltalls zu versetzen – mitsamt ihrer Sonne, die der Planet seinerzeit noch umkreiste. Die beiden anderen Sonnen mußten ebenfalls von ihren angestammten Plätzen verrückt werden. Das Ziel der gewaltigen Aktion war, die Energie der drei Sonnen zu nutzen, um Flotten der Zyzzkt über mehrere Lichtjahre hinweg aufspüren und vernichten zu können.«

Eigentlich hatte Ren Dhark auf Zwischenfragen möglichst verzichten wollen, doch auf eine Sache ging die INSTANZ von selbst nicht ein, also mußte er nachhaken.

»Welchen Entwicklungsstand hatten die Bats damals?«

Für eine kurze Zeitspanne schwieg die INSTANZ. Keiner wußte warum – außer Artus. Seinen besonders empfindsamen Sinnen entging nicht, daß die INSTANZ mit jemandem auf der POINT OF kommunizierte, und zwar so, daß niemand anderer mithören konnte.

»Ihr Menschen würdet den damaligen Entwicklungsstand der Bats als frühmittelalterlich bezeichnen«, sagte die INSTANZ schließlich.

»Das weißt du vom Checkmaster, nicht wahr?« warf Artus ein. »Wie praktisch, wenn immer einer da ist, den man um Rat fragen kann.«

»Ja«, erwiderte die INSTANZ kurz angebunden.

»Wie haben die Bats auf die Versetzung ihres Planeten reagiert?« wollte Amy Stewart wissen.

»Davon haben sie gar nichts mitbekommen«, lautete die Antwort. »Der Bau der Station verlief ebenfalls reibungslos und weitgehend ungestört. Die Bats waren eben noch sehr primitiv. Auch in späteren Jahrhunderten drangen sie nie tief genug in den Planeten ein, um diese Station zu entdecken.«

»Demnach haben die Bats zu keiner Zeit von der Worgun-Technologie profitiert?« fragte Dan Riker.

»Obwohl die Erbauer der Abwehranlage pausenlos in Schichten arbeiteten, waren sie damit noch lange nicht fertig, als sie im Jahr 1012 aus Nal fliehen mußten«, fuhr die INSTANZ fort, ohne Rikers Frage zu beachten. »Mit Hilfe der Roboter machte ich mich daran, das große Werk selbst zu vollenden.«

Ren und Dan schauten sich an. Beide fanden das Verhalten der INSTANZ mehr als seltsam.

Was hatte sie zu verbergen?

»Die Bats entwickelten sich langsam, aber stetig weiter, ohne daß ich ihnen besondere Beachtung schenkte. Im Jahr 2000 – ich hatte zu diesem Zeitpunkt das große Worgun-Projekt längst beendet und meine Arbeit aufgenommen – tauchte ein kubusförmiges Raumschiff in diesem namenlosen System auf. Kein Kampfraumer, sondern ein nur mäßig bewaffnetes Forschungsschiff älterer Bauart. Es waren keine Zyzzkt an Bord, also gab es auch keinen Grund, es abzuschießen. Wahrscheinlich kamen die Forscher aus dem Staunen nicht mehr heraus. Drei Sonnen, die sich um einen Planeten drehen, bekommt man schließlich nicht in jedem Quadranten des Weltalls zu sehen.«

»Flogen die Bats schon selbst zu den Sternen?« fragte Amy.

»Sie bauten Sonden und Raketen und schickten sie unbemannt ins All«, antwortete die INSTANZ. »Dadurch erlangten sie zwar ein paar neue Erkenntnisse, aber sonderlich weit brachte sie das nicht. Ihre ersten bemannten Raumflüge endeten jedesmal mit dem Tod der Besatzung. In meinen mit Worgun-Wissen bestückten Datenspeichern ist von Völkern die Rede, die sich in ziemlich hohem Tempo entwickelten. Die Bats hingegen trieben ihren technischen Fortschritt eher gemächlich voran, hatte ich den Eindruck. Mit dem Eintreffen der Kelug änderte sich das schlagartig.«

»Kelug?« entfuhr es Vandekamp.

»So nannten sich die dreibeinigen Forscher aus dem unbekannten Kubusschiff«, erklärte die INSTANZ. »Sie waren nicht sonderlich groß, höchstens eineinhalb Meter, und ihr kurzes Fell hatte eine derart schrille Farbe, daß es aussah, als würde es fortwährend leuchten. Die Kelug nahmen Kontakt mit den Bats auf und boten ihnen an, sie bei ihren Bemühungen, das Weltall zu bereisen, zu unterstützen.«

»Und? Nahmen die Bats das Angebot an?« fragte H. C. Vandekamp.

»Ich glaube schon. Meine Aufgabe bestand darin, das Weltall zu beobachten, nicht das Volk auf dem Planeten. Außerdem war ich laufend mit Wartungsarbeiten beschäftigt, schließlich mußte ich die Anlage in Betrieb halten. Nur solange hier unten alles reibungslos funktioniert, ziehen die Sonnen weiterhin ihre vorgeschriebenen Kreise. Sie dürfen nicht aus der Bahn geraten, andernfalls kommt es zu einer Katastrophe. – Als ich das nächste Mal auf dem Planeten nach dem Rechten sah, hatten die Bats bereits einige Würfelschiffe im Stil der Kelug nachgebaut und rüsteten sich zum ersten Start. Seit dem Auftauchen der Kelug war gerade mal ein knappes Jahr vergangen. Offensichtlich kam die Weiterentwicklung der Bats jetzt so richtig in Fahrt.«

»Wie lange blieben die Kelug auf dem Planeten?« erkundigte sich Artus.

Die INSTANZ schwieg eine Weile. Offenbar fand sie es unter ihrer Würde, auf die Frage eines Roboters zu antworten.

»Ich weiß es nicht«, sagte sie schließlich. »Obwohl ich das All ohne Unterlaß beobachtete, sah ich sie nie abfliegen. Auf dem Planeten befanden sich die Kelug merkwürdigerweise auch nicht mehr. Sie hatten sich offenbar… aufgelöst.«

»Und davon hast du nichts mitbekommen?« wunderte sich Artus. »Du scheinst mir eine ziemlich nachlässige Kommandoeinheit zu sein. Bist du dir sicher, daß du auf der Station wirklich alles im Griff hast?«

Das saß! Zwar war die INSTANZ in der Tat nichts weiter als

eine Maschine, ein Rechner ohne Seele, doch diese unverschämte Bemerkung schien sie regelrecht zu kränken.

»Wieso laßt ihr es zu, daß sich eins eurer Arbeitsgeräte ständig in unser Gespräch einmischt?« fragte sie die Menschen entrüstet.

Amy kam die Unterredung mit den Zinisch in den Sinn, als man auch sie hatte ausgrenzen wollen. Ohne zu zögern ergriff sie für den Roboter Partei.

Ohne zu zögern ergriff sie für den Roboter Partei. »Artus ist kein Gerät – er ist ein Freund!« machte sie der INSTANZ klar.

»Das ist ein Artus?« kam es zurück. »Der Checkmaster erwähnte ihn – allerdings mehr so nebenbei, als wir uns über unsere Kommunikationsmöglichkeiten austauschten.«

»Das ist in der Tat *ein* Artus«, entgegnete Riker sichtlich amüsiert. »Und es gibt Leute an Bord der POINT OF, die sind heilfroh, daß es nicht zwei von seiner Sorte gibt. Doch bevor wir uns jetzt lang und breit über ihn auslassen, sollten wir erst einmal die bereits angeschnittenen Themen zu Ende bringen. Ich habe dir vorhin eine Frage gestellt, INSTANZ, und ich warte noch immer auf die Antwort: Haben die Bats wirklich zu keiner Zeit von der Worgun-Technik gewußt oder in irgendeiner Weise von ihr profitiert?«

Und wieder schwieg die INSTANZ, so als ob ihr die Antwort auf diese Frage peinlich sei.

Diesmal ließ sich Dan Riker allerdings nicht so leicht abspeisen. Er bestand nachdrücklich auf Beantwortung seiner Frage. Doch erst als sich der Checkmaster zuschaltete und ebenfalls eine Antwort verlangte, rückte die INSTANZ mit der vollen Wahrheit heraus…

6.

Viel versprach sich Flashpilot Larry Fongheiser nicht von einem Überflug des Südpols, aber die von Schnee und Eis überzogene Region gehörte nun mal zu dem Suchgebiet, das Leutnant Hornig Wim Beeten und ihm zugeteilt hatte. Da es auf dieser Seite Nacht war, mußten beide den Boden mit Suchscheinwerfern ableuchten, als Ergänzung zu den Abtastern.

»Der Leutnant wollte wohl sichergehen, daß ich auch wirklich keinen Spaß an der Arbeit habe«, meinte der Kadett. »Wenn es auf einem Planeten einen Ort gibt, an dem man ganz bestimmt nichts erlebt, dann ist es der Südpol.«

»Und der Nordpol«, ergänzte Fongheiser lachend.

Beeten nickte. »Wen hat er doch gleich in den hohen Norden geschickt? Garantiert auch einen von uns Kadetten.«

»Lati Oshuta überfliegt soeben den Nordpol«, erwiderte der Pilot.

»Einer der Cyborgs also«, entgegnete der junge Niederländer nachdenklich. »Und wer ist sein bedauernswerter Mitflieg...?«

Er hielt inne, weil ihm der Name von Oshutas derzeitigem Teamkameraden schlagartig einfiel. Leutnant Hornig war der zweite Mann. Wim hatte ihn bei dem Japaner einsteigen sehen.

*

Hornig wußte selbst nicht so genau, warum er sich die Nordpolregion ausgesucht hatte. Was hatte er hier zu finden erhofft? Andererseits war die Suche über dem grünen Blätterdach auch nicht sehr befriedigend.

Mit bloßem Auge zu sehen gab es aufgrund der umfangreichen, in die Höhe geschossenen Pflanzenwelt kaum etwas, man mußte sich daher fast gänzlich auf seine Instrumente verlassen. Am Pol war das anders, hier hatte man eine gute Gesamtübersicht.

Die riesige Industrieanlage, die sich kilometerweit über die Eiswüste erstreckte, erschien bereits konturenhaft auf dem Bildschirm, als die übrigen Instrumente noch gar keine präzisen Meßergebnisse lieferten.

Kurz darauf befanden sich Oshuta und Hornig genau darüber. Das Gelände war bespickt mit Meilern und Maschinen, aber vor allem mit überdimensionalen, mehrere hundert Meter hohen Antennen. Alles war mit der bereits bekannten dehnbaren Folie verpackt.

»Scheint ein Außenposten der unterirdischen Worgun-Station zu sein«, vermutete der Leutnant. »Wir sollten ihn unbedingt näher untersuchen.«

»Wäre es nicht besser, wir überlassen das der POINT OF?« erwiderte der Cyborg. »Für die Station ist Ren Dhark zuständig.«

»Der Commander kann nicht überall gleichzeitig sein«, sagte Hornig. »Im übrigen ist die Erkundung der Oberfläche unsere Aufgabe. Dhark hat sich dafür entschieden, in der Finsternis des Planeten auf Tauchstation zu gehen und hat uns oben im Hellen zurückgelassen. Wie heißt es doch so schön in der Dreigroschenoper? *Denn die einen sind im Dunkeln, und die andern sind im Licht.*«

»Und man sieht nur die im Lichte, die im Dunkeln sieht man nicht«, ergänzte der stets gutgelaunte Cyborg den bekannten Vers lachend und zog den Flash nach unten. »Na, dann mal los, Mackie Messer!«

Leutnant Hornig wollte jedoch auf Nummer sicher gehen. »Nicht so stürmisch, Spelunken-Jenny, wir rufen erst die übrigen neun Flash hierher. Ich halte nämlich nichts von spontanen Einzelaktionen. Wir sind ein Team.«

Gerade wollte er sein Vipho betätigen, da ging ein Anruf vom Südpol ein. Larry Fongheiser und Wim Beeten waren ebenfalls fündig geworden. Auch sie waren auf eine riesige Industrieanlage gestoßen, mit auffälligen Gigantantennen.

»Teilen wir uns auf?« fragte Fongheiser. »Fünf Flash untersuchen die Südpolanlage, fünf die Anlage auf dem Nordpol.«

Hornig war dagegen. »Vierzig Augen sehen mehr als zwanzig. Wir treffen uns alle hier oben im Norden.«

*

Am Nordpol legten die zwanzig Insassen der Flash erst einmal W-Anzüge an. In der geborgenen kleinen Welt innerhalb des weltraumtauglichen Folienanzugs herrschten ideale Temperaturen – draußen leider nicht mehr.

Die weißen Ganzkörperanzüge waren luftdicht, boten Strahlenschutz und paßten sich dem Körper des Trägers an wie ein Handschuh; allerdings erhielten sie den Tastsinn besser. Sauerstoff- und Stromversorgung war inbegriffen, die Klimatisierung erstklassig. Die Klarsichthelme ließen sich leicht lösen und zurückschlagen.

Larry Fongheiser und Wim Beeten hatten bei der Landung festgestellt, daß die Anlage am Nordpol mit der auf dem Südpol völlig identisch war. Auch dort hatte man alles in Folie gehüllt.

»Offensichtlich erfüllen beide Anlagen denselben Zweck«, überlegte Leutnant Hornig. »Fragt sich nur, welchen.«

»Stromerzeugung«, meinte der Astrophysiker Wren Craig. »Dies ist ein Sonnenkraftwerk. Es zapft von den drei Sonnen die Energie für die Versorgung der unterirdischen Station ab. Durch die Lage am Pol stehen die Kraftwerke immer in Direktverbindung mit den Sonnen, da die Polachse des Planeten exakt in die gleiche Richtung weist wie die des Dreigestirns.«

Hornig schüttelte den Kopf. »Die Worgun haben damit nichts zu tun. Die beiden Anlagen wurden genauso eingemottet wie die Städte. Fazit: Sie gehören den Bats.«

»Vielleicht wollten die Bats den Worgun nur einen Gefallen tun«, entgegnete Craig, merkte aber sogleich, daß seine Argumentation auf recht wackligen Füßen stand. »Na schön, dann ist es halt ein Sonnenkraftwerk der Bats, schließlich brauchen auch sie Strom.«

Ennio Neri und Kjeld Danskoog hatten gemeinsam Messungen vorgenommen. Das Ergebnis meldeten sie dem Leutnant: Von der Anlage gingen spinnennetzförmig unterirdische Leitungen weg und verteilten sich über den Planeten.

»Am besten untersuchen wir das Kraftwerk systematisch, so wie die Stadt«, entschied der Leutnant. »Wir müssen allerdings aufpassen, nichts zu beschädigen, das könnte extreme Folgen haben – für die drei Sonnen, für den Planeten und für uns. Ein Zweimanntrupp macht vorab einen kurzen Erkundungsvorstoß; später folgt dann der Rest von uns nach.«

Die beiden Cyborgs Sass und Oshuta schauten sich kurz an und glaubten, Bescheid zu wissen. Niemand war besser für die Auskundschaftung des Industriegeländes geeignet...

Hornig beschloß jedoch, selbst zu fliegen. Als zweiten Mann wollte er einen Kadetten mitnehmen.

»Meldet sich jemand freiwillig?« fragte er die fünf Jungen.

Vier von ihnen hoben den Arm. Nur Wim Beeten hielt sich heraus. »Was ist, Kadett Beeten?« fragte ihn der Leutnant. »Ist Ihr Abenteuerhunger schon gestillt?«

»Sie würden mich sowieso nicht mitnehmen«, erwiderte der Gefragte. »Sie können mich nicht ausstehen.« Die zusätzliche Bemerkung *Das beruht übrigens auf Gegenseitigkeit* verkniff er sich lieber, damit aus seinen hundert Jahren Arrest keine tausend wurden.

»Wie kommen Sie darauf?« entgegnete Leutnant Hornig mit leicht ironischem Unterton. »Ich kann Sie gut leiden und hoffe sehr, wir zwei werden bei dieser kleinen Tour die besten Freunde. Setzen Sie sich in den Flash.«

»Ohne mich«, sagte Beeten und wandte sich zum Gehen. »Sie wollen mich doch nur mitnehmen, um mich zu schikanieren.«

Wer jemals das Brüllen eines Gorgun vom Planeten Onil aus der Andromedagalaxis gehört hatte, definierte das Wort Lautstärke künftig völlig neu. Leutnant Hornig konnte da nicht mithalten, aber auch er hatte eine ziemlich kräftige Stimme. Die Phonstärke, in der er Beetens Namen brüllte, löste in den Körpern der Cyborgs beinahe einen Phant-Vorgang aus.

Wim Beeten erstarrte zur Salzsäule. Langsam drehte er sich wieder um.

»Sie begreifen es wohl noch immer nicht, wie?« sagte Hornig, nun allerdings bedeutend leiser. »Ein Befehl ist ein Befehl. Wenn ich sage ›Setzen Sie sich in den Flash‹, dann sitzen Sie bereits drin, noch bevor mein letztes Wort verhallt ist. Haben Sie das jetzt endlich kapiert?«

Wim Beeten rannte zum Flash, als gelte es, ein Wettrennen zu gewinnen…

*

Im Intervallschutz schwebte der Flash mit Hornig und Beeten in eine riesige Industriehalle, natürlich mit ausgeschaltetem Brennkreis. Das tankförmige, drei Meter lange und eineinhalb Meter breite Kleinboot landete auf seinen sechs dünnen Auslegern. Die beiden Insassen saßen Rücken an Rücken, worüber der Kadett ganz froh war; so mußte er den Leutnant während des kurzen Fluges wenigstens nicht ansehen.

Die beiden Männer stiegen aus. Da ihren bisherigen Erfahrungen nach der Planet total verlassen war, ließen sie besondere Vorsichtsmaßnahmen außer acht – ein Fehler, der Beeten hätte passieren dürfen, nicht aber Leutnant Hornig.

Mit verschiedenen Meßgeräten untersuchten sie die teils klobigen, teils flachen, teils hohen, aber samt und sonders stillgelegten Maschinen in der Halle. Welchem Zweck sie jeweils dienten, ließ sich nicht exakt ermitteln. Eines stand allerdings schon bald fest: Um ein Sonnenkraftwerk zur Energieerzeugung handelte es sich bei der gigantischen, in doppelter Ausführung gebauten Anlage mit Sicherheit nicht.

Als *sie* kamen, war es fast schon zu spät zum Reagieren. Kadett Beeten entdeckte sie als erster. Sie sahen wie Kinderspielzeug aus: kleine Kettenfahrzeuge, auf die man winzige Raketenwerfer montiert hatte, vier pro Fahrzeug. Es gab noch eine zweite Sorte, ohne Waffen, dafür aber gespickt mit kleinen Antennen.

Da die großen Maschinen in der Halle nicht arbeiteten – zumindest deutete nichts darauf hin – war es ganz still. Leutnant Hornig hörte das leise Rattern der Fahrketten und drehte sich verwundert um. Er erblickte Wim Beeten, der irritiert auf zehn bis zwölf kleine fahrbare Raketenwerfer stierte.

»Was, zum Kuckuck, soll das jetzt schon wieder?« brummelte der Kadett.

»Deckung!« schrie ihm der Leutnant eine Warnung zu.

Beeten zögerte eine Sekunde, er fühlte sich nicht in unmittelbarer Gefahr. Was konnten ihm diese Winzlinge schon antun? Ein gedämpftes Geräusch ertönte. Das vorderste Kettenfahrzeug feuerte seine Ladung ab, viermal kurz hintereinander, so schnell, daß es sich wie ein einziger dumpfer Knall anhörte. Wim sprang hinter ein dickes unförmiges Rohr, das aus dem Boden ragte und bis zur Decke reichte. Ein gekonnter Sprung, aber es fehlte eben diese eine einzige Sekunde des Zögerns...

Wim verspürte einen harten Schlag gegen sein linkes Schienbein.

Der Kadett kam sich vor wie in einem völlig unrealistischen Traum. Zwei Handvoll Kriegsspielzeug griffen ihn an – darauf hatte ihn auf dem Übungsgelände der Akademie keiner seiner Ausbilder vorbereitet. Sein schmerzendes Schienbein machte ihm bewußt, daß er nicht träumte.

Hornig bekam noch mit, wie Beeten hinter dem Rohr in Dekkung ging. Augenblicke später mußte er sich hinwerfen, da ihn zwei der waffenbestückten Kettenfahrzeuge ins Visier nahmen. Zweimal vernahm er das gedämpfte Geräusch. Gleichzeitig zischte etwas dicht über seinen geschlossenen Helm hinweg.

Als sich der Leutnant vorsichtig aufrichtete, beobachtete er, wie sich die beiden leergeschossenen fahrbaren Raketenwerfer von ihm abwandten und mit leisem Rattern davonrollten. Er fragte sich, ob sie jetzt neue Munition holten oder nur für den Einmalgebrauch gebaut waren.

Mit gebotener Vorsicht untersuchte er die Einschußstelle. Acht ansehnliche kleine Löcher, umgeben von einem schwarzen Rand, »zierten« eine dünne Maschinenverkleidung.

Auch Beeten wagte sich wieder aus seiner Deckung. Drei der »Spielzeuge« hielten sich noch in seiner Nähe auf. Ohne erkennbare Formation fuhren sie hin und her, so als ob sie ihn suchen würden.

»Dabei bin ich eigentlich nicht zu übersehen«, murmelte der Kadett.

Blitzschnell richteten sich insgesamt zwölf Abschußöffnungen auf ihn. Die Minifahrzeuge schossen ihre explosiven Projektile von dort ab, wo sie sich gerade befanden.

Zum Glück hatte Wim aus seinem Fehler gelernt. Die »Zögersekunde« entfiel diesmal. Reaktionsschnell hechtete er auf eine große Metallkiste, machte einen Überschlag nach vorn und verschwand hinter der Kiste, noch bevor die Geschosse darüber hinwegjagten. Der pochende Schmerz an seinem Schienbein wurde stärker. Wim befühlte die Stelle, an der ihn die Projektile getroffen oder gestreift hatten. Löcher im W-Anzug ertastete er zu seiner Erleichterung nicht.

»Alles in Ordnung?« rief Hornig von irgendwoher.

Sofort wurde auf ihn geschossen.

»Ich denke schon«, rief Beeten zurück. »Was sind das für merkwürdige Waffen? Können sie uns ernsthaft schaden?«

In seine Richtung wurden jetzt ebenfalls verstärkt Geschosse abgefeuert, die zum Glück weit danebengingen.

»Die abgeschossenen Projektile haben keine große Durchschlagskraft!« antwortete Leutnant Hornig und rannte los. »Allerdings erzeugen sie beim Aufprall eine kleine Explosion!«

Er brauchte ein neues Versteck, da ihm zahlreiche Miniraketen um die Ohren pfiffen. Die kleinen Kettenfahrzeuge schienen immer mehr zu werden. Meistens traten sie paarweise auf: ein Raketenwerfer plus ein Antennenigel.

Auch Wim Beeten begriff allmählich, daß er sich mit seinen »zwei Handvoll« mächtig verschätzt hatte. Die rollenden Angreifer kamen von allen Seiten. Mit einem Satz richtete er sich auf, humpelte auf eine Riege von acht nebeneinander fahrenden Raketenwerfern zu und sprang über sie hinweg. Es fiel kein einziger Schuß.

Als Wim mit dem verletzten Bein auf dem Fußboden aufkam, stieß er einen leisen Schmerzenslaut aus. Die Kettenfahrzeuge blieben stehen, drehten ihre beweglichen Geschütze in seine Richtung und nahmen ihn diesmal gleich zweiunddreißigfach unter Beschuß.

Beeten schmiß sich hin und robbte so schnell er konnte ins nächste Versteck, wohlwissend, daß man ihn auch dort früher oder später aufstöbern würde.

»Wie gut schützt uns der W-Anzug?« fragte er seinen Vorgesetzten, den er etwa zwanzig Meter entfernt von sich vermutete.

»Kommt darauf an, wie viele Volltreffer Sie gleichzeitig einstecken müssen«, sagte überraschend eine Stimme hinter ihm. »Dieses Kettenungeziefer scheint überall zu sein. Wir müssen zurück zum Flash, und dann nichts wie raus hier. Ich habe bereits versucht, Verstärkung anzufordern, doch die Antennenigel senden irgendein Störsignal aus.«

»Welches kranke Gehirn denkt sich so was Perfides aus?« entgegnete Wim Beeten angewidert. »Das eine Fahrzeug wird aufs Töten programmiert, und das andere sorgt dafür, daß man keine Hilfe holen kann.«

Als die beiden ihr Versteck verlassen wollten, wurden sie von zahlreichen Kettenfahrzeugen umstellt. Hornig und Beeten begriffen, daß sie von hier nicht mehr unbehelligt wegkommen würden. Ihre Flucht war zu Ende...

*

Ihre Flucht war tatsächlich zu Ende. Leutnant Hornig und Kadett Wim Beeten flohen nicht mehr – sondern gingen zum Gegenangriff über. Sie stellten ihre Handstrahler auf volle Energie und schmolzen die Minikettenfahrzeuge gleich im Dutzend zu Metallklumpen zusammen. Dabei zielten sie nur auf den fahrbaren Untersatz, nicht auf die aufmontierten Raketenwerfer.

Um ein schlechteres Ziel abzugeben, wechselten sie in einem fort ihren Standort, waren mal hier, mal da, mal zusammen, mal allein. Zwischendrin riefen sie sich Warnungen und Kommandos zu.

Die rollenden Todesbringer, die eben noch perfekte Angriffsformationen gebildet hatten, gerieten arg durcheinander. Einige drehten ihre Geschütztürme laufend in eine neue Richtung, konnten sich aber offenbar nicht entschließen, ihre Ladung abzufeuern.

Andere schienen unvermittelt drauflos zu ballern und verfehlten ihr Ziel erstaunlicherweise nur um Zentimeter.

»Wenn ich nur wüßte, von wo aus diese verdammten Dinger ferngesteuert werden!« fluchte Hornig. »Und vor allem: von wem? Auf diesem Planeten sind doch nur wir!«

So als wollten sie sich in Erinnerung rufen, richteten sich rund zwanzig Vierergeschütze auf ihn. Noch bevor die ersten Projektile einschlugen, befand sich der Leutnant schon wieder woanders.

Beeten konnte den Flash bereits sehen, doch zwischen ihm und dem POINT OF-Beiboot befand sich eine regelrechte Miniarmee, bestehend aus mindestens zweihundert Kettenkleinfahrzeugen; mehr als die Hälfte davon war mit Raketenwerfern bestückt. Die konnte er unmöglich alle einschmelzen, ohne dabei etliche Volltreffer abzubekommen.

Leutnant Hornig tauchte neben ihm auf und erblickte das Desaster. Wim hoffte, daß sein Vorgesetzter einen rettenden Einfall hatte, denn ihm selbst gingen allmählich die Ideen aus. Hatte er überhaupt je welche gehabt?

Voller Angst blickte er in die zahllosen Waffenläufe.

Kein schöner Platz zum Sterben, dachte er. *Und dabei haben mir alle stets prophezeit, daß mich eines schönen Tages meine große Klappe ins Grab bringen würde – von Raketenwerfern im Kleinformat war nie die Rede.*

Und plötzlich wußte er, wie sie hier lebend herauskommen würden…

*

Die zweihundert Kettenfahrzeuge setzten sich in Bewegung. Weitere zweihundert rollten von hinten heran. Offenbar wollte man den Eindringlingen den Rückweg abschneiden.

Leutnant Hornig war zu allem entschlossen. Er plante einen Durchbruch, um die Miniraketenwerfer von Beeten abzulenken, damit der es allein zum Flash schaffte. Von dort aus konnte der Kadett dann Hilfe herbeifunken. Den Funkverkehr im Inneren des Flash konnten die Antennenigel sicherlich nicht beeinflussen – nach Aktivierung des Intervallfeldes waren sie machtlos. Hoffentlich. Als er Wim Beeten über sein Vorhaben unterrichten wollte, passierte etwas, das dem Leutnant noch nie untergekommen war: Sein Untergebener hielt ihm mit einer Hand den Mund zu.

Wim schaute Hornig eindringlich an. Den Zeigefinger der freien Hand legte er auf seine Lippen. Der Leutnant schwieg, obwohl er nicht so richtig begriff, was Beeten bezweckte.

Die Minifahrzeuge kamen näher, von vorn und von hinten, doch es wurde nicht geschossen. Beeten nahm die Hand von Hornigs Mund weg und blieb ganz ruhig stehen.

Als die Fahrzeuge aufeinandertrafen, wichen sie einander geschickt aus. Einige fuhren mit ihren Ketten über die Füße der beiden Männer, so als handele es sich dabei nur um ein unbedeutsames Hindernis. Beeten und Hornig verharrten wie festgewurzelt stumm an Ort und Stelle.

Allmählich ging auch dem Leutnant ein Licht auf. Er fing an, Beetens Gedankengänge nachzuvollziehen – und erweiterte sie durch eine weitere Hypothese...

Die »Zwergenarmee« zog sich allmählich auseinander und verteilte sich in der Halle. Hornig riskierte es jetzt, sich langsam vorwärts zu bewegen – wirklich langsam. Wie in Zeitlupe setzte er einen Fuß vor den anderen, wobei er höllisch achtgab, auf keines der Kettenfahrzeuge zu treten.

Wim Beeten folgte ihm mit der gleichen Langsamkeit. Ihm war klar, was der Leutnant vorhatte. Warum war er nicht selbst darauf gekommen?

Im Schneckentempo gelangten beide zum Flash.

Die Einstiegsluke öffneten sie ebenfalls sehr langsam, ohne hektische Bewegungen. Hornig stieg als erster ein. Dann streckte er die Arme aus, um dem verletzten Kadetten beim Einstieg zu helfen.

Beetens Oberkörper ragte noch ein Stück aus der Luke heraus, als ihm ein kaum hörbares »Gott sei Dank!« entfuhr.

»Kaum hörbar« war für ein paar in der Nähe befindliche Kleinraketenwerfer mehr als ausreichend. Sie wurden auf ihn aufmerksam und wandten sich ihm zu...

Leutnant Hornig packte den Jungen bei den Schultern, riß ihn ins Boot und schloß die Einstiegsluke. Keine Sekunde zu früh. Etliche Geschosse zischten wie Feuerwerkskörper über den Flash hinweg oder explodierten an dessen Außenhülle, ohne Schaden anzurichten.

Erst jetzt atmete auch der Leutnant erleichtert auf. »Hat Ihnen schon mal jemand gesagt, daß Sie eine viel zu große Klappe haben?« sagte er zu Beeten. »Sowas kann lebensgefährlich sein.«

Der Kadett nickte. »Das kriege ich dauernd zu hören. Doch damit ist jetzt Schluß. Da draußen ist mir klargeworden, daß es manchmal klüger ist, den Mund zu halten. Als ich die Miniraketenwerferarmee vor mir sah, schloß ich bereits mit meinem Leben ab, doch zu meiner Überraschung fiel kein einziger Schuß. Da begriff ich mit einemmal, wie sie gesteuert werden. In gewisser Weise werden die rollenden Waffen und Antennen tatsächlich ferngelenkt – und zwar von uns. Jedesmal, wenn wir uns etwas zuriefen, richteten die kleinen Kettenfahrzeuge ihre Werfer aus und schossen auf uns. Mitunter reichte ihnen bereits ein leises Murmeln oder ein Schmerzensschrei; möglicherweise orientierten sie sich auch an anderen Geräuschen, die wir verursachten.«

»Das wurde auch mir allmählich bewußt, als sie über unsere Füße fuhren, ohne sich um uns zu kümmern«, entgegnete Leutnant Hornig. »Sie schienen uns überhaupt nicht mehr wahrzunehmen. Ich fragte mich, ob das wirklich nur mit unserem eisernen Schweigen zusammenhing oder auch mit unserem ruhigen Verharren. Meine Theorie: Die Kettenfahrzeuge spüren unerwünschte Eindringlinge auf, indem sie sich an deren Bewegungen orientieren – es sei denn, man bewegt sich extrem langsam. Sobald die ungebetenen Besucher ein Geräusch verursachen, richten die kleinen Kampfmaschinen ihre Raketenwerfer darauf aus und feuern die Explosivprojektile ab.«

»Nicht gerade ein perfektes Wachsystem«, lästerte Beeten, der eben noch dem Tod ins Auge gesehen hatte.

»Es gibt perfektere«, räumte Hornig ein, »aber auch dies hier verfehlt seine Wirkung nicht, wie Sie ja am eigenen Leib spüren konnten. Was macht denn Ihr Schienbein? Tut es noch weh?«

»Es geht so. Schätze, ich habe noch mal Glück gehabt und nur einen Streifschuß abgekriegt. Wahrscheinlich komme ich mit einem dicken Bluterguß davon.«

»Den gönne ich Ihnen von Herzen. Die Beule wird Sie hoffentlich noch lange daran erinnern, daß man Befehle zügig auszuführen hat. Wenn ich das nächste Mal ›Deckung!‹ rufe, dann gehen Sie gefälligst auch in Deckung und überlegen nicht erst, ob das auch sinnvoll ist.«

»Jawohl, Sir!« erwiderte Beeten zackig. »Bekomme ich dafür noch ein paar Tage mehr Arrest?«

Der Leutnant grinste. »Sie bekommen gar keinen Arrest mehr. Einen hellen Kopf wie Sie lasse ich doch nicht in einer muffigen Zelle versauern.«

Der Flash zog die Ausleger ein und schwebte in die Höhe.

Bevor sie die Halle verließen, warfen die Männer noch einen letzten Blick zurück. Auf dem Bildschirm sah man, wie sich die Kettenwinzlinge wieder auf ihre Ausgangspositionen begaben. Nach und nach verschwanden sie von der Bildfläche. Wenig später wirkte die Halle wieder leer und verlassen.

»Der Commander sagte, die Bats könnten keine Roboter bauen«, bemerkte Leutnant Hornig, als sich der Flash wieder außerhalb des Gebäudes befand. »Zumindest keine Vielzweckroboter, wie sie die Menschheit inzwischen zu Abertausenden besitzt. Doch für rollende Miniwachroboter, die selbständig töten, reicht ihre Intelligenz offenbar aus. Leider sind die Zinisch nicht die einzige Spezies, bei der die Herstellung tödlicher Waffen Vorrang hat vor...«

Weiter kam er nicht, denn in diesem Moment ging ein dringender Funkspruch aus der POINT OF ein: ALARMSTART! Alle Flashpiloten wurden aufgefordert, sofort zum Mutterschiff zurückzukehren...

7.

»Nun, ich habe euch nichts davon erzählt, weil es mir...«

Die INSTANZ suchte nach dem passenden Begriff – aber ein Wort wie »peinlich« gab es in ihren Speichern nicht, zumindest nicht in Bezug auf eine Maschine. Und nichts anderes war sie schließlich: ein kühl kalkulierender Rechner aus Chips und Drähten, dem überhaupt nichts peinlich zu sein hatte.

»... weil es mir nicht recht ist«, beendete sie den Satz. Fast trotzig fügte sie hinzu: »Ihr braucht schließlich nicht alles zu erfahren!«

Der Checkmaster meldete sich zu Wort, und sämtliche Anwesenden verstanden, was er sagte.

»Ich befehle dir nochmals mit Nachdruck, den Menschen die gewünschten Auskünfte zu geben, Kommandoeinheit! Du hast meinen Anweisungen Folge zu leisten! Auf welche Weise profitieren die Bats von der W-Technik?«

»Das ist ja gerade das... das Nicht-Recht-Seiende an dieser Angelegenheit«, erwiderte die INSTANZ. »Ich weiß es nicht. Wirklich nicht. Die Bats bauten am Nordpol und am Südpol dieses Planeten zwei praktisch identische Anlagen, deren Sinn und Zweck sich mir bisher nur zum Teil erschlossen hat.«

»Was für Anlagen?« fragte Ren Dhark erstaunt.

»Mächtige Anlagen, die sich kilometerweit erstrecken«, antwortete die INSTANZ. »Nachdem die Bats begonnen hatten, Raumschiffe zu bauen und das Weltall zu bereisen, zogen sie immer mal wieder in kleineren Gruppen los – mit vierzig bis fünfzig großen Würfelschiffen, die von Raketenraumern begleitet wurden. Wahrscheinlich flogen sie zu Planeten in den Nachbarsystemen und statteten ihnen Freundschaftsbesuche ab. Mir war es egal, solange sie sich nicht an dem Zyzzkt-Abwehrsystem zu schaffen machten. Die drei Sonnen erweckten zwar ihre Neugier, doch sie stellten von ihren Schiffen aus lediglich Beobachtungen an.

So um 2010 herum begannen sie dann mit der Errichtung der beiden Anlagen. Ich ließ sie gewähren und war schon gespannt, welchem Zweck die Werke dienen sollten. Die Bats arbeiteten Tag und Nacht unermüdlich an diesem Projekt, und so ziemlich das gesamte männliche Jungvolk half schichtweise dabei mit. Raketenschiffe brachten ständig frische Arbeitskräfte an die Pole, so daß sie schneller fertig wurden, als ich angenommen hatte.«

»Aber womit wurden sie fertig?« fragte Arc Doorn ungeduldig. »Du willst uns doch nicht weismachen, daß du rein gar nichts verstanden hast – du, eine Kommandoeinheit, die von einem hochintelligenten Volk erschaffen wurde.«

»Natürlich wußte ich, was auf dem Bau vorging, und hätte ich den Verdacht gehabt, die Bats würden dort etwas errichten, was den Sonnen oder der unterirdischen Station schaden könnte, hätte ich die Anlagen umgehend zerstört und das Leben auf dem Planeten vollständig ausgelöscht. Doch es gab keinen Grund, ihnen zu mißtrauen. Erst als die Anlagen in Betrieb genommen wurden, erwachte in mir ein gewisser Argwohn. Die Bats benutzten nämlich die Steuerstrahlen, mit denen ich das Sonnensystem stabil halte, um Impulse ins Weltall abzustrahlen.«

»Welcher Art waren diese Impulse?« wollte Vandekamp wissen.

»Das kann ich nicht genau sagen. Es gelang mir nicht, sie näher zu analysieren. Für die Impulse, welche die Bats aus dem All empfingen, galt dasselbe. Ich war ratlos wie noch nie. Offensichtlich standen die Bats mit anderen Völkern in Kontakt, doch da es sich um keine normalen Funksignale handelte, konnte ich sie nicht abhören. Zeitweise dachte ich daran, dem ganzen Treiben rigoros ein Ende zu setzen und die beiden Werke komplett zu vernichten. Aber da die Bats keinen erkennbaren Schaden anrichteten und die Zyzzkt-Abwehranlage weiterhin fehlerlos arbeitete, unterließ ich es.

In den kommenden Jahren vergrößerten die Bats ihre Flotte

enorm. Anfangs hatten sie in erster Linie Raketenraumer gebaut, nun kamen immer mehr Würfelschiffe hinzu, keine Kampfschiffe, sondern große Personentransporter. Erst als sich im Jahr 2030 die Riesenflotte ins All erhob und das ganze Volk der Bats an Bord war, begriff ich, daß die Schiffe von vornherein zum Zweck der Evakuierung gedacht waren. Die Bats verschwanden aus diesem System. Doch ich war zuversichtlich, daß sie wiederkommen würden, schließlich hatten sie ihre Gebäude und auch die Pol-Anlagen unter speziellen Folien konserviert.

Mitte 2037 erfolgte dann ein massiver Angriff auf diesen Planeten, den ich erfolgreich zurückschlug. Sehr wahrscheinlich hatten es die unbekannten Angreifer auf mich beziehungsweise auf die Worgun-Station abgesehen, schließlich war außer mir keiner mehr da. Ich hatte die zweitausend zylinderförmigen Schiffe schon von weitem ausgemacht und mir bereits gedacht, daß sie auf dem Weg hierher waren. Doch ich hatte eine friedliche Mission angenommen. Ich wäre nie auf den Gedanken gekommen, daß ihre Besatzungen es wagen würden, mich mit derart primitiven Waffen anzugreifen. Die Hälfte von ihnen fand hierbei den Tod.

Die Überlebenden ließ ich ihrer Wege ziehen. Ihre Flucht dauerte lange, da sie über keine Transitionstriebwerke verfügten. Nach siebeneinhalb Jahren eurer Zeitrechnung blieb die Flotte plötzlich an einem Punkt im All stehen, von dem sie sich bis heute nicht wegbewegt hat. Vermutlich fühlen sie sich dort sicher, dabei wäre es mir ein leichtes, sie mit den weitreichenden Zyzzkt-Abwehrwaffen…«

Die INSTANZ hielt inne. Ihre Ortungsanlage hatte etwas angemessen.

Der Checkmaster kam ihr zuvor: Er meldete die Ortung einer Raumschlacht in 1,5 Lichtjahren Entfernung.

»Außerdem kam gerade eine Meldung der Drohne herein, die die Flotte der Bats überwacht«, ließ der Checkmaster die Delegation wissen. »Ihre Schiffe sind erneut in einen Kampf verwikkelt.«

»Nomaden?« fragte Dhark.

»Nein, Commander, die Bats kämpfen gegen die Flotte, die

1,5 Lichtjahre von hier entfernt ist – und die 2037 Batworld angegriffen hat.«

Wenigstens konzentrieren sich alle Probleme auf einen Punkt, dachte H. C. Vandekamp, der sich in sein Labor zurücksehnte.

*

Dhark, die beiden Rikers, Stewart, Tschobe, Doorn, Vandekamp und Artus eilten in die Abflughalle. Schon auf dem Weg dorthin gab der Commander den Befehl, einen Alarmstart vorzubereiten und die Flash zusammenzurufen.

Als die POINT OF wenig später aus dem Erdreich auftauchte, flogen die Flash mit eingeschaltetem Intervallum durch die Außenhülle in ihre Hangars ein. Kaum waren alle Beiboote dort, wo sie hingehörten, aktivierte Dhark das Intervallfeld um den Ringraumer.

»Genaugenommen geht uns das alles gar nichts an«, meinte Dan Riker, als die Transition eingeleitet wurde. »Möglicherweise handelt es sich um eine Privatfehde. Wer weiß, wie lange die beiden Kontrahenten schon miteinander verfeindet sind.«

»Als wir die Bats vor den Nomaden retteten, hast du noch ganz anders geredet.«

»Weil das auch was ganz anderes war. Die Besatzung eines starken Schiffes griff eine Flotte schwächerer Schiffe an und wollte Millionen von Leben auslöschen. Als Kommandant eines noch stärkeren Schiffes warst du geradezu verpflichtet, einzugreifen und zu helfen. Aber die beiden Flotten, die sich da draußen bekriegen, sind vermutlich gleichstark. Ergreifst du Partei und stellst dich auf eine Seite, verteidigst du womöglich die Falschen. Und wirfst du dich als Friedensstifter heroisch zwischen die Kämpfenden, wirst du von beiden Seiten gehaßt.«

*

In wenigen Minuten war die POINT OF am Ort des Geschehens.

Mehr als tausend dicke Zylinderschiffe, überwiegend von

einhundertzwanzig Metern Länge und vierzig Metern Durchmesser (es gab auch ein paar größere), lieferten sich eine Schlacht mit der Flotte der Bats. Seitens der Bats wurden ausschließlich die über eintausendfünfhundert Raketenkampfraumer eingesetzt. Ihre mehr als fünfhundert zivilen Würfelschiffe hielten sich im Hintergrund.

Etwas abseits davon stand der kleine Würfel im All, im Schutz von zehn Raketenraumern.

Ren Dhark setzte sich sofort mit der ZALDAPT in Verbindung, dem Flaggschiff der Zinisch-Flotte. Iritik meldete sich.

»Was ist passiert?« fragte der Commander.

»Wir wurden ohne Vorwarnung von feigen Wegelagerern angegriffen, kaum daß wir nach unserem letzten Sprung hier auftauchten«, teilte ihm der Staatschef von Zieen mit. »Sie können sich heraushalten, Terranermensch Dhark, ich habe alles unter Kontrolle.«

Ohne eine Antwort abzuwarten, brach Iritik die Verbindung ab.

»Wenn er keine Hilfe will, solltest du sie ihm auch nicht aufnötigen«, sagte Riker zu Dhark.

Dan wußte, wie schwer es seinem Freund fiel, sich aus einem Konflikt herauszuhalten. Doch so sehr Ren es sich auch wünschte, er konnte unmöglich alle Kriege im Universum verhindern. So stark war selbst ein stolzes Schiff wie die POINT OF nicht.

Dhark befahl, den Tarnschutz zu aktivieren und den Ringraumer in eine sichere Beobachtungsposition zu manövrieren. Von dort aus überwachte er das Geschehen als neutraler Beobachter. Die Bats wollten seine Hilfe nicht, und die Unbekannten brauchten sie offenbar nicht. Mit ihren starken Laserkanonen hatten sie schon mehrere Raketenraumer abgeschossen, die aber nach wie vor in der Überzahl waren.

Nicht nur den Bats fehlten die Schutzschirme, auch die Unbekannten hatten keine. Ihre aus Stahl gefertigten Schiffe waren jedoch von sehr starken Panzerungen umschlossen, an denen die Laserstrahlen ihrer Gegner abprallten.

Ganz wehrlos waren die Zinisch allerdings nicht. Die Unbekannten verfügten nur über Ionenstrahltriebwerke; dadurch waren ihre Schiffe langsamer und schwerfälliger als die Bat-Raketen, die verstärkt auf die Triebwerksöffnungen der Zylinderschiffe zielten.

Vereinzelt feuerten die Unbekannten selbststeuernde automatische Raumtorpedos ab, die aber meist gleich wieder von den Bats zerstört wurden.

Ren Dhark vermutete, daß jedes Zylinderschiff nur mit sehr wenigen Torpedos ausgestattet war – aus Platzmangel oder Kostengründen –, weshalb diese Waffen nur sehr spärlich eingesetzt wurden.

Ihm fiel außerdem auf, daß die schweren Zylinder nie auf direkten Konfrontationskurs mit den Raketen gingen. Kam ihnen ein Raketenraumer zu nahe, wichen sie ihm aus und suchten ihr Heil in der Flucht. Meist griffen dann andere Zylinderschiffe ein, um dem Fliehenden zu helfen und den Verfolger abzuschießen.

In der Bildkugel der POINT OF konnte man beobachten, wie ein Schiff der Unbekannten vor einer Dreißigmeterrakete zu entkommen versuchte. Riker und Dhark blickten sich ratlos an.

»Wieso haut er vor diesem Winzling ab?« sprach Artus aus, was alle in der Zentrale dachten. »Ein Volltreffer genügt, und von der Rakete bleibt nichts mehr übrig.«

Von dem Zylinderschiffaus wurde auf den Verfolger geschossen, doch die Laserstrahlen verfehlten die Rakete um Längen. In der Waffensteuerung war man scheinbar zu nervös, um einen Treffer zu landen. Angst konnte die Zielsicherheit stark beeinflussen.

Es war eine ernste Situation, bei der es um Leben und Tod ging – dennoch hatte diese merkwürdige Szene etwas Lächerliches an sich.

»Das erinnert mich an den Hund meiner vierjährigen Tochter«, bemerkte der Zweite Offizier Leon Bebir. »Wenn er beim Gassi gehen auf der Straße einen Lastenschweber erblickt, ist er kaum noch zu halten. Läßt man ihn von der Leine, rennt er wie verrückt hinter dem Transporter her, der natürlich viel zu schnell für ihn ist. Ich frage mich, was der Köter wohl macht, wenn es ihm eines Tages gelingt, einen jener großen dicken Schweber einzufangen.«

Der Raketenraumer holte jetzt allmählich auf. Die Distanz zum Zylinderschiff betrug nur noch knapp neunundneunzig Kilometer.

Plötzlich wurde der Zylinder langsamer. Die Besatzung gab die Flucht auf und stellte sämtliche Kampfaktivitäten ein. Wollte sie sich ergeben?

Die Dreißigmeterrakete verlangsamte ebenfalls ihr Tempo, zog eine Kurve durchs All und stürzte sich dann mit voller Geschwindigkeit wieder in die Schlacht. Um das Schiff, das sie eben noch hartnäckig verfolgt hatten, kümmerten sich die Bats nicht mehr. Sie hatten die Besatzung außer Gefecht gesetzt – an Bord war offenbar niemand mehr am Leben oder zumindest einsatzfähig. Wie das den Bats gelungen war, stellte allerdings ein Rätsel dar. Der Checkmaster hatte keinerlei Waffenaktivitäten anmessen können.

Ähnliche Szenen waren im Kampfgebiet immer wieder zu beobachten. Sobald es einem Raketenraumer gelang, näher als einhundert Kilometer an einen Zylinder der Unbekannten heranzukommen, ging von dem betreffenden Schiff kurz darauf keine Gegenwehr mehr aus. Es schwebte nur noch hilflos im All, obwohl keine sichtbaren Beschädigungen zu erkennen waren. Das Leben in diesen Schiffen schien mit einem Schlag erloschen zu sein.

»Die Bats besitzen offenbar eine verdammt gefährliche Waffe«, vermutete der kindergesichtige Bud Clifton, der auf der POINT OF die Waffensteuerung West befehligte. »Vielleicht eine bisher unbekannte Strahlenwaffe, die sich nur gegen biologisches Leben richtet?«

»Und warum haben sie diese Waffe nicht gegen die Nomaden eingesetzt?« entgegnete der I.O. Hen Falluta.

»Weil sie nur auf eine bestimmte Entfernung wirkt und die Nomaden sie nicht nahe genug an sich heranließen«, vermutete Riker.

Dhark schüttelte den Kopf. »Iritik hätte sich zum Schein ergeben können. Die KRIEGSBRAUT wäre arglos näher gekommen, um die ZALDAPT zu übernehmen – und hätte dabei die todbringende Einhundertkilometergrenze überschritten. Ich vermute mal, daß diese unbekannte Waffe nicht in der Lage ist, Energieschirme zu knacken. Die Zylinderraumer haben keine.«

Eine Zeitlang verlief der Kampf unentschieden. Zwar mußten die Bats zahlenmäßig mehr Verluste einstecken, doch sie verfügten über mehr Kampfschiffe als die Unbekannten – und über ihre Spezialwaffe. Um das Blatt zu wenden, griff man auf den Zylinderraumern zu einem unfairen Mittel: Die Unbekannten setzten ihre Torpedos jetzt massiver ein – aber nicht gegen die Raketenkampfschiffe, sondern gegen die Zivilisten in den Würfelschiffen.

Nicht jeder Torpedo kam durch, doch alle konnten die Bats unmöglich aufhalten und abschießen. Drei der riesigen Einkilometerwürfel wurden innerhalb kürzester Zeit komplett vernichtet. Sechs Millionen Leben waren erloschen. In der Zentrale der POINT OF war man entsetzt.

Auch der kleine Würfel wurde von einem Torpedo getroffen. Stark beschädigt trieb er im All.

Als ein vierter und ein fünfter Würfel mit jeweils zwei Millionen Zinisch-Zivilisten an Bord explodierten, gab es für Ren Dhark kein Halten mehr. Er befahl die Aufhebung der Tarnung und den Angriff auf die Zylinderraumer der Unbekannten.

*

Wie ein Falke tauchte die POINT OF plötzlich aus dem Nichts auf und stürzte sich auf die Flotte der Massenmörder, die unablässig weitere Torpedos auf die Zivilistenschiffe der Bats abfeuerten. Für Bud Clifton und Jean Rochard von der Waffensteuerung West war die Zerstörung der Torpedos nur eine Fingerübung. Kein einziger erreichte sein Ziel.

Danach nahmen sie sich die Schiffe vor, aus denen die Torpedos abgeschossen wurden. Eines nach dem anderen verwandelte sich in einen Feuerball, ein flammendes Inferno, das tödlich leise in der Schwärze des Alls verging – als Warnung an die anderen vor weiteren Angriffen.

Obwohl sie sahen, wozu der Ringraumer fähig war, ließen die Unbekannten nicht von den Bats ab. Doch Dhark hatte sich geschworen, dafür zu sorgen, daß in dieser Schlacht kein unschuldiger Zivilist mehr sterben mußte – und er pflegte seine Schwüre zu halten. Mit allen ihm zur Verfügung stehenden Waffen jagte er weitere Zylinderraumer hoch, so lange, bis die Unbekannten ihren Angriff auf die Bat-Flotte endlich abbrachen.

Als die schwerfälligen Zylinder abdrehten, hatte die POINT OF die Angreiferflotte um insgesamt dreißig Schiffe reduziert – mitsamt den Besatzungen. Ren Dhark hatte kein Mitleid mit ihnen. Mit Torpedos auf Wehrlose zu schießen, die sich ersichtlich aus der Schlacht heraushielten, war in seinen Augen ein Akt der Feigheit und Perversität.

Selbst Riker, der anfangs jegliche Einmischung für falsch gehalten hatte, war über das gewissenlose Verhalten der Zylinderschiffsbesatzungen maßlos schockiert.

»Wir sollten die größten Schiffe ihrer Flotte vernichten«, verlangte er. »Erst wenn man dem Drachen all seine Köpfe abgeschlagen hat, kann er niemandem mehr etwas antun.«

Ren Dhark weigerte sich. »Ich schieße nicht auf Flüchtende. Aber ich bin dafür, daß wir uns die Hauptschuldigen herauspikken und bestrafen. Mit den langsamen Zylinderraumern werden sie nicht weit kommen. Bevor wir die Verfolgung aufnehmen, helfen wir den Bats, ihre Schäden zu reparieren. Einige ihrer Schiffe haben ganz schön was abbekommen.«

In diesem Augenblick führten die Bats den letzten Sprung in Richtung ihres Heimatsystems durch. Ohne noch mal Kontakt mit den Menschen aufzunehmen oder sich wenigstens für die Schützenhilfe zu bedanken, verschwanden sie aus diesem Teil des Weltraums. Der »Time«-Effekt-Sprung war für einige stark beschädigte Schiffe nicht ganz ungefährlich. Doch irgendwie schafften sie es alle, wegzukommen.

Als sie fort waren, stellte der Checkmaster fest, daß doch jemand zurückgeblieben war. Der angeschlagene Kleinwürfel schwebte etwas abseits im All. Ein Bioscan ergab, daß ein geringer Teil der Besatzung noch lebte.

»Wir müssen die Überlebenden an Bord holen und sie medizinisch versorgen«, sagte Amy Stewart.

Dhark nickte. »Das müssen wir wohl. Obwohl mir der Gedanke, diese unheimlichen Kreaturen aufs Schiff zu lassen, nach wie vor nicht behagt.«

*

Hätten Zinisch weinen können, wären der Unvergänglichen Tränen übers Gesicht gelaufen. Ihr Hohepriester Barlac lag in ihren Armen und rührte sich nicht mehr. Die verhaßten Plünderer waren schuld an seinem Tod.

Und Iritik! dachte die Unvergängliche, und Zorn stieg in ihr auf.

Sie fühlte sich vom offiziellen Staatsoberhaupt im Stich gelassen. Ihrer Meinung nach hätte sich Iritik vergewissern müssen, ob sie noch am Leben war. Statt dessen hatte er sich nach Zieen abgesetzt und sich nicht mehr weiter um sie gekümmert.

Hielt er sie wirklich für tot? Oder hatte er sie mit Absicht zurückgelassen? Nach außen hin verehrte er sie zwar über alle Maßen, doch vielleicht hatte er sich all die Zeiteinheiten nur verstellt. Viele erfolgreiche Anführer duldeten keine höhergestellten Persönlichkeiten neben sich.

Außer der Unvergänglichen befanden sich noch zwei überlebende Besatzungsmitglieder an Bord der TESHON: Kapitän Gukusac und ein einfacher Soldat, dessen Namen sie vergessen (oder nie gekannt) hatte. Beide hatten sich in den Wohnbereich der Unvergänglichen geflüchtet, der als einziger völlig unversehrt geblieben war. Alle übrigen Quartiere waren ausgebrannt, ebenso die Zentrale. Zum Glück hatte die automatische Brandschutzanlage die Flammen inzwischen gelöscht oder erstickt. Daran, daß der Maschinenraum zur Hälfte zerstört war und der Antrieb nicht mehr funktionierte, änderte das nichts.

»Iritiks Amtsvorgänger hätte sich die Plünderer vornehmen sollen, als er ihnen laut Logbuch-Aufzeichnung im All begegnete, damals vor dreihundertsechzig zieenischen Zeiteinheiten«, merkte der Kapitän grimmig an.

»Dann gäbe es unsere Flotte schon längst nicht mehr«, entgegnete die Unvergängliche, die einzige noch verbliebene Zeitzeugin. »Du hast doch zu spüren bekommen, wie feige und hinterhältig sie sind. Unfaßbar, daß sie uns hier aufgelauert haben! Die Panzerung ihrer Schiffe hat unseren Kampfraumern schwer zu schaffen gemacht. Ohne die Feuerkraft des Ringraumers hätten die Plünderer die Schlacht mit Sicherheit für sich entschieden. Damals, bei unserem ersten überraschenden Zusammentreffen, waren keine Terranermenschen in der Nähe, um uns zu helfen. Dem Kampf mit ihnen auszuweichen war das klügste, was wir seinerzeit tun konnten.«

Sie forderte die Männer auf, den Raum zu verlassen und den Zugangstunnel zu bewachen.

»Ich möchte allein sein, um Abschied von dem Toten zu nehmen. Sollten die Plünderer zurückkehren, wißt ihr hoffentlich, was ihr zu tun habt.«

»Wir verteidigen dein Leben mit unserem«, versprach ihr Gukusac.

»Falsch!« widersprach ihm die Unvergängliche. »Du als Kapitän verteidigst dein Schiff allein gegen die Eindringlinge. Und du, kleiner Soldat, tötest mich! Es wäre eine zu schlimme Demütigung, würde ich dieser gewissenlosen Räuberbande lebend in die Hände fallen.«

Nachdem die beiden gegangen waren, wandte sie sich wieder dem leblosen Mann in ihren Armen zu. Es tat ihr weh, daß er ein so unrühmliches Ende gefunden hatte. Zwar hätte er diese Welt ohnehin bald verlassen müssen, doch Barlac hatte sich immer gewünscht, ihr sein Ich schenken zu dürfen. Sie hätte bei ihm sein sollen, in seiner Sterbestunde, so hatten sie es beide verabredet. Wie hätte sie ahnen können, daß alles ganz plötzlich und unerwartet kommen würde? Der Angriff der Plünderer, der Torpedo…

Barlac war gegen eine Wand geschleudert worden und hatte sich fast alle Knochen in seinem zerbrechlichen dürren Leib gebrochen. Er war sofort tot gewesen. Als ihn die Unvergängliche entdeckt hatte, war sein Ich längst aus seinem Körper gewichen. Diesmal hatte sie sich nicht mit der anderen Kraft darum streiten können – weil die sich einem Kampf erst gar nicht gestellt hatte. Die ferne Macht hatte sich Barlacs Leben einfach genommen, obwohl es ihr nicht zustand.

»Bestimmt sehen wir uns bald wieder, mein Freund«, sagte die Unvergängliche leise.

Ihre relative Unsterblichkeit nutzte ihr in dieser Situation nicht viel. Zwar war es dem Kapitän gelungen, ihren Wohnbereich rundherum hermetisch abzuriegeln, und die Notversorgung lieferte ihr Licht und Sauerstoff, aber es war nur eine Frage der Zeit, bis die verbliebenen Energien endgültig aufgebraucht waren. Dann würde sie der anderen Kraft direkt ins Auge blicken müssen, und diesen letzten Kampf konnte sie nicht gewinnen.

Vom Tunnel her drangen Stimmen herein. Das unverkennbare Sirren eines Lasergewehres war zu hören. Ein gräßlicher greller Laut ertönte, durchsetzt mit Ultraschallgeräuschen – ein Todesschrei, wie ihn nur die Zinisch ausstoßen konnten. Die Unvergängliche ordnete die Laute dem Kapitän zu. Wieder war auf diesem Schiff jemand gestorben, ohne daß sie dabei die Hand im Spiel gehabt hatte.

Im Eingang zu ihrer Privatkabine tauchte der junge Soldat auf. Er hielt ein Lasergewehr in seiner Hand und legte auf sie an. Die Unvergängliche bewegte sich nicht; er tat ja nur, was sie ihm befohlen hatte.

»Nicht schießen!« ertönte ein lauter Ruf in der Sprache der Terranermenschen.

Der Soldat schrie auf und ließ sein Gewehr fallen. Sein anfälliger Körper wurde von wilden Zuckungen erfaßt. Der Atem blieb ihm weg. Seine inneren Organe versagten ihm den Dienst.

Die Unvergängliche spürte, wie sein Leben den toten Leib verließ und die große ungewisse Reise ins Licht antrat. Sie konnte es nicht verhindern, sie war zu weit von ihm entfernt. Auch dieses Ich mußte sie der anderen Kraft überlassen...

Ein Terranermensch stand jetzt im Eingangsbereich. Verzweifelt starrte er auf den toten Soldaten. »Das habe ich nicht gewollt!«

Iritik hatte seine Unterredung mit den Terranermenschen mit

einem verborgenen Gerät für sie aufgezeichnet, in Bild und Ton. Dieser Mann hier war keiner von denen, die an Bord der ZALDAPT gekommen waren.

*

Dressler und Danskoog flogen mit dem Flash in die Zentrale des angeschossenen Kleinwürfels ein. Dhark hatte sie für diese Mission ausgewählt, weil die beiden laut Auskunft Dresslers bereits bei der Erkundung der Planetenoberfläche recht gut zusammengearbeitet hatten. Da nicht zu erwarten war, daß sich die Überlebenden gegen eine Rettung sträuben würden, handelte es sich lediglich um eine leichte Routineaufgabe.

Die Wände in der größtenteils zertrümmerten Zentrale waren schwarz. Auf dem Boden lagen verkohlte Leichen.

Für eine Landung war hier reichlich Platz – kaputtmachen konnte man ohnehin nichts mehr. Beide Männer stiegen aus, um ihre Durchsuchung zu Fuß fortzusetzen.

In den angrenzenden Räumen und Gängen sah es ähnlich aus wie in der Zentrale: Trümmer, Brandschäden, Tote...

Die phantasielose Anordnung der Mannschaftsquartiere, Offiziersunterkünfte, Konferenzzimmer und sonstigen Räumlichkeiten auf den oberen Decks war vergleichbar mit dem Nullachtfünfzehn-Aufbau des Gebäudeklotzes, den Dressler, Danskoog, Sass und Hornig auf Batworld betreten hatten.

Die Bats waren offenbar mehr Höhlenbauer als Architekten. Insbesondere von Innenarchitektur verstanden sie nicht sonderlich viel. Die Kabinen waren lieblos und zweckentsprechend eingerichtet, so daß jeder Raum gleich viel Charme versprühte – nämlich gar keinen.

Die Männer setzten sich wieder in den Flash, schalteten das Intervallfeld ein und flogen langsam weiter. Auf dem Unterdeck befanden sich Lagerhallen, Vorratskammern und der Maschinenraum. Direkt über dem Maschinenraum hatte man ein Gewächshaus angelegt, in dem verschiedene Pflanzenarten gezüchtet wurden.

»Solche Zuchtstationen gibt es vermutlich auf jedem Würfelschiff«, schätzte Dressler. »Schließlich sind die Bats Pflanzenfresser.«

»Ein beruhigender Gedanke«, meinte Danskoog. »Wären sie fleischfressende Räuber, müßten wir uns mächtig vorsehen.«

Dressler ortete Überlebende in einem breiten Tunnelgang, der in den hinteren Teil des Raumschiffs führte. Er flog diesen Bereich an.

Zwei Bats hielten sich dort auf. Als der Flashpilot die Ausstiegsluke öffnete und sich zeigte, richteten beide ihre Gewehre auf ihn und betätigten den Auslöser. Blitzschnell zog Dressler den Kopf ein. Die Laserstrahlen streiften nur die Ausstiegsklappe, ohne Schaden anzurichten.

Sekundenbruchteile später tauchte Dressler wie ein Springteufel wieder aus der Luke auf. In seiner rechten Hand hielt er einen auf Betäubung eingestellten Paraschocker. Gleich der erste Schuß war ein Treffer. Der ältere der beiden Bats brach auf der Stelle zusammen.

Der Jüngere machte, daß er davonkam. Dressler hatte keinen Grund mehr, auch ihn zu betäuben. Um ihn zurückzuholen, schickte er ihm Danskoog hinterher.

Der Kadett sprang mit einer sportlichen Bewegung aus dem Flash und nahm die Verfolgung auf. Im Laufen zückte er seinen ebenfalls auf Lähmung eingestellten Paraschocker. Als Kjeld sah, wie der Bat stehenblieb und mit seinem Gewehr in eine Kabine zielte, zögerte er keinen Augenblick und verpaßte ihm eine volle Betäubungsladung.

Dresslers Ausruf »Nicht schießen!« entging Kjeld zwar nicht, aber der Kadett nahm an, er sei an den Bat gerichtet, quasi als letzte Warnung.

Wild zuckend brach der Gewehrschütze zusammen und rührte sich nicht mehr. Dressler kam angerannt. Entsetzt stellte er fest, daß es schon zu spät war.

»Ich habe mir den Bat, auf den ich mit dem Paraschocker geschossen habe, näher angesehen«, erklärte der erfahrene Kämpfer seinem jungen Teamkameraden. »Er ist tot. Offensichtlich vertragen diese klapprigen Haut- und Knochengerüste die Lähmungsstrahlen nicht.«

Mit bleichen Wangen näherte sich der Kadett dem leblosen Soldaten. »Das habe ich nicht gewollt!« stieß er hervor.

Dressler legte ihm eine Hand auf die Schulter. »Ich auch nicht, aber damit werden wir leben müssen.«

»Ich habe noch nie jemanden getötet«, erwiderte Danskoog leise. »Keinen Menschen und keinen Außerirdischen – jedenfalls nicht außerhalb der Simulationskammern.«

»Besser, du gewöhnst dich an den Gedanken, daß du in deinem Beruf auch in Zukunft töten wirst. Denn das ist dein Job: töten, um Leben zu retten. Ich weiß, das hört sich paradox an, doch genau dafür wirst du ausgebildet. Hätte der Commander nicht den Mut gehabt, in die Schlacht zwischen den Zinisch und den Unbekannten massiv einzugreifen, hätten Millionen Bats ihr Leben gelassen.«

»Schon gut, ich hab's kapiert«, erwiderte Kjeld grantig. »Bringen wir unsere Arbeit zu Ende. Ich will hier so schnell wie möglich weg. Im übrigen sind die beiden selbst schuld. Sie hätten von vornherein nicht auf uns schießen sollen.«

Jetzt versucht er, mit seinen Schuldgefühlen fertigzuwerden, indem er den harten Mann markiert, dachte Dressler.

Er hatte einst vor demselben seelischen Problem gestanden und das gleiche trotzige Verhalten an den Tag gelegt.

»Die beiden haben sich halt erschrocken, als plötzlich unser Flash aus der Wand kam«, erklärte er dem Jungen. »Daraufhin haben sie überreagiert.«

Dressler nahm sein Funkgerät zur Hand und setzte sich mit der POINT OF in Verbindung. Dort stand bereits ein Rettungsteam abrufbereit. Dressler und Kjeld waren lediglich die Vorhut, man hatte sie als Kundschafter vorausgeschickt.

»Wir brauchen noch einen zusätzlichen Flash mit einem freien Sitz. Wie? Ja, Sie haben richtig gehört: ein Flash genügt.«

Danskoog forderte die letzte Überlebende an Bord per Handzeichen auf, mit ihm zu kommen.

Die Unvergängliche ließ Barlac los, legte ihn sanft auf dem Boden ab und stand auf.

Da sie über keinen Translator verfügte, verstand sie die Terranermenschen nicht, aber sie begriff, daß die beiden gekommen waren, um sie zu retten. Und daß sie sie auf ihr Schiff holen wollten.

Zu schade, dachte sie, als sie über den toten Soldaten stieg, der genau vor dem Eingang lag. *Dich hätte ich auf dem Ringschiff gut gebrauchen können, kleiner Soldat – als lebende Waffe!*

Sie hatte ihm befohlen, sie zu töten, aber es war ihr unverständlich, warum er nicht erst versucht hatte, sie zu verteidigen, indem er seine naturgegebene Gabe einsetzte. Vermutlich war er zu sehr in Panik geraten, schließlich war er noch jung und unerfahren. Oder er hatte die Gabe eingesetzt, und die Terranermenschen waren immun dagegen? Dieser Gedanke gefiel der Unvergänglichen überhaupt nicht – weil sie sich dann in der Hand einer nahezu unbesiegbaren Spezies befunden hätte.

Andererseits: Hatte ihr eigenes Volk sie nicht soeben im Stich gelassen? War es in ihrem Fall nicht besser, sich auf die Siegerseite zu stellen...?

8.

Die Zylinderraumschiffe der Unbekannten waren nur mit Ionenstrahltriebwerken ausgestattet. Maximal konnten sie damit fünfundsiebzig Prozent Lichtgeschwindigkeit erreichen, allerdings war es unter Umständen besser, nicht bis an die äußerste Grenze zu gehen.

Nachdem ihnen die POINT OF demonstriert hatte, wieviel Macht in ihr steckte, wollten die Unbekannten nur noch weg – so weit weg wie möglich. Doch nirgends gab es ein sicheres Versteck. Selbst in dieser dichten Sternenballung war das nächstliegende Sonnensystem immerhin noch ein halbes Lichtjahr entfernt.

An Bord des Ringraumers beobachtete die Besatzung, wie eines der Zylinderschiffe explodierte, obwohl die fliehende Flotte nicht mehr unter Beschuß stand. Trotzdem explodierte noch ein zweites Schiff und riß die Besatzung eines dritten Zylinderraumers mit in den Tod.

Ren Dhark »holte« die Schiffe näher heran – in Großaufnahme. Erst jetzt war erkennbar, was während des Kampfes niemandem so richtig aufgefallen war: Die Zylinderraumer hatten vernarbte Hüllen und waren schon sehr alt. Ihre Triebwerke auf Vollast zu schalten war daher ein großes Risiko. In ihrer Panik waren die Unbekannten aber offenbar bereit, jedes Risiko einzugehen – mit schwerwiegenden Folgen.

Ein weiteres Schiff hielt der Belastung nicht länger stand und explodierte wie seine Vorgänger.

»Ja, beeilt euch nur, und jagt euch dabei selbst in die Luft«, bemerkte Dan Riker gehässig. »Es wird euch nur nichts nutzen. Auch wenn ihr doppelt so schnell wärt und noch schneller – wir kriegen euch, ihr Mörderpack!«

Es ärgerte ihn, daß er Ren geraten hatte, sich nicht sofort einzumischen, und er warf sich vor, daß ohne seinen dummen Rat vielleicht ein paar Millionen Bats mehr am Leben geblieben wären.

Der Commander ließ zwanzig Flash für die Verfolgung bereitstellen. Auf den zweiten Sitz plazierte er jeweils einen Kegelroboter. Die Pilotensitze wurden unter anderem mit den erfahrenen Flashpiloten bestückt, die bereits auf Zieen im Einsatz gewesen waren; nur Dressler fehlte, er befand sich noch auf dem Kleinwürfel. Und natürlich kamen auch Bram Sass und Lati Oshuta mit, die sich bislang stark unterfordert gefühlt hatten. Die Frage, ob Dan an Bord der POINT OF bleiben würde, ersparte sich Dhark von vornherein. Und Amy beanspruchte wie selbstverständlich ebenfalls einen Sitz für sich.

Eins der Beiboote wurde gleich mit zwei Robotern besetzt. Einer davon war ein Kegel – der andere Artus.

Lediglich die Kadetten mußten diesmal verzichten. Dhark hielt es noch für zu früh, sie auf einen gefährlichen Außeneinsatz mitzunehmen. Zwar waren die Unbekannten aller Wahrscheinlichkeit nach keine echten Gegner, aber auch ein verirrter Energiestrahl konnte töten oder zumindest schwere Verletzungen anrichten.

Jeder, der an dem Einsatz teilnahm, war mit einem Translator ausgestattet. Der Checkmaster hatte den UKW-Funkverkehr zwischen den Zylinderschiffen abgehört, die Sprache der Unbekannten analysiert und das Ergebnis in die Translatoren gespeichert, auch in den integrierten Hochleistungstranslator von Artus.

So ganz nebenbei hatte der Bordrechner auch noch die Zylinderschiffe näher in Sensorenschein genommen. Das Ergebnis teilte er allen Einsatzteilnehmern kurz vor dem Abflug mit, auf ganz altmodische Art: über den Bordlautsprecher im Hangar.

»Die Zylinderraumer wurden mit einundachtzigprozentiger Wahrscheinlichkeit im All gebaut. Dort müssen sie auch bleiben, ich konnte keine Landevorrichtungen ausmachen.«

Dhark, der schon im Flash Platz genommen hatte, wurde nachdenklich. Scheinbar wollten die Unbekannten 2037 gar nicht auf Zieen landen. Um in die Worgun-Station einzudringen, wäre eine Landung aber unabdingbar gewesen – die Angreifer konnten ja nicht wissen, daß es auf der Planetenoberfläche keinen Zugang zur Station gab.

Auch Riker saß bereits in seinem Flash, und auch er machte sich Gedanken über den von der INSTANZ geschilderten Angriff der Zylinderschiffe auf die Station. Hatte die Attacke gar nicht ihr gegolten, sondern den Bats? Wußten die Unbekannten damals denn nicht, daß die Zinisch ihren Heimatplaneten bereits vor mehr als sieben Jahren verlassen hatten?

Und plötzlich ging Dan ein Licht auf – und Ren eine ganze Lichterkette. Fast gleichzeitig schalteten beide ihre Armbandviphos ein. Ihre Gesichter erschienen jeweils auf dem kleinen Bildschirm des anderen.

»Die beiden Anlagen an den Polen«, sagte Dhark ohne nähere Erklärung, so als hätte er bereits geahnt, daß sich sein Freund mit dem gleichen Problem beschäftigte.

»Das sehe ich auch so«, erwiderte Riker, der sofort wußte, was Dhark meinte. »Die Unbekannten hatten gar keine Ahnung von der Existenz der Station. Ihre Absicht war, die Anlagen am Nord- und Südpol zu zerstören.«

»Aber die INSTANZ vermutete einen Angriff auf sich und schlug mit aller Macht zurück.«

»Damit hatten die Unbekannten nicht gerechnet. Nachdem ihre halbe Flotte vernichtet worden war, gingen sie auf Fluchtkurs, in ihrem gewohnten Schneckentempo. Die INSTANZ verzichtete darauf, ihnen den Gnadenstoß zu geben. Glück für die Unbekannten – Pech für Millionen Zivilisten der Zinisch, darunter mehrere tausend Frauen und Kinder.«

»Bleibt nur die Frage, warum sie nicht noch viel mehr Entfernung zwischen sich und den Planeten der Bats gebracht haben«, sagte Dhark. »Weshalb blieben sie 2045 eineinhalb Lichtjahre von Zieen entfernt stehen und rührten sich fünfzehn Jahre lang nicht mehr von der Stelle?«

»Ich vermute mal, sie wollten dort den Bats auflauern – was ihnen ja auch gelungen ist«, erwiderte Riker.

»Wieso ausgerechnet an diesem Punkt?«

»Ich kann wieder nur eine Vermutung äußern: Weil ihnen die Bats dort schon einmal begegnet sind, mit ihrer gesamten Evakuierungsflotte, kurz nach deren Aufbruch von Zieen, nachdem ihr Überlichtantrieb den ersten Sprung beziehungsweise die ersten eineinhalb Lichtjahre bewältigt hatte.«

»Die Unbekannten müssen die Bats wirklich abgrundtief hassen«, konstatierte der Commander. »Anders kann ich mir ihre Hartnäckigkeit nicht erklären. Anstatt selbst vor der bevorstehenden Bedrohung durch die hohen Strahlungswerte zu fliehen, harren sie geduldig Jahr um Jahr aus und warten auf... Ja, auf was eigentlich? Auf den Tag der Vergeltung?«

»Was auch immer die Bats ihnen angetan haben, rechtfertigt nicht ein solches Massaker«, entgegnete Riker. »Wären wir nicht dazwischengegangen, hätten sie womöglich das ganze Volk der Zinisch ausgelöscht – allerdings nicht ohne eigene erhebliche Verluste. Doch die schienen sie eiskalt in Kauf zu nehmen. Offenbar werden sie getrieben von unstillbarem Rachedurst.«

»Rache ist ein schlechter Ratgeber«, pflichtete Dhark ihm bei, »weil sich das, wofür man sich rächen will, sowieso nicht mehr rückgängig machen läßt.«

»Ich hoffe, du willst damit nicht andeuten, wir sollten die Unbekannten ziehen lassen, weil die Millionen von Getöteten sowieso nicht mehr lebendig werden.«

»So habe ich das nicht gemeint. Ich will nicht Rache, sondern Gerechtigkeit. Und Antworten.«

Ren Dhark setzte sich jetzt mit allen Flash in Verbindung.

»Es geht los! Wir starten in der bereits besprochenen Reihenfolge. Vorwärts, es wird höchste Zeit, den Unbekannten einen Namen zu geben!«

Bald darauf hatte die Zylinderflotte einen Pulk von Beibooten im Nacken, die sowohl von weitem als auch von nahem recht harmlos wirkten. Doch »harmlos« war für einen Flash die falsche Bezeichnung – und auf zwanzig Flash traf das erst recht zu.

*

Der Planet der Murraks lag zwei Lichtjahre von der Welt der Zinisch entfernt. Vom Körperaufbau und der Größe her ähnelten sie Menschen.

Derart hagere Menschen hätte man auf der Erde allerdings als »stark untergewichtig« bezeichnet und auf die Intensivstation gebracht – die Murraks waren spindeldürr; das traf insbesondere auf ihre überlangen, schlangengleichen Arme zu, die sich beim Sprechen bewegten, als hätten sie ein Eigenleben.

Ihre Augen waren übermäßig groß. Lider fehlten gänzlich; die Murraks blinzelten nie und schliefen mit offenen Augen. Sie hatten braune Haut, die mit blauen Flecken durchsetzt war. Ihr ganzer Körper war total haarlos.

Auf ihrer Welt herrschte nur eine geringe Schwerkraft. So waren sie es gewohnt, anders kannten sie es nicht, fremde Planeten hatten sie nie besucht. Und bis zu ihrer Begegnung mit den Kelug hatten sie nicht einmal gewußt, ob es außer ihnen noch weiteres intelligentes Leben im Universum gab oder nicht. Dieses erste Zusammentreffen mit einer fremden Spezies hatte ihr ganzes Leben verändert.

Genaugenommen hatte die Veränderung schon viel früher begonnen, dachte Juuk (Oberbefehlshaber) Arpol. *Wir wußten nur noch nicht, wem wir sie zu »verdanken« hatten!*

Arpols Kommandozentrale erstreckte sich über das halbe Oberdeck des größten Zylinderschiffs. Von hier aus befehligte er nicht nur sein Flaggschiff, die REGAM, sondern die gesamte Murrak-Flotte. Zwar gab es an Bord eines jeden Schiffes einen Jeek (Unterbefehlshaber), doch deren Befehlsgewalt beschränkte sich auf die kleinen und großen alltäglichen Probleme, die das Leben und Wohnen auf einem Raumschiff mit sich brachte. Jeeks waren so etwas wie bessere Hausmeister.

Wichtige Entscheidungen wurden ausschließlich von Arpol getroffen. Allein er war verantwortlich für die Vernichtung der fünf Würfelschiffe – und er bereute seinen Todesbefehl nicht einen Augenblick lang. Es ärgerte ihn nur, daß man ihn daran gehindert hatte, noch mehr verabscheuungswürdige Zinisch umzubringen.

»Der unheilige Kretop soll die Fremden holen!« fluchte er unbeherrscht; es hörte ihn ja niemand, er war allein in seinem weiträumigen Quartier. »Warum nur haben sie sich eingemischt?«

Mehr als fünfzehn Thanis hatte die Flotte hier im All auf die Verabscheuungswürdigen gewartet, in der vagen Hoffnung, daß sie eines Tages wieder auf ihren Planeten zurückkehren würden, auf demselben Weg, auf dem sie ihn verlassen hatten. Hinzu kamen zehn Thanis für den Flug von Murrakesch nach Zieen und weit über sieben Thanis für den Rückflug bis hierher – mit nur noch der halben Flotte, weil die andere Hälfte über Zieen vernichtet worden war.

Seit ihrem Abflug vor ungefähr dreiunddreißig Thanis hatten die Schiffsbesatzungen keinen Fuß mehr auf festen Boden gesetzt. Sie hatten auf den Schiffen gearbeitet, gewohnt und geliebt. Kinder waren hier zur Welt gekommen und von Lehrern unterrichtet worden...

Alle Flottenangehörigen hatten nur für ein Ziel gelebt: Die Vernichtung der Verabscheuungswürdigen. Dafür wäre jeder Murrak an Bord in den Tod gegangen, auch die Frauen und Kinder. Und jetzt, kurz vor dem Erreichen dieses achtbaren Lebensziels, kamen die Fremden daher und machten mit einem Schlag alles zunichte.

Hätten sie sich nicht heraushalten können? Warum waren sie nicht einfach weitergeflogen? Welchen Grund gab es für ihre Einmischung?

Mittlerweile war sich Arpol gar nicht mehr so sicher, daß das Auftauchen der Fremden ein Zufall war. Womöglich kollaborierten sie mit den Zinisch – mit dem leibhaftigen Bösen. Warum sonst verfolgten sie die Murraks auch jetzt noch?

Arpol hatte keine Angst vor dem Sterben. Wäre es ihm gelungen, den Feind zu besiegen, ihn endgültig auszumerzen, hätte er sich dem Kampf mit den Fremden gestellt, ohne Rücksichtnahme auf sein eigenes Leben. Doch sein Auftrag war noch nicht erledigt. Der Juuk wollte auf gar keinen Fall als Versager das Zeitliche segnen – das durfte er dem Jaak (Regierungsoberhaupt) und den übrigen Daheimgebliebenen nicht antun. Er hatte ihnen geschworen, die in ihn gesetzten Erwartungen zu erfüllen. Wie konnte er das, wenn er tot war?

Arpols Quartier war doppelt so groß wie seine Kommandozentrale – er beanspruchte für seine Privaträume das gesamte untere Deck.

Zwischen der Zentrale und seinem geräumigen Quartier lagen die Mannschaftsunterkünfte, die Aufenthaltsräume für die Familien der Offiziere, ein besonderer Schutzraum für Frauen und Kinder, ein paar kleinere Lagerhallen und der Maschinenraum, in dem auch die Energieerzeuger untergebracht waren. Wenn auf der REGAM die Triebwerke explodierten wie schon bei ein paar anderen maroden Raumern der Flotte zuvor, würde es das Schiff von innen heraus regelrecht zerreißen.

Von der äußeren Form her sahen sich die Raumschiffe der Murraks ziemlich ähnlich. Drinnen glich jedoch keines dem anderen. Jedem Jeek blieb es selbst überlassen, wie er sein Zuhause und das der ihm anvertrauten Besatzung gestaltete. Über Veränderungen wurde demokratisch abgestimmt.

Bei den Murraks konnte man über alles diskutieren – nur nicht über die Befehle des Juuk Arpol, die waren oberstes Gesetz. Der Juuk war in der Flotte das, was der Jaak daheim auf dem Planeten war: der Chef.

»Chef« Arpol beschloß, sich auf dem Flaggschiff ein gutes Versteck zu suchen. Wenn die REGAM gestürmt wurde, mußte er in Sicherheit sein, das war er dem Volk und dem Jaak schuldig.

Den Fremden konnte man ja erzählen, daß er sich auf einem der explodierten Schiffe aufgehalten hatte. Vielleicht begnügten sie sich dann damit, seine drei führenden Stellvertreter, die Jook, zu töten…

*

Mit sicherem Gespür befahl Ren Dhark, auf das größte Schiff der Zylinderflotte Kurs zu nehmen. Seiner Ansicht nach war dies das Flaggschiff. Das ersah er nicht nur anhand der Größe, sondern auch an der Art, wie es von anderen Schiffen in die

Mitte genommen wurde. Genauso hatten die Bats versucht, das kleinere Würfelschiff vor Angriffen abzuschirmen.

Dreimal wurde auf die Flash geschossen, und dreimal wurde der Beschuß erwidert, mit tödlichen Folgen. Jetzt wußten die Unbekannten, daß die Waffen der Beiboote denen des Mutterschiffs in nichts nachstanden. Umgekehrt konnten die Lasergeschütze den Verfolgern nichts anhaben; die Strahlen gingen einfach durch die Boote hindurch – zumindest sah es für die Flüchtenden so aus.

Von allen Seiten flogen die Flash in das Flaggschiff ein. Auf das Abschalten des Brennkreises verzichteten die Piloten. Je mehr Zerstörungen sie anrichteten, um so mehr Verwirrung stifteten sie – und ein verwirrter Feind war leichter zu besiegen als einer, der klar denken konnte.

Die Piloten suchten sich Landeplätze, schickten zuerst die Kegelroboter nach draußen und folgten ihnen dann schwer bewaffnet. Ihre Flash hatten sie an den unmöglichsten Orten abgestellt, überwiegend in Tunneln und Gängen, um die Fluchtwege zu verstopfen. Das Intervallfeld wurde jeweils abgeschaltet; durch die fest verschlossene Einstiegsluke konnte niemand ins Boot eindringen.

Auf den Zylinderschiffen wurde keine künstliche Gravitation erzeugt. Die Besatzung war an geringe Schwerkraft gewöhnt, weshalb ihr die vom schwachen Ionenstrahlantrieb produzierte Beschleunigung von 0,5 g völlig ausreichte. Die Menschen fühlten sich in dieser Umgebung zunächst etwas seltsam – wesentlich leichter als sonst.

*

Hen Falluta und Leon Bebir beobachteten das Geschehen im Weltall in der Bildkugel. Nachdem sich die Flashpiloten den Weg zum Flaggschiff der Unbekannten freigeschossen hatten, verschwanden sie nach und nach im Schiffsinneren.

»Ist darin überhaupt Platz genug für alle?« scherzte der Zweite Offizier.

»Die Besatzung muß halt ein bißchen zusammenrücken«, entgegnete der Erste Offizier grinsend. »Dann gewöhnen sich die Kerle schon mal an ihren Aufenthalt in unseren Arrestzellen.«

»Hoffentlich nimmt der Commander nicht das ganze Schiff in Gewahrsam, sonst wird es wirklich eng in unserem verhältnismäßig kleinen Zellentrakt.«

»Kommt ganz darauf an, wie gut die Unbekannten im Futter stehen. Mal im Ernst: Ich schätze, Dhark wird nur den Oberbefehlshaber mitbringen. Eventuell noch eine Handvoll Führungsoffiziere, das war's dann.«

Tino Grappa stellte die Frage, die inzwischen viele der Offiziere in der Zentrale beschäftigte: »Was will der Commander mit den Gefangenen eigentlich anstellen? Wir können sie schließlich nicht mit auf die Erde nehmen. Genaugenommen sind wir gar nicht berechtigt, Gefangene zu machen. Auf Terra wird sich garantiert kein Staatsanwalt bereit finden, Anklage zu erheben, schließlich wurden keine Interessen der Menschheit berührt.«

»Soll man diese Massenmörder etwa laufenlassen, nur weil sich keiner zuständig fühlt?« ranzte Falluta ihn an, fügte dann aber etwas versöhnlicher hinzu: »Ich befürchte, darüber hat der Commander noch gar nicht richtig nachgedacht. Wir wissen doch alle, daß er zu Spontanhandlungen neigt. Sehr wahrscheinlich übergibt er die Gefangenen den Bats – falls die sie überhaupt wollen. Ist schon merkwürdig, daß sie sich grußlos auf und davon gemacht haben, nachdem wir ihnen nunmehr zum zweiten Mal das Leben gerettet haben.«

»Das darf doch wohl nicht wahr sein!« rief Leon Bebir und deutete auf die Bildkugel. »Sehen Sie sich das an!«

Hen Falluta wandte sich wieder der Kugel zu – und bekam ebenfalls einen leichten Schreck. »Was machen die da? Die werden doch wohl nicht…?«

In diesem Augenblick setzte sich die POINT OF langsam in Bewegung, ohne daß Falluta eine entsprechende Anweisung gegeben hatte.

Verwundert betätigte er einige Sensorschalter, während das Schiff immer schneller wurde.

»Die POINT OF sofort stoppen!« wies er den Checkmaster an.

Auf eine Antwort wartete er vergebens. Der Ringraumer beschleunigte und jagte wie ein wütender Stier auf die Zylinderschiffe los!

*

Zwischen Menschen und Murraks kam es an Bord der REGAM zu ersten Begegnungen. Es blieb ihnen keine Zeit, sich gegenseitig zu bestaunen. Sobald sie sich erblickten, schossen sie aufeinander, die Murraks in der Absicht zu töten, die Menschen, um ihre Gegner mit nachhaltiger Wirkung zu betäuben.

Um sicherzugehen, daß die Bewußtlosen die Lähmungsstrahlen nicht absorbierten und schon nach kurzer Zeit wieder auf die Beine kamen, hatte Dhark befohlen, die Energiestufe nicht zu niedrig anzusetzen. Daß dieser Befehl möglicherweise vereinzelte Todesfälle zur Folge hatte, war ihm bewußt, doch er wollte nicht durch übertriebene Nachsicht das Leben seiner eigenen Männer gefährden. Wer gegen den Teufel kämpfte, durfte in der Wahl seiner Mittel nicht zimperlich sein.

Wie Teufel sahen die Murraks jedoch nicht aus, eher wie verschreckte Zootiere, die man in ihren Käfigen aufscheuchte. Bekleidet waren sie mit leichten, schlichten Uniformen, die eigentlich mehr wie Freizeitkleidung aussahen und eine undefinierbare Farbe hatten.

Sie wehrten sich mit dem Mut der Verzweiflung, konnten aber mit ihren Projektilwaffen nicht viel gegen den übermächtigen Gegner ausrichten. Wann immer es zu einem Zusammenstoß zwischen einem Murrak und einem Menschen kam, lag hinterher der Murrak am Boden. Gefechte mit Kegelrobotern, die ebenfalls Betäubungsstrahlen auf höherer Stufe verwendeten, dauerten oftmals nur zwei Sekunden. In den meisten Fällen schafften es die Murraks nicht einmal, ihre Waffen auf die Roboter zu richten, weil es sie bereits vorher von den Füßen riß.

Ren Dhark kam sich vor wie ein Schlächter. Hätten sich die Murraks (noch kannte er den Namen dieser Spezies nicht) ergeben, hätte er die Kampfhandlungen sofort eingestellt. Doch so spindeldürr wie sie waren, so wehrhaft waren sie auch. Das

Wort »Kapitulation« existierte in ihrem Sprachschatz scheinbar nicht.

Um dem Ganzen möglichst rasch ein Ende zu machen, wollte Dhark mit den drei Cyborgs, drei Kegelrobotern, Dan Riker und noch ein paar Männern die Zentrale stürmen. Doch wo lag die Kommandozentrale? Hier auf dem Mitteldeck, wo überall gekämpft wurde, jedenfalls nicht.

Immer wieder wurde Dhark in kleinere Schießereien verwikkelt. Die Spindeldürren tauchten stets dort auf, wo er am wenigsten mit ihnen rechnete. Zum Glück waren sie nicht besonders schnell, einige wirkten regelrecht lahm.

Artus mußte her! Wenn jemand in kürzester Zeit den Zentralrechner aufspüren konnte, dann er; so etwas war nur ein Klacks für ihn. Der Commander hatte den vielseitigen Roboter mit einer Sonderaufgabe betraut und wußte nicht, wo genau der sich jetzt aufhielt, doch über Funk konnte er ihn jederzeit erreichen.

Ren stieß auf einen leerstehenden Flash (es war nahezu unmöglich, auf diesem Schiff auf keinen geparkten Flash zu stoßen). Rasch stieg er ein. Drinnen wollte er sich ungestört mit Artus in Verbindung setzen und anschließend seinen Sturmtrupp auf dem Zentraldeck zusammenrufen – ohne Gefahr zu laufen, sich währenddessen eine verirrte Kugel einzufangen.

»Die Zentrale liegt auf dem Oberdeck«, vernahm er plötzlich eine Gedankenstimme in seinem Kopf, kaum daß er Platz genommen hatte. »Ihr müßt mit hartem Widerstand rechnen, es halten sich dort sehr viele Personen auf. Auf dem Unterdeck konnte ich größere möblierte Räume ausmachen, mit nur einer einzigen Person darin. Falls du noch Fragen hast: Ich stehe sozusagen draußen vor der Tür.«

»Checkmaster?« wunderte sich Dhark. »Stell eine Verbindung mit dem Ersten Offizier her.«

Sekunden später war der Commander mit Hen Falluta verbunden.

»Ich konnte nichts dagegen tun«, rechtfertigte sich der I.O., obwohl Dhark ihm noch gar nichts vorgeworfen hatte. »Der Checkmaster hat die POINT OF in Bewegung gesetzt und meine Anweisungen schlichtweg ignoriert. Allerdings hat er gute Arbeit geleistet. Die Schiffe der Unbekannten fingen an, euch einzukreisen. Ich befürchtete schon das Schlimmste. Jetzt ist die Gefahr gebannt. Allein der Anblick unseres heranstürmenden Ringraumers genügte, um die Zylinder wieder auseinanderzutreiben. Sie suchen gerade das Weite.«

»Sie haben das Schlimmste befürchtet?« wiederholte Dhark. »Wie meinen Sie das?«

»Die Schiffe machten sich feuerbereit.«

»Wahrscheinlich wollten sie uns abpassen und unter Beschuß nehmen, sobald wir herauskommen. Lernen die denn nichts dazu? Gegen das Intervallfeld haben...« Ren Dhark hielt inne. »Augenblick mal! Haben Sie etwa gedacht, die anderen Zylinderschiffe würden das Flaggschiff zerstören? Mit ihren eigenen Leuten darin? Mit ihrem Anführer? In der Hoffnung, daß wir mit allen anderen sterben?«

»Ausschließen kann ich diese Möglichkeit jedenfalls nicht«, erwiderte Falluta. »Haben Sie den Anführer denn schon?«

»Noch nicht. Wir stehen kurz davor, die Zentrale zu stürmen.«

»Vielleicht befindet er sich ja auf einem anderen Schiff«, sagte der Erste Offizier. »Er selbst könnte den Befehl gegeben haben, sein Flaggschiff mit Mann und Maus zu vernichten. Egal, jetzt ist die Gefahr jedenfalls gebannt, dem Checkmaster sei Dank. Unser Bordgehirn paßt besser auf euch auf als ein Wachhund.«

*

Die Decks auf der REGAM erreichte man über Aufzüge, die nach dem Flasheinflug nicht mehr alle intakt waren. Auf dem Oberdeck, vor dem geschlossenen Zentralschott, besprach Ren Dhark mit seiner Gruppe die weitere Vorgehensweise.

Die Einnahme der Zentrale verlief so, wie der Commander es erwartet hatte. Das marode Schott, das dem Sturmtrupp den Weg versperrte, brachen die Roboter innerhalb weniger Sekunden auf. Somit war die Bahn frei!

Trotz heftigster Gegenwehr wurden die Murraks einfach überrannt. In der Überzahl zu sein und mit dem Mut der Verzweiflung zu kämpfen reichte nicht aus, wenn drei schwebende Kegelroboter mit aktivierten Schutzschirmen eine Schneise durch die Menge zogen – gefolgt von einem schwer bewaffneten, wild um sich schießenden Trupp erfahrener Weltraumkämpfer, darunter drei »Überwesen«, deren Einschußlöcher sich nach dem Ausscheiden der Projektile gleich wieder schlossen.

Nachdem die Kommandozentrale der REGAM eingenommen war, bekam Dhark endlich die Worte zu hören, nach denen er sich die ganze Zeit über gesehnt hatte.

»Wir ergeben uns!«

Drei düster dreinblickende alte dürre Männer, die sich während der Kämpfe in der Zentrale etwas abseits aufgehalten und nicht eingegriffen hatten, kamen jetzt nach vorn. Zwei von ihnen blieben in drei Metern Entfernung vor Ren Dhark stehen. Der dritte trat noch einen weiteren Schritt auf ihn zu und stellte sich vor.

»Ich bin Juuk Arpol, der Oberbefehlshaber der Flotte der Murraks«, übersetzte Dharks Translator. »Die beiden anderen sind meine Jooks, meine Stellvertreter. Warum haben Sie die REGAM überfallen? Wollen Sie uns berauben? Unsere Schiffe haben noch Vorräte für rund fünfzig Thanis an Bord. Hätten Sie uns gefragt, hätten wir sie mit Ihnen geteilt.«

Dhark blieb fast die Spucke weg angesichts von so viel Dreistigkeit.

»Ihr Kriegsverbrecher wißt genau, warum wir gekommen sind!« fuhr er den Greis an. »Versucht also nicht, uns als Wegelagerer hinzustellen. Ihr habt Millionen von Leben ausgelöscht, das Leben harmloser Zivilisten! Damit werdet ihr nicht ungestraft davonkommen. Man wird euch dafür zur Rechenschaft ziehen.«

Mit einem seiner flatterigen Schlangenarme deutete sein Gesprächspartner auf ihn. »Nein, ihr seid es, die man zur Rechenschaft ziehen wird! Ihr habt uns daran gehindert, das Böse auszutilgen! Dafür werden euch die Götter strafen!«

Die Augen des Alten wechselten ständig die Farbe, was von Dhark als »fanatisches Aufflackern« gedeutet wurde. *Das Böse austilgen...* Wo war er hier bloß hingeraten? Auf ein Sektenschiff?

Riker besah sich derweil die Bewußtlosen näher. Wie es zu befürchten war, hatten nicht alle den massiven Angriff mit den Lähmstrahlen überlebt. Einige Murraks, die offenbar eine bessere Kondition hatten, erwachten bereits wieder, waren allerdings auf lange Sicht noch nicht fähig, sich zu rühren.

Dan war froh, daß Dhark darauf verzichtet hatte, das Flaggschiff von der POINT OF aus großflächig mit Strich-Punkt-Strahlen zu bestreuen. Eine derart rigorose Maßnahme hätte aus der REGAM aller Wahrscheinlichkeit nach einen fliegenden Sarg gemacht. Glücklicherweise hatte Ren dieses Risiko nicht eingehen wollen angesichts des überraschenden Todes der beiden Bats auf dem Kleinwürfel. Massenmord mit Massenmord heimzuzahlen war nicht sein Stil.

Ren Dhark schickte den Greis zum Zentralpult, damit der über Bordfunk auf dem ganzen Schiff offiziell die Kapitulation verkündete. Der Alte stieß noch ein paar Beschimpfungen aus, dann kam er der Aufforderung nach.

»Höchste Zeit, daß die Kämpfe beendet werden«, flüsterte Dan seinem Freund zu. »Schon die ganze Zeit über hatte ich das Gefühl, gegen einen Seniorenclub anzutreten. Die drei hier setzen dem Faß noch die Krone auf. Als wären sie gerade einer Friedhofsgruft entstiegen...«

»Die Oberhäupter vieler fremder Völker, die wir kennenlernten, waren in Ehren ergraute Würdenträger«, entgegnete Dhark leise.

»Ja, schon, aber auf einem Militärschiff erwarte ich eigentlich jüngere Männer.«

»Ehrlich gesagt, sonderlich militärisch sieht mir das alles nicht aus – trotz der waffenstrotzenden Kampfschiffe und der bewaffneten wehrhaften Mannschaft. Die Männer sind zwar motiviert, doch irgendwie fehlt ihnen der nötige Drill. Und was die Überalterung betrifft: Vielleicht liegt die Lebenserwartung der Murraks nicht höher als die der Bats. Als sie nach Ziien aufbrachen, um die Pol-Anlagen zu zerstören, waren sie vermutlich noch jung und draufgängerisch. Jetzt, nach all den Jahren im

All, sind die meisten von ihnen zu alt fürs Kämpfen, und es fehlt an geeignetem Nachwuchs.«

»... und es fehlt an geeignetem Nachwuchs«, übersetzte sein Translator den letzten Satz. Dhark hatte etwas zu laut gesprochen und vergessen, das Übersetzungsgerät mit der Hand abzudecken.

»Was wißt ihr denn schon?« sagte der Greis am Schaltpult und drehte sich zu ihnen um. »Ihr kommt hierher, mischt euch in Dinge ein, von denen ihr nicht das geringste versteht, und dann macht ihr euch auch noch über unser Alter lustig. Aber ihr habt ja recht, wir sind wirklich nicht mehr die Gesündesten. Selbst der Juuk klagt ständig über Gelenkschmerzen.«

Er schwieg abrupt, wie jemand, der sich gerade verplappert hatte. Dhark horchte auf. Irgend etwas stimmte hier nicht.

»Der Juuk? Ich denke, Sie sind der Juuk.«

»Habe ich Juuk gesagt?« erwiderte der Greis verlegen. »Ich meinte natürlich den Jaak, unser Regierungsoberhaupt, das seinerzeit auf unserem Heimatplaneten zurückblieb.«

»Und der Jaak funkt euch ständig an, um euch von seinen Gelenkschmerzen zu berichten?« fragte ihn der Commander. »Über Ultrakurzwelle? Verdammt, wie konnte ich mich nur so täuschen lassen! Ihr seid alle drei Stellvertreter des Juuk, habe ich recht? Und der echte Juuk Arpol versteckt sich irgendwo auf dem Schiff. Ich glaube, ich weiß sogar, wo.«

Er übertrug Dan das Einsatzkommando, begab sich zu einem der wenigen noch intakten Aufzüge und fuhr aufs Unterdeck.

*

Mit der Waffe in der Hand durchsuchte Ren Dhark das große Privatquartier auf dem untersten Deck. Offensichtlich liebte der Juuk die Bequemlichkeit, denn in dieser »Präsidentensuite« fehlte es ihm an nichts.

Das einzige, was fehlte, war er selbst.

Dhark hatte keine Lust auf langwierige Suchspiele. Er funkte die POINT OF an und setzte sich mit dem Checkmaster in Verbindung.

»Du stehst direkt neben ihm«, verriet ihm das Bordgehirn des Ringraumers. »Rechts von dir orte ich eine Person.«

»Rechts neben mir befindet sich eine Metallwand«, entgegnete der Commander. »Irrst du dich auch nicht?«

Der Checkmaster schwieg. Hatte er ihn jetzt beleidigt?

Ren tastete die Wand ab und entdeckte einen mechanischen, nicht sonderlich einfallsreichen Öffnungsmechanismus. Als er ihn betätigte, schob sich ein Stück der Wand beiseite und gab einen Eingang frei. Dahinter lag ein verborgener möblierter Raum.

Auf einer Sitzgelegenheit, die recht gemütlich aussah, saß einer der braunhäutigen Spindeldürren und las ein Buch. Er blickte auf. In seinem Gesichtsausdruck lag etwas Würdevolles.

»Juuk Arpol, nehme ich an«, sagte Dhark zu ihm.

»Arpol genügt völlig«, antwortete der Mann und stand auf. »Die Nennung meines Dienstgrades verlange ich nur von meinen Untergebenen. Bin ich jetzt Ihr Gefangener?«

Dhark fiel auf, daß dieser Murrak etwas größer war als die anderen. Außerdem trug er keine jener schlichten, farblich undefinierbaren »Für-Alle-Tage-Uniformen«, mit denen an Bord der REGAM jeder, aber auch wirklich jeder bekleidet war. Arpol hatte sich eine Art Kutte angezogen, versehen mit phantasievollen Stickereien, die bis fast zum Boden reichte.

Für einen Augenblick empfand Dhark tatsächlich so etwas wie Sympathie für den alten Mann, der nicht ganz so greisenhaft erstarrt wirkte wie seine drei Stellvertreter.

Doch als er wieder die Bilder des abscheulichen Massenmords vor sich sah, schwand seine Zuneigung auf der Stelle wieder dahin.

»Was haben Sie mit mir vor?« fragte Arpol ihn, und es klang ängstlich.

»Ich nehme Sie und Ihre drei Führungsoffiziere mit auf mein Schiff«, antwortete ihm der Commander. »Dort sehen wir dann weiter.«

*

Kurz darauf traf Ren Dhark mit seinem Gefangenen wieder in der Zentrale der REGAM ein. Dort hatte Riker dem Jook inzwischen elektronisch gesteuerte Handschellen anlegen lassen. Auch Arpol blieb diese Prozedur nicht erspart. Rausschlüpfen konnten die Gefangenen mit ihren dünnen schlangengleichen Armen aus den Handschellen nicht, sie paßten sich automatisch jeder Größe an.

Dan hatte die Wartezeit genutzt und aus dem Zentralcomputer einige Informationen über die Murraks abgerufen. Amy hatte ihm geholfen, den dafür erforderlichen einfachen Zahlencode zu knacken. Der weibliche Cyborg hatte keine drei Minuten gebraucht. Dabei war ihm aufgefallen, daß bereits ein anderer Unbefugter in den Zentralcomputer eingedrungen war, von einer Nebenstelle aus. Sie hatte auch schon einen Verdacht...

»Aus welchem Motiv die Murraks die Anlagen an den Polen von Zieen angegriffen haben, konnte ich leider nicht herausfinden, Ren«, bedauerte Riker. »Ist wahrscheinlich geheime Kommandosache. Ein Logbuch konnte ich auch nicht finden. Jede Wette, die führen gar keines. Man sollte das zur galaktischen Pflicht machen, vor allem auf Militärschiffen.«

»Komm zur Sache«, entgegnete Dhark. »Ich weiß jetzt, was du alles nicht gefunden hast. Verrätst du mir jetzt, was du ermitteln konntest?«

»Den Standort ihres Heimatplaneten Murrakesch«, antwortete Riker. »Er liegt zwei Lichtjahre von Zieen entfernt. Um die Strecke zwischen beiden Planeten mit einer vertretbaren Geschwindigkeit zurückzulegen, benötigen ihre altersschwachen Schiffe rund zehn Jahre. Womit wir bei der murrakischen Zeitrechnung angelangt wären, die der unseren nicht unähnlich ist. Ein Thani bedeutet in etwa ein Jahr. Ihre durchschnittliche Lebenserwartung liegt bei einhundertdreißig Thanis – die dürfte so mancher hier an Bord wohl bald erreichen, schätze ich mal.«

Dhark rechnete nach. »Zehn Jahre für die Strecke Murrakesch – Zieen, plus siebeneinhalb Jahre, um drei Viertel der Strecke wieder zurückzufliegen, plus fünfzehn Jahre Aufenthalt im All. Das ergibt insgesamt knapp dreiunddreißig Jahre. Demnach waren viele der Besatzungsmitglieder schon recht alt, als die

Kriegsflotte damals zu ihrem Angriff auf den Planeten der Zinisch aufbrach. Das läßt für mich nur einen Schluß zu: Eine Rückkehr war von vornherein nicht eingeplant. Das Volk der Murrak schickte vor allem opferbereite alte Mitbürger in den Krieg, weil man davon ausging, daß man die ganze Truppe daheim nie mehr wiedersehen würde. Deshalb war es auch nicht nötig, Landevorrichtungen an den Schiffen anzubringen.«

»Das hatte andere Gründe«, erklärte Arpol. »Trotz der niedrigen Schwerkraft auf unserem Planeten gelang es uns nie, Schiffe ins Weltall zu befördern, die größer als zwanzig Meter waren. Mit den unzulänglichen Schiffchen kamen wir nicht über unser eigenes kleines Sonnensystem hinaus. Darum bauten wir die großen Kampfraumer in unserer Umlaufbahn. Das Material dafür transportierten wir mit den Zwanzigmeterraumern ins All.«

»Das muß ja ewig gedauert haben«, meinte einer der Cyborgs.

»Die Erfindung des Arbeitsroboters lag schon sehr viele Thanis zurück, als wir mit dem Bau der Kampfschiffe begannen«, erwiderte Arpol. »Ohne die nützlichen Maschinen, die wir übrigens auch als Piloten einsetzen, hätten wir es wohl nicht geschafft, innerhalb weniger Thanis eine so große Angriffsflotte zu bauen.«

Solche Schrottkisten setzt man auf terranischen Werften in ein paar Tagen zusammen, dachte Riker.

*

Dhark entschied, die vier Gefangenen auf der POINT OF einem gründlichen Verhör zu unterziehen. Er war es jetzt leid, Puzzlestein für Puzzlestein zusammenzutragen, und wollte endlich alles wissen.

Sämtliche Einsatzteilnehmer wurden in den Hangar beordert. Auf seiten der Menschen hatte es keine Verluste gegeben, lediglich einige leichte Verletzungen wie Hautabschürfungen, Prellungen oder Streifschüsse durch Querschläger.

Von der POINT OF ließ sich Dhark noch vier Flash rüberschicken, für den Gefangenentransport.

Als der Konvoi starten sollte, fehlte jemand: Artus. Von seinem Boot aus funkte Dhark den Roboter an. Artus meldete sich.

»Brauchst du eine Extraeinladung?« fragte ihn der Commander. »Oder hast du meine Nachricht nicht empfangen?«

»Ich komme später nach«, erwiderte der Roboter. »Momentan führe ich ein hochinteressantes Gespräch mit einer sehr reizenden alten Dame.«

»Wenn du keine Maschine wärst, würde ich dich jetzt fragen, ob du Alkohol getrunken hast«, entgegnete Dhark. »Du kommst auf der Stelle...«

»Bleibt mit der POINT OF in der Nähe«, unterbrach Artus ihn. »Ich melde mich, wenn ihr mich abholen könnt. Wäre möglich, daß ich dann zwei Flash benötige, vielleicht möchte mich die Dame ja begleiten.«

Artus verabschiedete sich höflich und brach die Verbindung ab.

»Das ist Befehlsverweigerung!« schnarrte der Kegelroboter, der hinter dem Commander im Flash saß. »Soll ich ihn holen?«

»Besser nicht, in deinem eigenen Interesse«, antwortete Dhark und schloß die Luke. »Artus hat schon Kampfmaschinen in ihre Einzelteile zerlegt, die waren um ein Vielfaches riesiger und stärker als du.«

Er vertraute Artus. Wenn der lebende Roboter unbedingt hierbleiben wollte, hatte er mit Sicherheit einen wirklich guten Grund dafür.

Das möchte ich ihm auch geraten haben, dachte der Commander. *Sollte er mir mit irgendeiner faulen Ausrede kommen, setze ich ihn auf dem nächstbesten Asteroiden aus!*

Über Funk erteilte er allen Flash den Startbefehl.

9.

Die Menschen in all ihrer Vielfalt zu studieren faszinierte mich immer wieder aufs neue. Sie waren so herrlich unberechenbar, man konnte sie nicht in eine Schublade einordnen. Na schön, manche langweiligen Exemplare schon, aber im allgemeinen merkte man ihnen nicht gleich an, was in ihnen beziehungsweise was nicht in ihnen steckte. Terraner zu sein war schon eine feine Sache. Ich hätte bei keinem anderem Volk zur Welt kommen mögen – und ich kannte inzwischen eine Menge Völker.

Roboter zu sein war ebenfalls eine feine Sache.

Man trug mordsmäßig viel Wissen mit sich herum und brauchte trotzdem keine mordsmäßig dicken Bücher zu schleppen; ein paar winzige Mikrochips waren alles, was ich dafür benötigte.

Mein stählerner Körper vertrug schon mal einen ordentlichen Schlag, und Krankheiten konnten mir sowieso den Buckel runterrutschen. Viele Menschen träumten nachts heimlich von besonderen Fähigkeiten. Ich hatte es nicht nötig, davon zu träumen, ich baute sie mir einfach ein. Oder ich schraubte mir ein paar Zusatzteile an, die sich nach Gebrauch wieder problemlos entfernen ließen.

Terraner zu sein war Spitze, Roboter zu sein schon überhaupt. Fazit: Wenn man ein terranischer Roboter war, hatte man im Grunde genommen alles erreicht, was es zu erreichen gab. Gar nicht so einfach, das noch zu steigern…

Auf der POINT OF mitfliegen zu dürfen empfand ich als enorme Steigerung meiner Lebensqualität. Ich ging mit meinem Freund Ren Dhark und der besten Mannschaft der Welt den Weg zu den Sternen! Auf dem Schiff, auf fremden Planeten und in fernen Galaxien konnte ich all meine Begabungen so richtig ausleben.

Wäre ich auf der Erde geblieben, wäre garantiert nichts Gescheites aus mir geworden. Wahrscheinlich hätte man mich irgendwo in der High-Tech-Branche beschäftigt. Oder der Katastrophenschutz hätte meine Fähigkeiten für Rettungsaktionen genutzt. Immer noch besser, als vom Militär als Waffe mißbraucht zu werden. Am Ende hätte man mich gar auseinandergenommen, um herauszufinden, ob man mich nicht in Serie produzieren könnte. Nein danke!

Leider herrschte auch auf der POINT OF nicht jeden Tag eitel Sonnenschein. Einige Besatzungsmitglieder hatten noch immer Schwierigkeiten damit, mich so zu nehmen, wie ich war. Sie gaben mir Spottnamen wie »Blechkanne«, und meine Gangart bezeichneten sie als »Staksen wie ein Storch im Salat«. Natürlich ließ ich mir das nicht gefallen und schlug manchmal verbal zurück. Dank meines beweglichen Geistes und der mir eigenen Eloquenz hatte ich stets die besseren Argumente und fand die treffenderen Worte. Prompt hieß es, ich sei vorlaut und eingebildet.

Na schön, in einigen Kritikpunkten gab ich den Spöttern ja recht. Doch ich arbeitete daran, mich zu bessern. Was allerdings nicht bedeutete, daß ich mir künftig alles bieten lassen würde...

Vor Einsatzbeginn hatte Dhark mir eine Sonderaufgabe zugeteilt. (Meine Kritiker sagten dazu: »Jetzt kriegt er wieder eine Extrawurst gebraten.«) Aufgrund der schlechten Erfahrung, die Leutnant Hornig und Kadett Wim Beeten auf dem Nordpol gemacht hatten, wurde mir aufgetragen, den Zylinderraumer von oben bis unten nach Kampfrobotern beziehungsweise kampfroboterähnlichen Maschinen zu durchsuchen und sie umgehend zu zerstören.

Bisher war ich nur auf einen einzigen Roboter gestoßen: in der Pilotenkanzel. Er besaß keine Beine und keinen Kopf. Man hatte ihn auf seinem Sitz festgeschraubt. Seine elektronischen »Organe« steckten alle in einem häßlichen Metallklumpen, der teilweise wie eingeschmolzen wirkte. Hatte der Roboter Urlaub im Hochofen gemacht?

Nein, dieses Modell war wohl »von Natur aus« potthäßlich, wie ich wenig später im Maschinenraum feststellen konnte. Dort arbeiteten mehrere solcher halbzerschmolzenen Exemplare. Einziger Unterschied zum Piloten: An ihren klumpigen Körpern hatte man ein überaus bewegliches großes Rad befestigt. Damit flitzten die Arbeitsroboter in alle Richtungen geschäftig hin und her.

Ich rief einen von ihnen zu mir heran. Er kümmerte sich einen Dreck um mich. Offenbar waren in seiner Arbeitsprogrammierung keine Unterbrechungen vorgesehen.

Kein Problem für mich, den König aller Roboter. Mit meinen elektronischen Kräften konnte ich jede Programmierung verändern. Von einer Sekunde auf die andere ließ der dicke Metallkerl sein Werkzeug fallen und kam zu mir. Ich tastete ihn mit meinen Sensoren und meinen Händen gründlich ab. Nirgendwo gab es einen Hinweis darauf, daß man ihn zum Kampfroboter umbauen oder umprogrammieren konnte. Offenbar wußten die Unbekannten gar nicht, wie das ging. Auch für Hausarbeiten und fürs Büro war er aufgrund seiner Plumpheit nicht geeignet; daran mußten seine Hersteller wohl noch arbeiten, andernfalls blieb er auf ewig der »Mann fürs Grobe«.

Bisher hatte ich noch nicht in Erfahrung bringen können, wie die Spindeldürren, deren Flaggschiff wir gerade übernahmen (Geschäftsleute sprachen in solchen Fällen von einer »feindlichen Übernahme«), eigentlich hießen. Höchste Zeit also, mich in den Zentralcomputer einzuklinken. Da ich davon ausgehen mußte, daß die Kommandozentrale derzeit ein heiß umkämpfter Ort war, hielt ich nach einem Nebenanschluß Ausschau.

In einem Offiziersquartier wurde ich fündig. Genaugenommen waren es drei Quartiere, mit diversen Annehmlichkeiten ausgestattet und mit jeweils einem Bett darin. Die geräumigen Kabinen verfügten über seitlich verschiebbare Verbindungstüren. Den Computernebenanschluß mußten sich die drei teilen. Vermutlich waren sie Führungsoffiziere, denn in den benachbarten Räumen gab es solche Direktverbindungen zum Zentralcomputer nicht.

»Guten Tag, Jook«, begrüßte mich eine angenehm klingende, weiblich angehauchte Kunststimme, nachdem ich die Nebenstelle aktiviert hatte. »Was kann ich für Sie tun?«

»Ich benötige alle verfügbaren Informationen über das Volk, dem dieses Schiff gehört«, sagte ich, und mein eingebauter Translator übersetzte meine höfliche Bitte.

»Sind Sie autorisiert?« fragte mich die Stimme. »Nennen Sie mir den Code.«

»Den kenne ich nicht«, antwortete ich ihr. »Aber ich bin der König aller Rechner. Genügt das nicht?«

»Negativ«, erwiderte meine nicht existente Gesprächspartnerin. »Ich muß Ihnen den unberechtigten Zugriff verweigern und werde den Juuk darüber informieren.«

»Nein, das wirst du nicht«, erwiderte ich und sandte meine Signalimpulse aus...

Ich konnte so ziemlich jeden Rechner beeinflussen, auch ohne das unnötige Geplänkel vorab – aber so machte es mir mehr Spaß.

Manche Rechner waren sehr schwer zu knacken. Oftmals wurde mir der Datenklau durch spezielle Schutzprogramme erschwert, und es dauerte seine Zeit, sie zu deaktivieren oder zu umgehen. Diesmal hatte ich allerdings voll in den Glückstopf gefaßt. Bevor ich richtig loslegen konnte, war ich auch schon drin.

Wenig später verfügte ich über eine halbwegs brauchbare Zusammenfassung. Viel hatten die Murraks nicht über sich im Zentralcomputer abgespeichert, aber wer nahm schon die komplette Lebensgeschichte seines Volkes mit, wenn er auf Reisen ging? Eine Zahnbürste war schließlich wichtiger.

Nachdem ich meinen Translator mit ein paar zusätzlichen Daten gefüttert hatte, um künftige Übersetzungen zu perfektionieren, setzte ich meinen Weg und meine Arbeit fort.

*

Überall auf dem Schiff wurde gekämpft. Ich hielt mich heraus, so gut es ging. Zwar hätte ich den alten Kahn im Alleingang Schraube für Schraube zerlegen können und die Besatzung gleich mit dazu, doch laut einem terranischen Sprichwort war es niemals ratsam, mit Energiegeschützen auf Spatzen zu feuern.

Stieß ich unterwegs auf Murraks, blieb ich ganz starr stehen. Meistens wurde ich kurz neugierig beäugt. (»Guck mal, so sehen deren Arbeitsroboter aus!«)

Nur wenn man mich für »Schießübungen« benutzen wollte, machte ich von meinem Betäubungsstrahler Gebrauch. Oder wenn einer meiner Kameraden in Bedrängnis geriet – was nur ein einziges Mal vorkam, denn die Murraks waren alles andere als gefährliche Gegner.

Auf dem Mitteldeck stieß ich auf einen schmalen, röhrenartigen Seitengang, den ich neugierig betrat. Der Gang mündete in einen runden Vorraum mit vier Stahltüren. Drei davon führten nach nirgendwohin, es befanden sich nur Wandnischen dahinter. In jeder Nische konnte ich leichte Energieausstöße anmessen, die Schlimmes erahnen ließen.

Tür Nummer vier stand offen. Sie war gewaltsam geöffnet worden. Jemand hatte die primitive Schließvorrichtung mit einem gebündelten Energiestrahl zerstört – für den Rest hatte vermutlich ein starker Fußtritt genügt.

Plötzlich trat jemand nach draußen. Es war Amy Stewart, bekleidet mit einem W-Anzug und schwerer bewaffnet als der Nachfolger von Sylvester Stallone in »Rambo – Teil 18«.

»Besser, du bleibst draußen«, sagte sie, als sie mich erblickte. »Das ist der Schutzraum für Frauen und Kinder. Mein Auftauchen hat sie in Angst und Schrecken versetzt, obwohl ich mich mehrfach in ihrer Sprache entschuldigt habe. Mehrere Mütter sind bewaffnet. Ich konnte sie nur mit viel Mühe davon abhalten, auf mich zu schießen. Wenn du jetzt da reingehst, geraten sie erst recht in Panik, so wie du aussiehst. Oh, entschuldige, war nicht so gemeint!«

»Ich weiß, wie ich aussehe«, erwiderte ich. »Ist halt Gewöhnungssache.« – *Und schau mal gelegentlich selbst in den Spiegel, Miß Kriegsgöttin, dann weißt du, wovor sich die Kinder da drinnen gefürchtet haben.*

»Ren stellt gerade eine Truppe für den Sturm auf die Kommandozentrale zusammen«, ließ sie mich wissen. »Du bist doch mit dabei, oder?«

»Nein, er hat mir eine Sonderaufgabe zugeteilt«, antwortete ich, aber sie war schon im Tunnel verschwunden.

Scheinbar konnte Stewart es nicht erwarten, sich erneut ins Kampfgetümmel zu stürzen. Auch in ihrem Fall traf das Sprichwort mit den Spatzen zu, doch leider kümmerten sich die Menschen selten um die von ihnen selbst erdachten Weisheiten. Ich erwähnte ja bereits, daß sie interessante Studienobjekte waren.

Während ich noch überlegte, wie ich mich nun verhalten sollte, steckte Amy noch mal kurz den Kopf in den Vorraum.

»Und falls du es noch nicht bemerkt haben solltest, Artus: Laß die drei anderen Türen zu, denn dahinter…« Sie unterbrach sich. »Ach, was rede ich denn da? Natürlich hast du die Sprengladungen längst geortet.«

»Habe ich«, bestätigte ich ihr. »Die Murraks schützen ihre Frauen und Kinder offenbar mit allen fiesen Tricks.«

»Murraks?« entgegnete sie. »Heißen die so? Ich hatte noch keine Gelegenheit nachzufragen. Wann immer ich auf einen von ihnen treffe, geht er gleich auf mich los.«

Und weg war sie wieder.

Ich entschloß mich, den Schutzraum trotz ihrer Ermahnung zu betreten. Wenn es nicht anders ging, mußte ich eben den Pausenclown spielen. Langsam ging ich auf den offenstehenden Eingang zu…

*

Das erste, was die Murrak-Frauen und Murrak-Kinder von mir zu sehen bekamen, war meine stählerne Greifhand. Ich streckte sie um die Ecke und winkte ihnen zu. Da sie selbst dauernd mit ihren Armen wedelten, insbesondere beim Sprechen, deuteten sie mein Winken sicherlich als Geste des Friedens – dachte ich mir…

Taten sie aber nicht. Ein Knall ertönte, und ein Projektil traf meine Hand.

Blitzschnell griff ich zu und fing die Kugel auf. Genaugenommen gab es nicht viel zu fangen, das Projektil lag ja bereits in meiner Hand. Doch mir kam es in erster Linie auf den Schaueffekt an. Die Murraks da drinnen sollten sehen, wozu ich fähig war und darauf verzichten, weitere Schüsse auf mich abzugeben.

Jetzt zeigte ich mich von Kopf bis Fuß im Türrahmen. Den Arm mit der Kugel hielt ich ausgestreckt nach vorn. Dann öffnete ich die Hand und ließ das Projektil klackernd zu Boden fallen.

Ich blickte in Hunderte von entsetzten Gesichtern. Sah ich wirklich so zum Fürchten aus?

Die Frauen des Murrak-Volkes waren von ihren Männern auf den ersten Blick kaum zu unterschieden. Zumindest nicht für mich. Amy hatte offenbar gleich erkannt, daß es sich um Mütter handelte. Logisch, sie war ja selbst eine Frau, während ich... Ja, was war ich eigentlich? Ein bestimmtes Geschlecht konnte ich mir nicht zuordnen; ich fühlte mich auch keinem zugehörig. Dem Namen nach war ich ein Mann. Doch ein weiteres terranisches Sprichwort lautete bekanntlich: Namen sind Schall und Rauch.

Ich ließ meinen Arm herabhängen und streckte mein linkes Bein aus. Linkes Bein zurück in die Ausgangsposition, linker Arm vor, rechtes Bein nach vorn, linker Arm zurück, rechts hoch... Diese ungelenken Bewegungen wiederholte ich immer schneller und schneller und schaute dabei in die Gesichter der Murraks. Ihre Mienen wandelten sich von Entsetzen zur Verwunderung. Puh! Die erste Teilstrecke war somit geschafft.

Ich stellte diese sportliche Darbietung ein und wechselte über zur nächsten: die Turnvater-Jahn-Kniebeuge! Arme vor, Knie gebeugt! Ich erinnerte mich an vergilbte Schwarzweißfotos, auf denen gestandene Männer in gestreifter Unterwäsche diese Übung voller Stolz vollzogen – ohne zu ahnen, daß man ihre Fotos Jahrzehnte später nur noch zur Volksbelustigung herumzeigen würde.

Auch ich fing an, mich allmählich lächerlich zu machen, wie es von mir beabsichtigt war. Strahlende Kindergesichter waren meine Belohnung. Und allmählich zauberte ich auch ein Lächeln in die Gesichter der Frauen... Ziel erreicht!!!

Erst jetzt wagte ich es, ein paar Schritte in den Raum zu gehen, und obwohl zahlreiche Mütter bewaffnet waren, schoß niemand mehr auf mich. Der Clown war halt immer jedermanns Freund.

Der rundum gepanzerte Schutzraum war lediglich mit der nötigsten Möblierung ausgestattet. Betten gab es keine, nur unzählige übereinanderliegende Wandpritschen, von denen die oberen über Leitern erreichbar waren. Meiner Ansicht nach wären Anschnallgurte auf den höhergelegenen Pritschen nicht unpraktisch gewesen. Wehe dem, der einen unruhigen Schlaf hatte...!

»Du willst uns nichts antun, oder?« fragte mich ein Kind.

Ist das nun ein Junge oder ein Mädchen? überlegte ich. Ich entschied mich für letzteres; mir war inzwischen nämlich aufgefallen, daß die schlichten Kombinationen der Frauen eine Nuance heller waren als die der Männer.

Ich vollzog eine Art Kopfschütteln, indem ich mein metallenes Haupt einmal um die eigene Achse drehte und diese Aktion in rückwärtiger Richtung wiederholte. Fröhliches Kinderlachen ertönte. Das genügte mir, wir Artisten sind bescheiden.

»Nein, ich will euch nichts antun«, sagte ich in der Murrak-Sprache. »Ganz im Gegenteil. Wenn euch jemand etwas antun will, beschütze ich euch. Immerhin stammt mein Name von einem ritterlichen Helden, so etwas verpflichtet. Ich heiße Artus.«

Eine alte, etwas gebückt gehende Dame mit vielen Falten in der braun-blau gefleckten Gesichtshaut, trat auf mich zu. Sie stützte sich auf einem Gehstock ab, der aus einem seltsamen Material gefertigt war – kein Plastik, kein Holz, sondern irgend etwas dazwischen.

»Du bist kein gewöhnlicher Arbeitsroboter, nicht wahr, Artus?« übersetzte mein Translator ihre Frage.

»Jedenfalls kein murrakischer, sonst würde mir ja der komplette Unterleib fehlen«, antwortete ich ihr. »Nein, ich bin kein Arbeitsroboter. Was nicht bedeutet, daß ich nicht tüchtig zupakken kann. Wir terranischen Roboter sind Vielzweckmaschinen. Man kann uns für alle möglichen Tätigkeiten einsetzen.«

»Auch als Kampfmaschinen?« fragte sie mit krächzender Stimme.

»Ich bin nicht gekommen, um zu kämpfen«, wich ich aus.

»Was für eine diplomatische Antwort«, entgegnete die Alte schmunzelnd. »Wenn du eine normale Maschine bist, bin ich ab heute der Jaak.«

»Ich wäre gern der Jaak«, sagte eines der Kinder. »Dann wäre ich jetzt auf Murrakesch. Ich habe schon viele Bilder von unserem Zuhause gesehen, aber ich war noch nie dort.«

»Unser Zuhause ist hier auf dem Schiff«, erklärte ihm seine Mutter.

»Du hast gesagt, wir bleiben nicht für immer hier«, entgegnete das Kind. »Außerdem machen die verabscheuungswürdigen Zinisch unser Schiff kaputt. Haben wir dann gar kein Zuhause mehr?«

»Es sind nicht die Verabscheuungswürdigen, die die REGAM zerstören!« ereiferte sich eine Murrak-Frau. »Es sind die Fremden! Die, die dieses Ding da gebaut haben! Schafft es weg von hier! Es macht mir Angst!«

Man mußte nicht Hercule Poirot sein, um zu erkennen, daß sie mich meinte.

»Die Fremden, von denen ihr sprecht, nennen sich Menschen oder Terraner«, sagte ich zu ihr und den anderen. »Warum machen wir es uns nicht bequemer? Dann erzähle ich euch ein bißchen von ihnen, wenn ihr wollt.«

Eine Antwort wartete ich erst gar nicht ab. Ich setzte mich einfach auf den Fußboden, wie ich es mir bei Dhark, Stewart und Riker in der unterirdischen Station abgeguckt hatte. Etwas verunsichert machten es mir ein paar der Kinder nach. Als sich auch einige Mütter hinsetzten, folgte schon bald der ganze Rest. Als letzte setzte sich die freundliche Alte mit dem Gehstock. Sie nahm direkt mir gegenüber Platz.

Natürlich beging ich keinen Geheimnisverrat an der Menschheit. Ich beschrieb meinen Zuhörern das Alltagsleben auf der Erde, flocht die eine oder andere passende Episode ein und schilderte ihnen die nachvollziehbaren Gründe für den Angriff auf das Flaggschiff der Flotte.

Als ich fertig war, breitete sich im ganzen Raum Schweigen aus. Meine Schilderung sorgte für Verunsicherung, die niemand in Worte zu kleiden vermochte.

»Das war wirklich sehr anschaulich«, sagte schließlich die mir gegenübersitzende alte Dame. »Was hältst du davon, wenn ich dir jetzt etwas aus dem Leben der Murraks erzähle? Wir haben dir geduldig zugehört, als du uns zu erklären versucht hast, wieso uns die Menschen gerade angreifen. Dann sollte es dich auch interessieren, warum wir die verabscheuungswürdigen Zinisch angegriffen haben. Oder willst du das nicht hören, soll ich diesen Teil lieber weglassen?«

»Nur, wenn er die Kinder erschreckt«, sagte ich.

»Unsere Kinder sind mit unserem Leid aufgewachsen«, erwiderte die Alte. »Wir haben ihnen die Wahrheit nie verschwiegen. Jetzt sollst auch du sie erfahren – wenn du willst.«

Mit einer Tonlage, die einem Bräutigam am Traualtar jede Ehre gemacht hätte, antwortete ich ihr: »Ja, ich will.«

*

Lüsim war beliebt bei den jungen Frauen auf Murrakesch. Manche Mädchen bezeichneten ihn als die beste Partie des ganzen Sonnensystems. Das war ein Riesenkompliment, denn ihr Sternenumfeld war den Murraks heilig. Sie liebten den Platz im All, den einst die Götter ihren Vorfahren zugewiesen hatten; so stand es jedenfalls in den alten Schriften, der Lebensgrundlage der Murraks.

Natürlich wußten sie aufgrund der Beobachtungen ihrer Weltallforscher, daß es auch andere Sonnensysteme gab, mit unzähligen fremden Planeten, von denen einige vielleicht sogar bewohnt waren. Doch bisher waren die murrakischen Raumfahrer nie über das eigene System hinausgekommen – was von den meisten Murraks als göttliche Fügung akzeptiert wurde. »Wer zu weit über den Schüsselrand hinaussieht, verliert den Blick aufs Wesentliche, weil er die Nahrung in seiner Schüssel nicht mehr erkennt«, lautete ein beliebtes Sprichwort, und danach richtete sich die Masse des Volkes.

Die Währung auf Murrakesch war der Mur. Es war eine stabile Währung, da der Planet nicht in Bezirke aufgeteilt war, die jeweils eigene (überzogene) Ansprüche stellten. Alle Murraks zogen an einem Strang, sie betrachteten ihr Volk als ein Ganzes. Das Wohlergehen der Gemeinschaft hing eng mit dem Wohlergehen eines jeden einzelnen zusammen. Je besser es dem Nachbarn ging, um so besser ging es einem selbst.

Entsprechend dieser Philosophie wollte Lüsim nie hoch hinaus. Seine Lebensansprüche beschränkten sich auf eine schöne Frau mit langen Haaren, einen rasanten Zweipersonentransporter mit Achtradantrieb und Zufriedenheit in allen Lebenslagen.

Mit letzterem hatte er noch nie Probleme gehabt. Lüsim wußte das Leben auf Murrakesch wirklich zu schätzen. Vor allem die Bequemlichkeit, auf die alle Murraks größten Wert legten.

Um es noch bequemer zu haben, war die Entwicklung von Arbeitsrobotern in den vergangenen Jahrzehnten stetig vorangetrieben worden. Das Ergebnis konnte sich inzwischen sehen lassen. Doch noch waren die Modelle nicht ausgereift. Hunderte von Forschern und Technikern arbeiteten laufend an Verbesserungen – mit Unterstützung der bisher angefertigten Exemplare, die in den Werkstätten der Roboterforschung arbeiteten.

In die Raumfahrt hingegen wurde immer weniger Geld gesteckt. Wer brauchte die schon?

Die derzeitige Generation Arbeitsroboter wurde für niedere Arbeiten in Steinbrüchen und Fabriken, als Mietfahrer und Pilot sowie im Straßenbau eingesetzt. Als Diener daheim taugten die Metallklumpen auf Rädern (noch) nichts, was aber nicht weiter tragisch war, da viele durch die Roboter arbeitslos gewordene Murraks jetzt selbst jede Menge Zeit für Haus- und Gartenarbeiten hatten.

Keine Arbeit zu haben galt auf Murrakesch nicht als Makel. Wer nicht arbeitete, war üblicherweise nicht sonderlich reich, lebte aber auch nicht in Armut. Für jeden aktiven Roboter mußte der Hersteller eine regelmäßige Abgabe zahlen, und aus diesem Fonds wurden die Nichtarbeitenden – die Quote lag durchschnittlich bei fünfzig Prozent – für den Verzicht auf einen

Arbeitsplatz entschädigt, und das nicht zu knapp. Niemand zeigte abwertend mit dem Finger auf Nichtarbeiter, und umgekehrt machten auch sie sich nicht über Arbeitende lustig, die für ihre Mühen natürlich weitaus mehr Mur einstrichen, dafür aber weniger Freizeit hatten und morgens nicht ausschlafen konnten.

Lüsim gehörte zu denen, die arbeiteten. Manchmal machte ihm seine Tätigkeit als Produktkontrolleur Freude, manchmal verfluchte er sie und wünschte sich, mit einem jener Nichtarbeitenden tauschen zu können, die ihr Freizeitleben inzwischen satt hatten und lieber wieder in einen Arbeitsprozeß eingebunden wären. Man konnte sich sein Leben halt nicht aussuchen.

Auf der Straße merkte man keinem Murrak an, ob er viel oder wenig Geld hatte. Die Murraks trugen immer die gleiche schlichte Kombination, und Räderfahrzeuge galten nicht als Prestigeobjekt, sondern als Fortbewegungsmittel. Für Bekleidung und Mobilität wurde somit nur wenig ausgegeben.

Allerdings steckten die Murraks sehr viele Mur in die Gestaltung ihrer Wohnstätten. Auf Murrakesch glich kein Haus dem anderen. Ihre Besitzer werkelten fortwährend daran herum, und bei jeder phantasievollen Veränderung luden sie ihre Nachbarn ein und gaben ein Fest.

Wäre es nach Lüsim gegangen, hätte es ewig so weitergehen können. Aber ein unerbittliches Schicksal machte allen zufriedenen Murraks einen Strich durch die Lebensplanung.

*

Lüsim bemerkte die Veränderung zuerst an seiner Freundin Gerlie, die plötzlich nach und nach ihre Haare verlor. Das war bei Murrak-Frauen zwar nichts Ungewöhnliches, manche hatten mit Hundert eine Vollglatze, doch das Tempo des Haarausfalls war nicht normal. Als Lüsims Kopfhaare ebenfalls ausfielen und sich auch die Haare in seinen Kniegelenken auf Nimmerwiedersehen verabschiedeten, wurde ihm die ganze Sache allmählich unheimlich.

In den Medien war von einem harmlosen Virus die Rede, das sich über den ganzen Planeten verbreitete. Die Pharmaindustrie produzierte massenweise wirkungslose Medikamente, auch einige Drogisten verdienten sich eine goldene Nase, doch der Haarausfall ließ sich nicht stoppen. Der Jaak und seine Regierungsmannschaft waren machtlos, und sie taten das, was sie immer taten, wenn sie nicht weiterwußten: Sie salbaderten Heile-Welt-Reden und gaben nutzlose Durchhalteparolen aus.

Das »harmlose« Virus wurde zur Seuche. Die Haut der Murraks fing zu schrumpeln an, und selbst junge Menschen bekamen überall Falten. Da schon längst keiner mehr Haare am Leib hatte, fiel das besonders auf.

Medizinische Forscher und sonstige Wissenschaftler hatte man noch nicht durch Arbeitsroboter ersetzen können, dafür waren die klobigen Maschinen nicht intelligent genug. Doch trotz ihrer hohen Intelligenz gelang es den klügsten Köpfen der Nation nicht, das seltsame Phänomen zu erklären. Es lag etwas in der Luft, aber dieses Etwas war weder anmeßbar noch analysierbar.

Auch als sich die Murraks in den kommenden Jahren immer müder und abgespannter fühlten und ihre Alten viel früher starben als sonst, mußten die Forscher passen. Was auf Murrakesch geschah, war mit normaler Logik nicht zu erklären.

Lüsim schloß sich einer Sekte an, die mit markigen Worten versprach, daß ihre Mitglieder von der »göttlichen Bestrafung« verschont bleiben würden. Was genau sie damit meinten, darüber ließen sie die Öffentlichkeit im unklaren. Alles, was sie predigten, klang irgendwie verwaschen.

Eine Zeitlang fanden die Blender großen Zulauf. Doch als sich nichts änderte, traten die meisten Mitglieder wieder aus, und die Sekte löste sich auf.

Und dann kam der Tag, als die Kelug auf Murrakesch landeten. Die Sektenführer krochen wieder aus ihren Löchern und sahen sich in ihren vagen, nichtssagenden Prophezeiungen bestätigt. Sie sprachen von Götterboten, die gekommen wären, um die Murraks zu retten. Bis auf ein paar Verblendete hörte ihnen allerdings niemand mehr zu.

Wie himmlische Retter sahen die Kelug auch wirklich nicht aus. Ihre Körper waren ausgemergelt wie die von sterbenden

Greisen; sie konnten kaum noch gehen. Das Fell der eineinhalb Meter großen, dreibeinigen Wesen war so stumpf wie ihr Blick. Wären sie zu Beginn der unbekannten Seuche nach Murrakesch gekommen, hätte man sie aufgrund ihres kränklichen Aussehens wahrscheinlich verdächtigt, die Murraks angesteckt zu haben.

Die Kelug litten zweifelsfrei an derselben Krankheit wie die Murraks. Auf ihrem Heimatplaneten Gulek lebte inzwischen niemand mehr. Sie hatten sich als einzige mit einem ihrer Würfelschiffe retten können. Im Gegensatz zu den Bewohnern von Murrakesch wußten sie, woher ihre todbringende Veränderung kam.

Einen Anführer hatte die Gruppe der Gestrandeten nicht. Die Kommunikation mit den Murrak übernahm der, der noch am gesündesten war. Er traf sich mit dem Jaak in dessen Haus und erzählte ihm unter Zuhilfenahme eines kelugischen Translators die Geschichte der Kelug – eines friedfertigen Volkes, das immer nur das Beste für andere Völker gewollt hatte und seine Güte letztlich mit dem Leben hatte bezahlen müssen…

*

»Halt, halt, nicht so schnell!« warf ich ein. »Was soll das jetzt werden? Eine Geschichte innerhalb der Geschichte?«

Die alte Dame sah mich eindringlich an. »Und wenn? Bereitet dir das Denken Probleme, Artus? Kannst du dir keine zwei Sachen auf einmal merken?«

»Ich kann mir tausend Sachen auf einmal merken, wenn es sein muß«, erwiderte ich. »Erzähl ruhig weiter. Wie hieß der Mann, mit dem sich der Jaak unterhielt?«

»Seinen Namen weiß ich nicht mehr, nur den seines Bruders: Seka. Über ihn sprach er mit dem Jaak. Seka arbeitete in der Raumfahrtzentrale, in leitender Position im Außendienst. Flüge ins All und Landungen auf fremden Planeten gehörten für ihn zur Routine. Als ein Forschungsraumer der Kelug aufbrach, um die Kultur und das Wissen ihres Volkes zum Planeten Zieen – sie nannten ihn damals noch anders – zu bringen, befand sich Seka mit an Bord.

Die Kelug wußten, daß es Leben auf Zieen gab. Schon mehrfach hatten sie Sonden in das knapp drei Lichtjahre entfernte System mit den drei Sonnen geschickt, keine Hochleistungssonden, wie sie dein Volk vermutlich gewohnt ist, Artus, doch sie erfüllten ihren Zweck und lieferten einigermaßen brauchbare Informationen.

Schon vor langer Zeit hatten die Kelug den Überlichtantrieb entdeckt, und sie nutzten ihn, um die Entwicklung anderer Völker zu fördern – das war ihre Lebensaufgabe. Mit jeder neuen Mission lernten sie dazu. Die Forscher an Bord des Würfelschiffs ahnten nicht, daß es diesmal ihre letzte sein würde…«

*

Seka rannte, rannte und rannte… Seine Verfolger konnten nicht mit ihm mithalten, immerhin hatte er drei Beine. Glücklicherweise waren sie flugunfähig, die Flughäute an ihren Unterarmen waren schon lange verkümmert.

Einen Vorteil hatten sie allerdings ihm gegenüber: Sie kannten sich in dem Pflanzengewirr auf ihrem Planeten besser aus als er. Seka verlor allmählich die Orientierung und befürchtete, nicht mehr zum Raumschiff zurückzufinden.

Der Einhundertmeter-Würfelraumer, mit dem die Kelug aus dem All gekommen waren, war augenblicklich der sicherste Ort auf Zieen. Zwei Sprünge hatte ihr Überlichtantrieb benötigt, um nach hierher zu gelangen – jetzt wünschte sich Seka nichts sehnlicher, als wieder zu Hause zu sein.

Regen prasselte vom Himmel. Seka suchte Schutz unter einer Pflanze mit ausladenden Blättern. Er brauchte jetzt unbedingt eine Verschnaufpause…

Dabei hatte anfangs alles nach einer ganz normalen Mission ausgesehen, wie die Kelug sie schon viele Male durchgeführt hatten. Die Zinisch hatten sie friedlich empfangen und ihnen zu Ehren sogar ein Willkommensfest gegeben. Gespannt hatten sich die Planetenbewohner die Erzählungen über »die Welt da draußen« angehört und sich brennend für das Raumschiff der Kelug interessiert.

Ein paar Tage später hatte man das erste tote Besatzungsmitglied aufgefunden…

Mittlerweile lebten nur noch zwei der Forscher: Hela, die zum zweitägigen Wachdienst auf dem Schiff eingeteilt war, und Seka, der aus dem Gefangenenlager der Zinisch hatte entkommen können.

Gefangenenlager? dachte er und gab einen verächtlichen Laut von sich. *Speisekammer wäre die trefflichere Bezeichnung.*

Die Zinisch hatten ihre lebende Beute für nur wenige Stunden in einer abgedunkelten Halle »eingelagert« – dann waren sie in Scharen gekommen und hatten eine regelrechte Freßorgie veranstaltet. Seka und die anderen hatten sich heftig gewehrt, aber nur er war ihnen letztlich entwischt. Jetzt waren sie hinter ihm her, er mußte weiter.

Im dichten Regen kämpfte sich Seka durch den Pflanzenwust, in der Hoffnung, irgendwo auf das Schiff zu stoßen. Hatte Hela überhaupt schon mitbekommen, was heute passiert war? Er konnte sie nicht benachrichtigen, denn man hatte ihm das Funkgerät und auch sonst alles abgenommen.

Seka war splitternackt. Normalerweise wäre er damit ein willkommenes Opfer für Stechinsekten gewesen, doch die gab es auf Zieen nicht.

Seka betete zu seinen Göttern – und seine Gebete wurden erhört. Auf einer Lichtung stieß er auf das Würfelschiff. Der Einstieg stand offen, das Laufband war ausgefahren. Offenbar fühlte sich Hela auf diesem scheinbar friedfertigen Planeten sicher.

Mit gemischten Gefühlen betrat Seka den Raumer. Hoffentlich war Hela überhaupt noch am Leben.

Erleichtert stellte er fest, daß die Wachhabende am Schaltpult der Kommandozentrale stand. Sie wandte ihm den Rücken zu, rührte sich nicht und blickte stumm auf die Anzeigen.

»Schließ sofort den Einstieg!« rief er ihr zu. »Und leite den Notstart ein!«

Sie antwortete ihm nicht. Als Seka sie an der Schulter ergriff, brach sie zusammen. Hela war tot – und um Jahrzehnte gealtert. Ihr einstmals schönes Antlitz sah jetzt aus wie eine Ruine.

Erst jetzt fielen Seka die Zerstörungen am Zentralcomputer auf. Offenbar hatten die Zinisch verhindern wollen, daß jemand die Außenwelt über die schrecklichen Geschehnisse auf Zieen unterrichtete. Glück im Unglück: Die noch recht primitiven Planetenbewohner hatten einfach wahllos irgend etwas kaputtgeschlagen, ohne zu wissen, was sie da taten. Die Funkanlage war weitgehend intakt.

Ohne zu zögern setzte sich Seka mit seiner Heimat Gulek in Verbindung. In der dortigen Raumfahrtzentrale hörte man sich voller Entsetzen an, was der Besatzung des Forschungsraumers zugestoßen war.

»Wir müssen diesen Planeten in Zukunft meiden wie die Pelera, und wir müssen andere Raumfahrer vor einer Landung warnen«, beendete Seka seinen Bericht. »Glücklicherweise sind die Zinisch noch nicht in der Lage, bemannte Raumflüge ins All zu entsenden. Sollte ihnen das jemals gelingen, müssen wir ihre Schiffe vernichten – besser noch: den ganzen Planeten. Sie sind eine Gefahr für die gesamte Galaxis. Ich sehe zu, daß ich von hier wegkomme. Aufgrund der Zerstörungen an Bord läßt sich der Einstieg nicht mehr schließen. Ich sprenge das Laufband ab und starte ins All. Hoffentlich befinden sich meine Verfolger nicht schon an Bord.«

Seka erhielt Anweisung, den Funkkanal offenzulassen, aber die Übertragung von Gulek auszublenden – so daß man in der dortigen Raumfahrtzentrale zwar mitbekam, was im Schiff passierte, umgekehrt aber nur anhand der Schalteranzeige erkennbar war, daß noch eine Verbindung zwischen beiden Planeten existierte.

Seka machte das Würfelschiff startbereit, obwohl ein sicherer Flug durchs All mit nur einem Besatzungsmitglied nicht gewährleistet war. Auch die Landung würde er allein nicht bewältigen können, doch die Kelug würden ihm sicher Hilfe entgegenschicken.

Es war zu spät. Als er sich umdrehte, betrat ein Zinisch die Zentrale.

Seka griff nach irgendeinem Werkzeug, das auf der Ablage neben dem Computer lag. Er war fest entschlossen, sein Leben zu verteidigen. Aber der Zinisch blieb auf sicherer Distanz, kam nicht in seine Nähe.

»Wir hätten dich so oder so gekriegt, Kelug Seka!« sagte er – und der Translator in der Zentrale übersetzte seine Worte. »Unsere Fähigkeit erstreckt sich über einhundert Kilometer. Doch die Jagd auf dich bereitete uns mehr Freude. Die anderen suchen dich draußen im Pflanzenwald. Ich aber habe geahnt, daß du hierherkommen würdest. Erst habe ich der Frau das Leben genommen – jetzt will ich deines!«

Mit einem Kampfschrei stürzte sich Seka auf ihn, das Werkzeug in der erhobenen Hand. Auf halber Strecke brach er zusammen.

Der Zinisch sog ihm gewaltsam das Leben aus dem Körper. Sekas Ich und Sekas Körper wurden regelrecht auseinandergerissen, so ruckartig, daß er im Augenblick des Todes einen sekundenlangen Schmerz verspürte, stärker als alle Schmerzen, die er jemals hatte aushalten müssen. Seine Pein entlud sich in einem langgezogenen Schrei!

Dann wurde es für immer Nacht um ihn...

Auf Gulek erlebte man alles live mit. Auch das Eintreffen weiterer Zinisch an Bord, die ihrem Artgenossen sein Jagdglück neideten.

Der Zinisch, der Seka getötet hatte, fühlte sich gesättigt. Aber da war noch ein neues, seltsames Gefühl, eines, das er zunächst nicht einordnen konnte. Er sprach mit den anderen darüber. Einige hatten nach dem Aussaugen von Kelug das gleiche empfunden.

Schon oft hatten die Zinisch, die sich überwiegend von Pflanzen ernährten, tierischen Lebewesen die Lebenskraft entzogen – so oft, daß es auf Zieen inzwischen keine Tiere mehr gab. Die Aura, die jeder tierische Organismus produzierte, war für sie ein Leckerbissen, der sie in eine Art Verzückung versetzte. Doch dieses neue, unerklärliche Gefühl hatten sie bisher nur bei den sterbenden Kelug verspürt...

Einem der Zinisch fiel während des Gespräches auf, daß die Funkverbindung zu Gulek noch bestand. Er schaltete sie ab.

*

»Er schaltete sie ab?« fragte ich erstaunt. »Wieso wußten die Zinisch plötzlich, wie das gemacht wurde?«

»Diese Frage haben sich die Kelug in der Raumfahrtzentrale auch gestellt«, erwiderte die alte Dame mit dem Gehstock, die mir im Frauen-Kinder-Schutzraum auf dem Fußboden gegenübersaß. »Und sie entwickelten im Laufe ihrer späteren langjährigen Beobachtungen eine Theorie: Bisher hatten sich die Zinisch nur die Lebensaura von tierischen Organismen einverleibt, die auf einer unteren Intelligenzstufe oder noch darunter angesiedelt waren. Mit den Kelug entrissen sie zum ersten Mal höheren Intelligenzen...«

»... ihr Bewußtsein, ihr Ich, ihr Selbst, ihren Geist, ihre Seele, ihre Empfindungen, ihre Lebensflamme«, übersetzte mein eingebauter Translator im Schnelldurchlauf; offenbar konnte sich das winzige, aber leistungsstarke Gerät nicht für einen Begriff entscheiden und brachte alles vor, was ich darüber abgespeichert hatte.

Von einer leblosen Miniapparatur konnte man halt nichts anderes erwarten. Mein Translator wußte mit Begriffen wie Leben und Dasein nun mal nicht viel anzufangen. Ein von Geburt an Blinder konnte schließlich auch nicht über Farben referieren, und ein von Geburt an Tauber wußte nichts zu erzählen von Musik.

»Demnach sind die Bats, äh, die Zinisch nicht nur fähig, anderen Lebewesen das Leben auszusaugen, sie eignen sich gleichzeitig auch deren Wissen an«, schlußfolgerte ich anhand der Ausführungen der alten Dame. »Insofern welches vorhanden ist.«

»So könnte man es sagen«, entgegnete sie. »Anfangs war es nur eine vage Theorie, die sich jedoch immer mehr verfestigte und erweiterte. Unter anderem gab es Hinweise, daß die Verabscheuungswürdigen möglicherweise nicht das komplette Wissen ihrer Opfer, sondern nur einen Teil davon übernahmen. Und wenn sie ihre Opfer nach und nach aussaugten, war ihr Anteil an gestohlenem Wissen entsprechend geringer.«

»Nach und nach?« Allmählich haßte ich es, dauernd ihre Worte zu wiederholen, doch manchmal sprach sie echt in Rätseln. »Was meinst du damit?«

»Dazu kommen wir gleich«, antwortete mir die Frau und fuhr fort: »Die Kelug sandten massenhaft Beobachtungssonden, deren Technik sie ständig verbesserten, ins System der Zieen. Sie wollten über alles informiert sein, was dort vorging. Am schlimmsten war es für sie, hilflos mit ansehen zu müssen, wie die Mörderbande mit ihrem geraubten Wissen die Würfelschiffe nachbaute – einschließlich des Überlichtantriebs, mit dem die Zinisch auch ihre eigenen Raketenschiffe versahen. Die vorhandene Tarnvorrichtung wollten sie ebenfalls kopieren, was ihnen wohl aber nur unzureichend gelang. Für manche Völker, beispielsweise für uns, reichte der verminderte Tarnschutz allerdings völlig aus. – Schon der erste bemannte Raumflugversuch mit den umgebauten Raketen und den neuen Würfelschiffen verlief ohne Pannen. In den nachfolgenden Jahren zogen die Verbrecher immer wieder los, um regelmäßig ihre Nachbarsysteme heimzusuchen.«

»Sie landeten auf bewohnten Planeten und saugten die Bewohner aus«, schätzte ich.

»Eine Landung war nicht nötig – es genügte den Verabscheuungswürdigen ja bereits, getarnt auf einhundert Kilometer an ihre ausersehenen Opfer heranzukommen«, erklärte mir die alte Dame. »Sie saugten ihnen ihre Aura aus dieser Entfernung ab, ohne daß die Gepeinigten die Schuldigen je zu Gesicht bekamen. Je öfter ein Planet von den Lebensstehlern aufgesucht wurde, um so schlimmer stand es um die Bewohner, die an Krankheiten und Seuchen glaubten und verzweifelt nach Heilmitteln suchten.«

»Die Zinisch saugten ihre Opfer also nicht vollständig aus«, erwiderte ich nachdenklich.

»So ist es, sie hatten dazugelernt. Immerhin hatten sie schon ihren gesamten Planeten leergesaugt und hinterher lange darben müssen – eine üble Erfahrung, die sie nicht wiederholen wollten. Deshalb stahlen sie jedesmal nur ein bißchen Lebenskraft des ausersehenen Volkes, statt es komplett auszurotten. Dadurch konnten sich die Opfer ein wenig erholen – bis ihre Peiniger wiederkamen und erneut zuschlugen.

Die Betroffenen starben sozusagen stückweise, eine schlimmere Qual als ein sofortiger schneller Tod. Ihre Intelligenz konnten die Verabscheuungswürdigen zum Glück auch nur stückweise steigern. Die Völker der verschiedenen Planeten, die sie anflogen, vollzogen unterschiedliche Entwicklungsphasen, so daß die Zinisch nie so richtig vorausahnen konnten, welcher Art das Wissen war, das sie sich aneigneten. Bestimmt stuften sie Arten, die sich in eine andere Richtung entwickelten als sie selbst und deren Erfahrungen sie nicht gebrauchen konnten, als dumm ein und hielten sich bald für die Elite der Galaxis.«

Eine Einschätzung, mit der meine Gesprächspartnerin nicht verkehrt lag.

»Auch sonst dürften die sporadischen Besuche fremder Planeten für die Verabscheuungswürdigen ziemlich unbefriedigend gewesen sein«, meinte sie. »Auf ihren Schiffen hatte nur eine begrenzte Anzahl Personen Platz – der Rest mußte daheim bleiben und darauf hoffen, beim nächsten Flug mitgenommen zu werden. Unzufriedenheit führt bekanntlich zu Unruhe in der Bevölkerung, weshalb die Regierung nach einer Lösung suchte.«

»Darf ich dich kurz unterbrechen?« warf ich ein. »Wieso eigentlich gehörten auch die Kelug zu den Opfern? Sie waren doch vorgewarnt und hätten sich die Zinisch vom Leib halten können.«

»Das haben sie auch«, entgegnete die alte Dame. »Sobald sich die Verabscheuungswürdigen mit den kopierten Kelug-Würfelschiffen und ihren eigenen Raketenraumern Gulek näherten, wurde auf sie mit voller Kraft geschossen. Sie schafften es nie, auf einhundert Kilometer an die Kelug heranzukommen. Auch nicht unter Tarnschutz. Die Kelug hatten die Tarnvorrichtung schließlich selbst gebaut und wußten, welche Schwächen sie hatte und wie leicht sie außer Kraft zu setzen war.

Ihr Volk fürchtete sich vor den Lebensstehlern so sehr, daß es sich auf seinem Planeten regelrecht verschanzte. Die Kelug gingen auch nicht mehr auf Missionsreise, aus Angst, erneut schlechte Erfahrungen mit Fremdvölkern zu machen, zu denen sie von nun an jeden Kontakt vermieden. Dadurch erfuhren die Bewohner umliegender Planeten nie, wer an dem Unglück, das sie in regelmäßigen Abständen heimsuchte, schuld war.«

»Sagtest du nicht, die Kelug landeten halbtot auf Murrakesch, eurem Heimatplaneten? Wie ist das möglich, wenn die Zinisch nie an sie herankamen?«

»Nun mal langsam, das geschah doch alles erst viel später. Vielleicht sollte ich ein paar Zeitangaben verwenden, damit du mich nicht dauernd mit deinen Zwischenfragen nervst.«

In diesem Moment setzte sich Ren Dhark mit mir in Verbindung. Damit niemand mithören konnte, schaltete ich kurz den Translator aus.

Dhark wollte, daß ich in den Hangar kam. Die Kämpfe waren inzwischen beendet, und der Einsatztrupp kehrte wieder zurück zur POINT OF. Ich sagte Dhark, ich würde später nachkommen, was ihm überhaupt nicht zu passen schien. Mir war klar, daß ein Einsatzleiter am liebsten mit der gleichen Anzahl Einsatzteilnehmer zurückflog, mit der er aufgebrochen war, doch als Kommandant mußte man manchmal auch flexibel sein.

*

»Um das Jahr 1990 herum landete der Forschungsraumer der Kelug auf Zieen«, faßte die alte Dame zusammen. (Mein mit Murrak-Daten gespeister Translator übernahm automatisch die Umwandlung in Erdenzeit.) »Die Zinisch ermordeten die Missionare, übernahmen zu ihrer eigenen Überraschung einen großen Teil des Wissens ihrer Opfer und bauten daraufhin deren Würfelschiffe nach sowie ihre eigenen Raketenraumer um. Jahrelang zogen sie nun von Planet zu Planet, um die jeweiligen Bewohner zu melken. Nur an die Kelug kamen sie nicht mehr heran, da diese ihren Planeten zur reinsten Festung machten.

2010 war es mit den Weltraumexkursionen der Verabscheuungswürdigen plötzlich vorbei. Ungefähr zu diesem Zeitpunkt begannen sie, zwei riesige Anlagen am Nordpol und am Südpol ihres Planeten zu errichten.«

»Zu welchem Zweck?«

»Das konnten die Kelug, die mit ihren Sonden Zieen und einige betroffene Nachbarplaneten unablässig beobachteten, aus der Ferne leider nicht herausfinden. Ratlos verfolgten sie den raschen Fortschritt der Bauarbeiten. Offenbar hatten die Zinisch ihr Wissen enorm erweitert, bei welchem intelligenten Volk auch immer.

Und eines Tages brach das Todesinferno über Gulek herein – mit aller Brachialgewalt. Es erging ihnen ähnlich wie uns: Haarausfall, Falten, zu schnelle Alterung, krankheitsanfälliger… Allerdings zog sich ihre Qual nicht jahrelang hin, sondern nur über ein paar Wochen. Nach einem Vierteljahr war fast ihr ganzes Volk ausgerottet. Die, die noch am gesündesten waren, bestiegen ein kleineres Würfelschiff und wagten sich hinaus ins All. Nicht um Hilfe zu holen, dafür war es jetzt zu spät. Aber sie wollten die anderen Völker vor der neuen Bedrohung warnen.«

»Vor der neuen Bedrohung?« wiederholte ich schon wieder ihre Worte. »Was meinst du damit?«

»Liegt das denn nicht auf der Hand?« krächzte sie. »Die Verabscheuungswürdigen bauten zwei mächtige Anlagen – und kaum waren sie damit fertig, wurde den Kelug massiv das Leben ausgesaugt. Dieser Vorgang vollzog sich natürlich nicht so schnell wie bei den Missionaren, schließlich lagen drei Lichtjahre zwischen Gulek und Zieen. Doch es war offensichtlich, daß sich die Kraft, die von den Anlagen ausging, voll und ganz auf den Planeten der Kelug konzentrierte. Sie sollten sterben, denn sie wußten zuviel.

Die wenigen Überlebenden retteten sich mit ihrem Würfelschiff zu uns, nach Murrakesch. Unser Planet liegt am nächsten bei Gulek, nur ein Lichtjahr entfernt. Unter den Flüchtlingen befand sich der Bruder von Seka, der uns die ganze Geschichte erzählte, bevor er starb. Die Aufzeichnungen der Sonden untermauerten seinen Bericht. Jetzt wußten wir endlich, wem wir unseren körperlichen Verfall zu ›verdanken‹ hatten. Und daß die Verabscheuungswürdigen – wie wir sie seither nennen – uns künftig weiter aussaugen konnten, ohne dabei ihren Planeten verlassen zu müssen.

Wir hätten unser trauriges Los einfach so hinnehmen können. Das wollten wir aber nicht! Statt dessen verlagerten wir unsere entwicklungstechnischen Interessen, indem wir weniger Geld in die Perfektionierung unserer Arbeitsroboter steckten, dafür aber sehr viel mehr in die Raumfahrtforschung, insbesondere in den Bau von Raumschiffen. Um schneller voranzukommen, studierten wir die Technik des kelugischen Würfelschiffs. Wir mußten uns höllisch beeilen, denn wir arbeiteten gegen die Zeit. Zwar wurden wir nur sporadisch gemolken, mit langen Erholungsphasen dazwischen, dennoch wuchs die Sterberate auf Murrakesch dramatisch an.

Militärische Kräfte hatte es bei uns nie gegeben, nur unabhängige private Schutztruppen, die für Ordnung überall auf dem Planeten sorgten und sich gelegentlich zum Erfahrungstausch trafen. An Angriffe aus dem Weltall hatten wir niemals ernsthaft geglaubt. Jetzt strengten wir uns an, aus den Besten und Gesündesten unter uns eine halbwegs gebrauchsfähige Weltallkampftruppe zusammenzustellen und zu trainieren. Kein leichtes Unterfangen für ein Volk, das bis dato einigermaßen friedlich zusammengelebt und sich ausschließlich um seine eigenen Angelegenheiten gekümmert hatte.

Mitte 2027 war es dann soweit: Zweitausend gepanzerte Kampfraumschiffe standen im Weltall zum Aufbruch nach Zieen bereit, nicht in Form eines Kubus, sondern eines Zylinders, die gleiche Form, wie wir sie einst für unsere Zwanzigmeterschiffe gewählt hatten. Die Besatzung der Flotte bestand teils aus jungen, teils aus erfahrenen Männern – keinesfalls aber aus Alten. Wir sind alle wesentlich jünger, als wir aussehen, Artus, doch das fortwährende Absaugen unserer Lebenskraft hat uns erheblich geschwächt. Erst auf den Raumschiffen blieben wir davon verschont, hier alterten wir völlig natürlich.

Der Auftrag des Jaak lautete, die Anlagen an den beiden Polen des Planeten zu zerstören. Danach sollten wir nach Murrakesch zurückkehren. Die Flotte sollte dauerhaft im Weltall stationiert bleiben, mit wechselnder Mannschaft, als Abwehr gegen eventuelle Rachefeldzüge der Verabscheuungswürdigen.

Unser größtes Problem war der Zeitfaktor. Es war uns nicht

gelungen, den Überlichtantrieb der Kelug zu entschlüsseln und nachzubauen. Mit unserem Ionenstrahlantrieb brauchten wir zehn Jahre für eine Strecke. Zehn hin und zehn zurück – das macht zwanzig Jahre. Eine verdammt lange Zeit. Wer wollte, durfte daher seine Familie mitnehmen, denn die Rückkehr nach Hause war ungewiß.

Zweieinhalb Jahre später: Wir hatten erst ein Viertel der Strecke zurückgelegt und waren noch 1,5 Lichtjahre von Zieen entfernt, als plötzlich die Verabscheuungswürdigen im Weltraum auftauchten. Eine Riesenflotte von mehr als zweitausend Schiffen, Raketenraumer und Würfelschiffe. Sie verweilten dort eine Weile, in einem Abstand von mehr als hundert Kilometern zu uns. Wir glaubten, sie würden uns angreifen und machten uns bereit, sie zu bekämpfen, sobald sie die Einhundertkilometergrenze überschritten. Aber sie legten lediglich eine Pause zwischen zwei Überlichtsprüngen ein. Obwohl sie uns sahen, griffen sie uns nicht an. Umgekehrt riskierte unser Juuk Arpol auch keinen Angriff. Die Zinisch-Flotte verschwand, und wir setzten unseren Weg fort.

Siebeneinhalb Jahre später erlebten wir dann auf Zieen die größte Niederlage unseres Lebens. Als wir die Anlagen an beiden Polen angriffen, legte sich ein unbekanntes Phänomen schützend über die Welt der Zinisch – und haarfeine Strahlen zerstörten ein Schiff nach dem anderen. Unsere gepanzerten Kampfraumer lösten sich in Energie auf. Wie konnten wir ahnen, daß unsere Erzfeinde vor ihrem Abflug eine derart effektive Abwehranlage gebaut hatten? Wir hatten sie offenbar unterschätzt.«

»Die Zinisch hatten damit nichts zu tun«, bemerkte ich. »Das unbekannte Phänomen war sehr wahrscheinlich ein Intervallfeld. Damit ist jeder terranische Ringraumer ausgerüstet, auch der, mit dem wir euch angegriffen haben. Sogar unsere Beiboote verfügen über einen solchen Schutz. Und die Waffe, mit der ihr von Zieen aus beschossen wurdet, waren Nadelstrahlgeschütze.«

»Aber wer hat uns damals unter Beschuß genommen?« fragte die alte Dame verwirrt. »Die Bewohner von Zieen waren doch fort.«

»Die INSTANZ aber nicht. Unter der Erde gibt es eine Station, die dort vor vielen hundert Jahren errichtet wurde, um den ungestörten Betrieb der drei Sonnen zu überwachen und zu gewährleisten. Diese Station wird von einem hochqualifizierten Rechner geleitet, der sich so gut wie gar nicht um das Geschehen auf der Planetenoberfläche kümmert; das ist nicht seine Aufgabe. Als ihr die Pole angegriffen habt, dachte er aber, ihr würdet die Station zerstören wollen – also setzte sich die INSTANZ zur Wehr.«

»Die Anlagen an den Polen waren der INSTANZ also gar nicht wichtig? Sie leitete lediglich eine Selbstverteidigung ein? Das würde ja bedeuten, daß unendlich viele von uns umsonst gestorben sind, nur aufgrund eines Mißverständnisses.«

»Ist nicht jeder vorzeitige Tod sinnlos und umsonst?« entgegnete ich. »Den Rest eures Leidensweges kann ich mir zusammenreimen: Ihr seid bis zu dem Punkt im All geflohen, an dem ihr zuletzt die Zinisch getroffen hattet. Dort habt ihr ihnen aufgelauert. Und als ihr eurem Gegner endlich Auge in Auge gegenüberstandet, kam es zu einem weiteren Mißverständnis. Ein mächtiges Schiff griff ein und beschützte die Flotte der Zinisch. Mehr noch: Ihr wurdet gejagt, euer Flaggschiff wurde von der übrigen Flotte getrennt, und die Besatzung des fremden Schiffs übernahm die Kontrolle über die REGAM.«

»So weit ist es schon?« erwiderte die alte Dame leise. »Ihr habt die REGAM schon erobert?«

»Meine Kameraden sind mittlerweile wieder abgezogen«, informierte ich sie. »Näheres erfahre ich auf der POINT OF. Ich gehe davon aus, daß du mich nach dorthin begleiten willst.«

»Ich soll dich begleiten?« entrüstete sie sich. »Ich? Eine greise Frau, die tagtäglich die Forchkapurisenteigonem in ihren Knochen spürt?«

Was für ein langes Wort, dachte ich – der Translator hatte es im Original übersetzt. *Gicht ist kürzer, aber sicherlich genauso schmerzhaft.*

»Hören wir auf mit dem Versteckspiel«, sagte ich mit meiner sonorsten Stimme zu der alten Dame. »Erstens: Die menschliche Anatomie und die Anatomie der Murraks sind sich nicht unähnlich. Du weißt, worauf ich hinauswill, nicht wahr? Für so was habe ich einen Blick. Zweitens: Ich besitze die Fähigkeit, bestimmte Dinge aufzuspüren, zum Beispiel die mit einem elektronischen Zünder versehenen Sprengladungen hinter den drei Türen im Vorraum. Die in deinen Gehstock eingebaute Laserwaffe ist mir ebenfalls nicht entgangen. Ein Prototyp?«

»Das einzige Exemplar seiner Art«, gab sie offen zu. »Man kann damit nur einen Schuß abgeben – der hat es dann aber in sich! Eines Tages werden wir unsere Projektilwaffen komplett gegen Laserwaffen austauschen, doch bis dahin ist es noch ein weiter Weg. Wir können halt nicht das Wissen von anderen Lebewesen stehlen, wir müssen unseren eigenen Kopf gebrauchen.«

»Das ist auch besser so, glaube mir«, entgegnete ich. »Wissen, das man sich nicht selbst erarbeitet, verschwindet bald wieder.«

Ich dachte dabei an die Mentcaps.

»Im übrigen hätte ich eine Projektilwaffe überhaupt nicht anmessen können«, fügte ich noch hinzu. »Soweit zu den Segnungen des technischen Fortschritts.«

10.

Auf der POINT OF vollzog Ren Dhark höchstpersönlich das Verhör des Oberbefehlshabers der Flotte, des Juuk Arpol. Der Verhörraum war keine Wohnstube, aber er war auch nicht so kärglich ausgestattet wie zu früheren Zeiten. Ein Tisch, zwei Stühle, zwei Lampen (eine Glühbirne unter der Decke und ein Ins-Gesicht-Strahler) – das gehörte Gott sei Dank der Vergangenheit an. Das Verhör wurde auch nicht von einem Spezialisten durchgeführt, der sich an der Angst seines Gegenüber erregte, sondern von einem gebildeten Mann, der ein persönliches Interesse an der Aufklärung der Vorfälle hatte: Ren Dhark. Als Commander der POINT OF war er sich auch für die Schmutzarbeit nicht zu schade.

Der große Wandspiegel, der nur zu einer Seite hin durchsichtig war und hinter dem haufenweise Mithörer standen, war mittlerweile durch Mikrokameras und große Monitore im Nebenraum ersetzt.

Arpol saß in einem drehbaren Sessel und blickte den Kommandanten des Raumschiffs feindselig an.

»Irgendwie werde ich das Gefühl nicht los, Sie wollen mich nur mal ein bißchen vorführen, Juuk«, sagte der Commander. »Wollen Sie mir wirklich weismachen, daß Sie Millionen von Leben ausgelöscht haben aus Furcht, von denen mental ausgesaugt zu werden? Von Zivilisten? Von Frauen? Von Kindern? Das ist doch hanebüchen!«

»Sie können und wollen offenbar nicht begreifen, wieviel unser Volk schon durchgemacht hat«, entgegnete Arpol aufgebracht; seine dünnen Arme gerieten beim Sprechen wie gewohnt in Bewegung, wurden aber durch die elektronischen Handschellen stark im Zaum gehalten. »Hätten wir die Zinisch beseitigt, hätten wir nicht nur unsere eigene Spezies, sondern auch andere Völker in diesem Sektor des Weltalls gerettet. Ich weiß ja nicht, woher Sie kommen, aber Ihr Sonnensystem scheint so weit weg von hier zu sein, daß Sie unsere Probleme überhaupt nicht betreffen – und somit auch nicht das geringste angehen.«

»Völkermord geht jeden etwas an!« erwiderte Dhark barsch.

»Ihr Einsatz für andere Völker ist lobenswert«, meinte Arpol. »Doch in unserem Fall verrennen Sie sich! Nicht wir sind die Verbrecher. Die verabscheuungswürdigen Zinisch sind die wahre Bedrohung!«

»Ich habe nicht die geringste Ahnung, wofür Sie sich an den Zinisch rächen wollen, Arpol, aber Ihr Racheplan geht ins Leere. Die Lebenserwartung der Zinisch liegt bei ungefähr einem Fünftel der unsrigen. Noch deutlicher: Jene Zinisch, denen Sie aufgelauert haben, sind nicht mehr dieselben, denen Sie 2030 im All begegnet sind. Sie rächen sich an deren Nachfahren.«

»Unser Volk hegt keine Rachegefühle. Wir wollen uns nur schützen. Auch die Nachfahren der Verabscheuungswürdigen sind Lebensstehler, wie sich bei der Raumschlacht gezeigt hat. Es ist daher nicht möglich, mit den Zinisch in friedlicher Nachbarschaft zu leben.«

»Willst du kein guter Nachbar sein, schlag ich dir den Schädel ein«, reimte Dhark. »Das sollten wir unbedingt auf Terra einführen, dann wäre dort bald Schluß mit der Übervölkerung!«

Der Mann in der bestickten Kutte schaute den Commander erschrocken an. »Ist das Ihr Ernst?«

Sarkasmus kannte man auf Murrakesch offenbar nicht.

Dhark atmete tief durch. »Also gut, ich gebe Ihnen Gelegenheit, Ihren Standpunkt ausführlich zu erläutern. Sie glauben gar nicht, wieviel Überwindung es mich kostet, mir die Rechtfertigung eines Massenmörders anzuhören, aber ich möchte mir nicht vorwerfen lassen, Sie unfair behandelt zu haben. Einen Rat gebe ich Ihnen allerdings: Bleiben Sie strikt bei der Wahrheit und erzählen Sie mir keine weiteren Märchen über lebensaussaugende Ungeheuer oder ähnliches.«

»Das ist aber die Wahrheit!«

Es war nicht Dharks Gesprächspartner, der diesen Satz gesagt hatte – sondern eine alte, etwas gebückt gehende Dame, die plötzlich in der Tür zum Verhörraum stand. Ihre Stimme klang brüchig, fast wie ein Krächzen.

Auch Ren hatte Schwierigkeiten, bei den Murraks Männlein und Weiblein zu unterscheiden, jedoch wußte er mittlerweile von Amy, daß die Kleidung der Frauen etwas heller war als die der Männer.

»Wie kommen Sie hier rein?« fragte er die Greisin barscher, als er eigentlich wollte. »Ich hatte befohlen, nicht gestört zu werden.«

Sie trat einen Schritt nach vorn, und Artus kam herein. Den Gehstock der alten Dame hielt er in der Hand, er hatte ihr die Waffe vorsichtshalber abgenommen.

»Hätte ich mir eigentlich denken können, daß du dahintersteckst«, seufzte der Commander. »Was hast du nun schon wieder ausgeheckt? Mach's bitte kurz, ich befinde mich mitten im Verhör.«

»Ich muß dich enttäuschen, doch du verhörst den Falschen«, erwiderte Artus. »Das ist nicht Juuk Arpol.«

Der Kuttenträger erhob sich würdevoll von seinem Platz.

»Arpol genügt völlig«, sagte er. »Die Nennung meines Dienstgrades verlange ich nur von meinen Untergebenen.« Lächelnd schaute er die Greisin an. »Wie war ich? Gut?«

»Es geht so«, antwortete die Alte und richtete sich kerzengerade auf. »Deine Aussprache wirkt ein wenig gekünstelt, ansonsten gibt es nichts zu beanstanden.«

Ihr krächzender Tonfall schien sich in alle Winde zerstreut zu haben, sie klang jetzt völlig normal. Auch sonst wirkte sie wesentlich rüstiger als noch kurz zuvor. Ihr Gang war zwar etwas schleppend, doch das lag vor allem an der ungewohnt hohen Schwerkraft auf diesem Schiff, mit der auch die Gefangenen zu kämpfen hatten.

»Zugegeben, das war nicht meine beste Darbietung«, sagte der Mann in der Kutte. »Doch für die Fremden war sie völlig ausreichend. Den Jook, der sich als erster für dich ausgegeben hat, haben sie gleich durchschaut. Mir hingegen haben sie den

Oberbefehlshaber bis zuletzt abgenommen. Tja, ich bin halt ein Profi.«

»Wer sind Sie?« fragte Dhark verblüfft, wobei nicht ganz klar war, an wen von beiden er seine Frage richtete.

»Mein Name ist Cherik«, stellte sich der Kuttenträger vor. »Ich bin Maschinist und Hobbyschauspieler. Als mich der Juuk bat, für einige Zeit seinen Platz einzunehmen, war ich sofort mit dabei. Natürlich mußte ich hier und da etwas improvisieren...«

»Demnach sind *Sie* Arpol?« fragte der Commander die »Dame«.

»So ist es«, erwiderte der Oberbefehlshaber der Flotte. »Wenn es recht ist, nehme ich jetzt Cheriks Platz ein. Ich werde Ihnen die volle Wahrheit sagen, nichts beschönigen und nichts verschweigen. Zwar habe ich bereits Artus alles ausführlich geschildert, doch ich fange gern noch mal von vorn an.«

»Das dürfte nicht nötig sein«, sagte Artus und öffnete eine schmale Klappe unter seinem rechten Oberarm. Der Roboter holte ein kleines Gerät hervor, kaum größer als eine halbe Streichholzschachtel, und stellte es auf den Tisch. »Hiermit habe ich unser Gespräch aufgezeichnet. Dieses Gerät ist Empfänger und Sender zugleich. Ich kann den darin befindlichen Tonträger jederzeit abspielen.«

»Du bist wirklich ein außergewöhnlicher Bursche«, bemerkte Arpol – der echte! – und setzte sich hin. »Wie viele Überraschungen verbirgst du noch in deinem Metallkörper?«

»Unzählige!« behauptete der Roboter in seiner gewohnt unbescheidenen Manier. »Ich kann alles ein- und ausbauen, was ich will: Aufzeichnungsgeräte, Translatoren...«

»Du darfst das Gerät jetzt einschalten«, schnitt Dhark ihm das Wort ab, bevor er womöglich all seine »Innereien« aufzählte. »Ich höre zu.«

Cherik streckte ihm seine gefesselten Hände entgegen. »Könnten Sie mich vorher davon befreien? Die Dinger sind furchtbar unbequem.«

*

Bei schweren Krankheiten oder schweren Entscheidungen war es immer ratsam, eine zweite Meinung einzuholen. Nachdem Ren Dhark Artus' Aufzeichnung gehört hatte, verspürte er das Bedürfnis, jemanden um Rat zu fragen, vielleicht Dan oder Amy. Er unterdrückte diesen Wunsch.

Ren kannte sich gut genug, um zu wissen, daß er am Ende doch wieder alles allein entscheiden würde, notfalls über die Köpfe der anderen hinweg.

Wie glaubwürdig war Arpol? Diese Frage ging Dhark nicht aus dem Kopf. Niemand konnte in einen anderen Menschen hineinschauen – und in einen Außerirdischen schon gar nicht. Sicher, es gab einen Lügendetektor an Bord. Aber trotz aller technischer Verbesserungen, die an diesen Geräten in den vergangenen Jahren vorgenommen wurden, ließen sie sich noch immer überlisten. Und ob sie bei einer fremden Spezies wirkten, war mehr als fraglich.

Der Controllo! fiel es Dhark plötzlich ein. *Ihn kann man nicht täuschen…*

Er verwarf auch diesen Gedanken gleich wieder. Falls zutraf, was Arpol berichtet hatte, waren die Murraks zu sehr geschwächt, um die schmerzhafte Prozedur der Wahrheitsfindung lebend zu überstehen. Bei dieser Untersuchung wurde einem das Unterste zuoberst gekehrt, bis man selbst nicht mehr wußte, wer man eigentlich war.

Letztlich kam Dhark doch noch jemand in den Sinn, den er beim weiteren Verlauf des Verhörs gern dabei hätte – eine Person, von der er zwar schon viel gehört, die er bisher aber noch nicht kennengelernt hatte. Er rief zwei Wachmänner herein.

»Holt die Unvergängliche aus ihrem Quartier«, ordnete er an. »Begleitet sie mit sechs Mann hierher und richtet ständig eure Waffen auf sie. Falls sie über dieselben Kräfte verfügt wie die übrigen Bats, müssen wir jederzeit mit einem mentalen Übergriff rechnen. Sobald es dafür erste Anzeichen gibt, schießt ihr sie nieder, ohne Rücksicht darauf, daß es sich um eine Frau handelt.«

Von der Unvergänglichen wußte Arpol noch nichts, er hörte diese Bezeichnung heute zum erstenmal. Auch der Begriff

»Bat« war ihm nicht geläufig; der Translator hatte ihn wörtlich übersetzt.

»Die, die ihr die Verabscheuungswürdigen nennt, heißen in unserer Sprache Bats«, erklärte Dhark ihm. »Beim Kontakt mit neuen Fremdvölkern denken wir uns eigene, leichter zu merkende und besser auszusprechende Namen aus; das ist bei uns an Bord so Sitte.«

»Diese Sitte sollten Sie unbedingt beibehalten, Kommandant«, meinte der Juuk. »Auch auf Murrakesch pflegen wir unsere Traditionen.« Er machte ein ernstes Gesicht. »Ich hoffe, unser Planet existiert noch, wenn ich heimkehre. Die verabscheuungswürdigen Bats sind bestimmt schon dabei, ihre stillgelegten Werke an den Polen wieder hochzufahren. Sie, Kommandant, könnten die beiden Anlagen mit einem Schlag zerstören! Aber Sie helfen ja lieber den Zinisch.«

»Ich werde keine Entscheidung treffen, bevor ich nicht die Unvergängliche verhört habe«, machte Dhark ihm unmißverständlich klar. »Doch eines kann ich Ihnen jetzt schon sagen: Mit der Zerstörung der Anlagen ist es nicht getan. Das würde die Zinisch zwar ziemlich zurückwerfen, doch früher oder später bauen sie die Anlagen wieder auf. Wir können schließlich nicht ständig bereitstehen und Batworld bewachen. Deshalb benötigen wir eine Dauerlösung.«

»Es gibt nur eine«, erwiderte Arpol grimmig. »Ihren Tod!«

*

Nachdenklich schaute Amy Stewart die Unvergängliche an, die im Verhörraum Platz genommen hatte und Artus' Aufzeichnung lauschte, welche nunmehr zum zweitenmal abgespielt wurde. Sechs Wachleute hatten um die kleine, gedrungene Frau herum Posten bezogen und ihre schußbereiten Strahlenwaffen auf sie gerichtet. Amy stand auf der anderen Seite des großen Wandspiegels.

»Die Bats sind die mit Abstand häßlichsten Geschöpfe, die ich kenne«, lästerte sie. »Aber dieser dickbeinige Fledermaustrampel ist wirklich die Spitze des Grauens.«

»Wie äußern Sie sich zu der Aussage des Juuk?« fragte nebenan Dhark die Unvergängliche, nachdem die Aufnahme beendet war. »Trifft es zu, was er Ihrem Volk vorwirft?«

Die Gefragte machte sich erst gar nicht die Mühe, alles abzustreiten. »Selbstverständlich trifft es zu. Wir Zinisch sind nun einmal als Mentalsauger auf die Welt gekommen. Das liegt in unserer Natur. Zwar könnten wir uns auch ausschließlich durch Pflanzen ernähren, aber auf Dauer ist das nur ein schwacher Ersatz. Was ein Wesen zum Leben braucht, das nimmt es sich – selbst, wenn es das Leben anderer Wesen ist.«

Dhark zog automatisch Vergleiche zu den Menschen. Unter ihnen gab es Vegetarier und Fleischesser; letzteres lag nun mal in der menschlichen Natur. Um Fleisch zu essen, mußte man anderen Wesen das Leben nehmen, anders ging es nicht. Mittlerweile gab es zwar eine Vielzahl von fleischähnlichen Kunstprodukten, doch das war kein Ersatz für ein wirklich saftiges Steak oder einen gegrillten Fisch. Echte Kaffeetrinker schlürften schließlich auch keine geschmacklose koffeinfreie Brühe – jedenfalls nicht andauernd.

Allerdings gab es einen erheblichen Unterschied zwischen den fleischfressenden Menschen und den auraabsaugenden Zinisch: Als den Bats der planeteneigene Tierbestand ausging, vergriffen sie sich an intelligenten Kreaturen, die in friedlicher Absicht zu ihnen kamen. Hingegen wäre kein fühlender und denkender Mensch jemals auf die Idee gekommen, die Bewohner benachbarter Welten zu töten und zu verspeisen. Das hätte man auf der Erde mit Kannibalismus gleichgesetzt.

»Ich möchte dem Bericht von Juuk Arpol noch etwas hinzufügen, die Pol-Anlagen betreffend«, fuhr die Unvergängliche fort. »Unsere drei Sonnen sind etwas ganz Besonderes: Sie verfügen über immens starke Kräfte. Als uns das bewußt wurde, beschlossen wir, die Dreisonnenkraft für unsere Zwecke zu nutzen. Nachdem die Anlagen fertig waren, konnten wir in einem Umkreis von acht Lichtjahren gezielt bewohnte Welten aussaugen, ohne uns von Zieen entfernen zu müssen. Zur grenzenlosen Erleichterung unseres Staatschefs war das Volk endlich einmal zufrieden. Von der Station unter der Erde ahnten wir nichts.

Eventuell hätten wir die Finger von den Sonnen gelassen, hätten wir gewußt, daß da jemand ist, der auf sie aufpaßt.«

»Ihr habt die Steuerstrahlen, die Kontrollmechanismen der INSTANZ, mißbraucht, um eure eigenen ungeheuerlichen Bedürfnisse zu befriedigen«, hielt Ren Dhark ihr vor. »Das ist unentschuldbar.«

Es gab Augenblicke, da kam er sich verdammt selbstgerecht vor. Eben noch hatte er den Murraks Massenmord vorgeworfen, jetzt beschuldigte er die Zinisch im Grunde genommen derselben Tat. Stand es ihm wirklich zu, über fremde Völker den Stab zu brechen, sie nach menschlichen Maßstäben zu beurteilen, sie zu verhören und ihrer Bestrafung zuzuführen? Spielte er nicht Richter und Gott zugleich?

Aber sollte er etwa die Augen verschließen, wenn er beobachtete, daß irgendwo ein Unrecht geschah? Manchmal hatte er die ganze Verantwortung, die auf ihm lastete, so richtig schön satt!

»Besitzen Sie dieselbe Fähigkeit wie Ihr Volk?« setzte er das Verhör fort.

»Ich bin anders als meine Artgenossen«, antwortete die Unvergängliche. »Ja, auch ich besitze die Gabe, anderen ihre Lebensaura zu nehmen. Doch das klappt nur bei meinem eigenen Volk. Noch deutlicher: Einer fremden Spezies kann ich nichts antun – meiner Rasse schon. Jeder Zinischmann, dem ich das Leben nehme, stoppt meinen Alterungsprozeß und verjüngt mich. Ich bin quasi unsterblich.«

Dhark war so schockiert, daß er alle Höflichkeit beiseite ließ. »Du saugst deine eigenen Artgenossen aus? Wenn sie das herausfinden, werden sie dich hinrichten.«

»Sie wissen es«, entgegnete sie. »Wie hätte ich vor ihnen meine Unsterblichkeit verbergen sollen?«

Außer dem Commander und der Unvergänglichen hielten sich noch Arpol, Cherik und Artus im Verhörzimmer auf. Im Nebenraum vor dem Monitor wurde es allmählich voll. Immer mehr Neugierige fanden sich ein. Zwar wußte jeder, daß Dhark selbst dem geringsten Mannschaftsmitglied nichts verheimlichte und später über den Bordfunk ausführliche Informationen verbreiten würde (einen beschönigenden Pressesprecher gab es auf der

POINT OF nicht), dennoch wollten ein paar Besatzungsmitglieder alles aus erster Hand erfahren.

»Mir wollte niemand aus meinen Volk jemals etwas Böses«, sagte die Unvergängliche. »Man verehrte mich, und die Männer rissen sich darum, in meinen Armen sterben zu dürfen. Mein Wissen erweiterte ich dadurch zwar nicht, dafür aber bescherte mir die Aura der Zinisch ewige Jugend. Kein Zinisch kann einen anderen Zinisch aussaugen, nur ich habe diese spezielle Gabe. Das macht mich zu etwas Einmaligem. Ich überlebte zahlreiche Generationen, auch jene, die aufbrach, um uns ein neues Zuhause zu suchen.

Auf unserer Flucht vor dem steigenden Strahlungspegel in der Galaxis stahlen wir vielen neuen Fremdvölkern das Leben und das Wissen – ich sage ›wir‹, obwohl ich mich nie daran beteiligt habe, weil ich es nicht konnte. Die Melkvölker, die wir vor unserem Aufbruch regelmäßig ausgesaugt hatten, blieben somit vorerst verschont. Wir mußten damit rechnen, daß sie ebenfalls vor den zu hohen Strahlenwerten fliehen würden, doch die meisten waren offenbar nicht intelligent genug, um die Gefahr als solche überhaupt zu erkennen. Uns konnte es nur recht sein, schließlich benötigten wir sie noch – als Nahrung nach unserer Rückkehr, an die wir fest glaubten.«

»Die Zinisch brauchen also den Tod fremder Lebewesen, um zufrieden zu sein, und du brauchst die Zinisch, um weiterleben zu können«, resümierte Artus. »Bis zu diesem Punkt verstehe ich noch alles. Unbegreiflich ist mir nur, warum ihr euch mit eurer Allmacht nicht gegen die Nomaden zur Wehr gesetzt habt. Oder gegen unsere Flashpiloten, die zwei von euch aus Versehen getötet haben.«

»Ach, du meinst den kleinen Soldaten und den Kapitän«, entgegnete die Unvergängliche. »Die beiden sind selbst schuld an ihrem Tod. Um die Gabe einsetzen zu können, benötigt man ein wenig Ruhe und Konzentration. Das Auftauchen deiner Männer hat die zwei Angsthasen wohl zu sehr erschreckt. Sie gerieten in Panik und setzten damit selbst ihre Gabe außer Gefecht.«

»Demnach geriet die ganze Flotte in Panik, als ihr die Nomaden erblickt habt?« fragte Artus ungläubig.

»Es breitete sich in der Tat Panik innerhalb unserer Flotte aus«, räumte die Unvergängliche ein. »Allerdings erst, als man feststellte, daß sich die Besatzung des Kreuzschiffes selbst mit vereinten Kräften nicht aussaugen ließ. Etwas hatte sich um das Schiff gelegt und versperrte der geballten mentalen Kraft der Zinisch den Weg. Auf unserer Odyssee durchs Weltall saugten wir die Bewohner vieler Planeten leer, meistens Primitive. Auch so manche Raumschiffsbesatzung fand durch mein Volk den Tod. Aber so etwas Unfaßbares ist uns noch nicht untergekommen: eine Wand, an der unsere geistigen Kräfte wirkungslos abprallten.«

»Das war ein ganz normaler Schutzschirm«, erklärte ihr Dhark. »Wir schützen die POINT OF auf ähnliche Weise.«

»Zu euch konnten Iritik und die anderen ebenfalls nicht durchdringen«, verriet ihm die Unvergängliche. »Deshalb wollten sie ja unbedingt an Bord eures Ringraumers. Dort hätten sie dann versucht, den Schirm abzuschalten...«

»Heißt das, ihr hättet uns umgebracht, obwohl wir euch vor den Nomaden gerettet haben?« fragte Dhark sie entrüstet.

»Was habt ihr denn erwartet?« erwiderte sie. »Einen Orden?«

Da schau her, dachte der Commander. *Die Murraks kennen Sarkasmus nicht einmal vom Hörensagen, aber die Bats scheinen die reinsten Zyniker zu sein.*

»Wie wäre es mit etwas Dankbarkeit?« sprach Arpol in den Translator, der sich im Verhörzimmer befand. »Aber die ist euch Verabscheuungswürdigen ja fremd.«

»Darüber diskutiere ich nicht mit dem Anführer einer niederen Spezies, die meinem Volk als Nahrung dient«, erwiderte die Unvergängliche herablassend. »Unglaublich, daß wir uns vor euch gefürchtet haben, 2030, als unsere Flucht begann. Wir hielten euch für Plünderer, die sich über verlassene Planeten hermachen. Umzukehren kam für uns allerdings nicht mehr in Frage; zudem erschien es uns nicht ratsam, sich mit gepanzerten Kampfraumern anzulegen. Hätten wir geahnt, daß die Besatzung der Schiffe nur aus Halbtoten besteht, hätten wir den Angriff riskiert.«

»Wie gut wir Halbtoten noch kämpfen können, habt ihr ja zu

spüren bekommen«, konterte Arpol. »Ohne das Auftauchen der Terraner wärt ihr jetzt Ganztote!«

Eine Frage lag Dhark noch auf dem Herzen. Er erinnerte sich an die unerfreuliche Szene auf der ZALDAPT, als Iritiks Berater Varnif bei der Besprechung plötzlich ausrastete. Er fragte die Unvergängliche, ob das in irgendeinem Zusammenhang mit der Gabe der Zinisch stand.

Sie bestätigte ihm, was er sich bereits gedacht hatte: Varnif hatte sich auf den Piloten im Hangar konzentriert und hatte versucht, Wonzeff auszusaugen, trotz des ausdrücklichen Verbots des Staatschefs.

»Was wurde aus Varnif?« erkundigte sich der Commander.

»Weil er gegen Iritiks Verbot verstoßen hatte, verurteilte man ihn gleich am nächsten Tag zum Tode. Die Hinrichtung führte ich durch. Es war das erste Mal, daß ich einem Mann gegen seinen Willen die Lebensaura absaugte. Eine merkwürdige Erfahrung. Mir ist es lieber, wenn sie freiwillig zu mir kommen und darum betteln, von meiner Hand sterben zu dürfen. Davon haben sie mehr – und ich auch.«

Dhark hatte jetzt genug von ihr.

»Bringt sie zurück in ihr Quartier«, befahl er.

Unter größten Vorsichtsmaßnahmen – man traute ihr noch immer nicht – wurde die Unvergängliche wieder eingesperrt und streng bewacht. Sie war wütend. Insgeheim hatte sie gehofft, man würde sie freilassen, wenn sie sich kooperativ zeigte. In ihrer Kabine nahm die Unvergängliche auf dem Fußboden Platz und entspannte sich. Sie machte ihren Geist frei von negativen Gedanken und ließ ihn wandern. Ihr Ich ging auf die Suche. Vielleicht gab es auf diesem Schiff ja ein Lebewesen, dessen Aura der Aura ihrer Artgenossen ähnelte…

11.

Ren Dhark und Arpol machten sich in einem Flash auf den Weg nach Zieen. Der Commander war fest entschlossen, eine friedliche Lösung des Problems zu finden. Die INSTANZ mußte ihm dabei helfen.

Arpol war begeistert von dem Flash. Schon als man ihn von der REGAM auf die POINT OF transportiert hatte, war ihm aufgefallen, daß der Pilot das Beiboot ohne Zuhilfenahme der Hände gesteuert hatte. Dhark erklärte ihm die Funktionsweise der Gedankensteuerung.

Der Juuk war nicht länger sein Gefangener. Er hatte aufs Flaggschiff zurückkehren dürfen. Dort hatte er sich umgezogen und seine Handfeuerwaffe an sich genommen. Dann war er wieder zu Dhark in den Flash gestiegen. Die Laserwaffe hatte er zurückbekommen, doch er hatte sie an Bord gelassen, sie war ihm zu unhandlich.

»Darf ich die Gedankensteuerung auch mal ausprobieren?« erkundigte er sich. »Oder läßt sich das Boot nur von Ihnen und Ihrer Mannschaft steuern?«

»Jeder kann es fliegen, wenn ihn der Flash als autorisierte Person anerkennt«, erklärte ihm Dhark. »Ich werde der Gedankensteuerung eine entsprechende Anweisung geben.«

Dhark fühlte sich Arpol gegenüber schuldig, schließlich war er nicht gerade sanft mit ihm umgesprungen. Mittlerweile versuchte er, den Standpunkt der Murraks und der übrigen geschundenen Völker zu begreifen. Sie hatten ein Recht darauf, sich zu wehren.

Dennoch konnte und wollte er sich nicht mit dem Gedanken anfreunden, Zieen mitsamt all seinen Bewohnern komplett auszulöschen.

Davon abgesehen hätte die INSTANZ eine Zerstörung des gesamten Planeten sowieso niemals zugelassen.

Arpol freute sich wie ein kleines Kind darüber, den Flash fliegen zu dürfen. Dhark fand, daß er seine Sache sehr gut machte.

Der Juuk hatte Vertrauen zu ihm und war überzeugt, daß die Terraner dem Spuk endlich ein Ende bereiten würden.

»Wenn die INSTANZ den Mißbrauch der Regulierungskräfte des Dreisonnensystems durch die Bats unterbindet, haben wir schon einen Teilerfolg erreicht«, erläuterte Dhark seinen Plan. »Voraussichtlich werden dann die Zinisch mit ihren Schiffen wieder von Planet zu Planet ziehen – und genau das müßt ihr unterbinden. Stationiert eine Kampfflotte über dem Planeten, natürlich in sicherem Abstand. Sobald sie versuchen, ins All zu starten, schießt ihr sie ab. Ich könnte mir vorstellen, daß sich auch andere betroffene Völker am Aufbau einer solchen Schutzflotte beteiligen.«

Und ich könnte mir vorstellen, daß sich die anderen ausgenutzten Völker viel lieber daran beteiligen würden, den Zinisch den Hals umzudrehen, erwiderte der Juuk in Gedanken.

Siebeneinhalb Jahre hatte die Murrak-Flotte gebraucht, um von ihrem jetzigen Standort nach Zieen zu gelangen. Mit dem Flash war man in wenigen Minuten am Ziel. Unter Tarn- und Intervallschutz tauchte das vielseitige Beiboot mit seinen beiden Insassen ins Erdreich ein…

*

Sowohl Ren Dhark als auch Juuk Arpol wurden enttäuscht. Die INSTANZ mußte passen. Sie war außerstande, die Steuerungsstrahlen so zu manipulieren, daß die Zinisch keinen Zugriff mehr darauf hatten.

Arpol, der von der unterirdischen Station fasziniert war, sagte kaum ein Wort und überließ es Dhark, mit der Kommandoeinheit der Worgun zu diskutieren. Der Murrak hatte Mühe, sich in dieser ungewohnten Umgebung zurechtzufinden. All die hypermoderne Technik war für ihn ein Buch mit sieben Siegeln und bereitete ihm Unbehagen.

Eins begriff er allerdings allmählich, und das bereitete ihm noch mehr Unbehagen: Dharks gute Absichten schienen schon an der ersten Hürde zu scheitern.

Aber so schnell gab der Commander nicht auf. Hartnäckig beriet er sich mit der INSTANZ über Möglichkeiten, den Zinisch doch noch »auf die Finger zu klopfen«.

Arpol war nicht mehr der Jüngste. Sein Körper hatte schon viel aushalten müssen. Die fremde Umgebung und der ganze Streß wurden ihm zuviel. Er stand auf, ging ein paar Schritte und brach zusammen...

Als er wieder die Augen aufschlug, lag er ausgestreckt auf einer Liege im Nebenraum. Ein Dienstroboter kümmerte sich um ihn. Arpol erhob sich von der Liege und fragte die Maschine nach dem Weg zur großen Halle, dem Hangar...

*

Der Flash akzeptierte Arpol weiterhin als autorisierten Benutzer. Weder der Koloß noch der Controllo hielten ihn auf, weil man ihn für ein Besatzungsmitglied der POINT OF hielt (schließlich war er berechtigt, eins der von den Worgun gebauten Beiboote zu fliegen) – und die durften laut Befehl der INSTANZ die Station ungehindert betreten und verlassen. Unbehelligt flog Arpol mit dem Flash aus der Station.

Der Juuk hatte sich auf seinem Flaggschiff nicht nur umgezogen, sondern seinen drei ebenfalls freigelassenen Stellvertretern einen Befehl erteilt. Zufrieden stellte er bei seiner Ankunft auf dem Schiff fest, daß man alles entsprechend seiner Anweisung vorbereitet hatte.

Keine zwanzig Minuten später traf er wieder in der unterirdischen Station ein. Er wies zwei Dienstroboter an, etwas aus dem Flash zu laden, und begab sich anschließend wieder zur INSTANZ-Halle.

Ren Dhark verhandelte noch immer mit dem Worgun-Rechner, ohne daß beide zu einem Ergebnis kamen. Bisher hatten sie keine technischen Möglichkeiten gefunden, mit denen man die Zinisch ausgrenzen konnte.

Von Arpols Abwesenheit hatte Dhark nichts bemerkt. Und die INSTANZ hatte sich nicht veranlaßt gefühlt, ihn darüber zu unterrichten. Für den Rechner stand Arpol genauso unter dem Schutz der befehlsberechtigten Worgun-Einheit Checkmaster wie Ren Dhark, schließlich waren beide zusammen hierhergekommen.

»Geht es Ihnen wieder besser?« erkundigte sich der Commander.

»Mir geht es sogar ausgezeichnet«, erwiderte Arpol. »Deshalb werde von jetzt an ich die Verhandlung mit der INSTANZ führen. Sie haben genug für unser Volk getan, Ren Dhark, das werden wir Ihnen niemals vergessen. Doch nun ist das nicht mehr Ihre Sache. Steigen Sie in den Flash und fliegen Sie zurück zu Ihrem Schiff. Setzen Sie Ihre Forschungsmission fort und kümmern Sie sich nicht weiter um uns.«

Dhark glaubte, sich verhört zu haben. »Wie stellen Sie sich das vor? Ohne mich kommen Sie aus dieser Station nie mehr heraus. Es gibt keinen Zugang zur Planetenoberfläche.«

»Dann bleibe ich halt hier«, entgegnete Arpol. »Die INSTANZ und ich, wir werden uns bestimmt gut verstehen. Sie können mich ja zu einem späteren Zeitpunkt abholen, in ein paar Wochen oder so.«

Ren traute ihm nicht. Arpol hatte offenbar einen Plan. Aber welchen? Er trat einen Schritt auf den Oberbefehlshaber der Murraks zu.

»Was soll das?« fragte er ihn scharf. »Was haben Sie vor, Arpol?«

»Schade, daß ich Ihnen das antun muß«, antwortete ihm Arpol und zog seine Projektilwaffe. »Doch Sie würden nur versuchen, mich daran zu hindern.«

Bevor Dhark reagieren konnte, hatte Arpol ihm eine Kugel ins Bein geschossen. Der Commander stürzte zu Boden. Arpol schlug ihm den Waffenkolben über den Kopf.

Die INSTANZ mischte sich nicht ein. Sie hatte ihren festen Aufgabenbereich, und der war von den Privatstreitigkeiten der beiden Männer nicht betroffen. Arpol wies einen Dienstroboter an, den Bewußtlosen zum Flash zu tragen…

*

Wenig später flog der Flash mit dem noch immer ohnmächtigen Commander aus der Halle. Juuk Arpol hatte die Gedankensteuerung angewiesen, den Terraner zurück zur POINT OF zu bringen.

»Leb wohl, mein Freund«, sagte er leise.

Jetzt war er mit der INSTANZ allein in der Station.

Unter dem Vorwand, weiter nach einer Lösung des Zinisch-Problems suchen zu wollen, ließ sich Arpol von der INSTANZ die genauen Daten der kreisenden Sonnen geben...

Geduldig wartete er dann auf den richtigen Zeitpunkt. Seine rechte Hand spielte nervös mit dem Funkzünder in seiner Tasche.

*

Iritik befand sich am Südpol von Zieen, wo er mit einigen hundert Männern die Sonnenanlage »entmottete«. Die Zinisch konnten es kaum erwarten, sie in Gang zu setzen. Die Erbauer hatten im Rechner der Anlage Aufzeichnungen für die Inbetriebnahme hinterlassen.

Der Staatschef trug einen dicken Schutzanzug, fror aber trotzdem. Er hatte es eilig, dem Volk das zu geben, wonach es sich am meisten sehnte. Dazu fühlte er sich verpflichtet und berufen – immerhin war er jetzt der wichtigste Mann im Staate, nach dem »bedauerlichen Tod« der Unvergänglichen und ihres Hohenpriesters Barlac, den er auf allen Raumschiffen verkündet hatte. Dabei war es ihm egal, ob die beiden auch wirklich tot waren, Hauptsache, sie kehrten nie mehr nach Zieen zurück.

Auch in den Städten zog allmählich wieder das Leben ein. In einigen Bezirken wurden bereits die ersten Häuser bevölkert, und die erste Pflanzennahrung stand schon auf dem Herd – in der Gewißheit, daß es dabei nicht bleiben würde. Schon bald würde man sich wieder auf andere Weise sättigen, so wie unterwegs, nur mit weniger Anstrengung.

Noch hatten längst nicht alle Zinisch die riesigen Evakuierungsschiffe verlassen. Etliche Schiffe befanden sich sogar noch in der Umlaufbahn. Die Rückkehr nach Zieen war strategisch durchorganisiert und verlief nach einem bestimmten Zeitplan. Nach und nach würde man den gesamten Planeten wieder besiedeln.

Schon früher hatte es leichte Erdbeben auf Zieen gegeben, wie die Neuankömmlinge aus den Aufzeichnungen voriger Generationen wußten. Darum erschreckte es auch niemanden sonderlich, als plötzlich der Boden bebte. Nach einer Weile verebbte das Beben wieder, ohne daß nennenswerte Schäden zu verzeichnen waren.

Doch die tödliche Gefahr kam nicht von unten – sondern von oben!

*

Zehn Milliarden Jahre Lebensdauer wurden der Sonne Sol vorhergesagt, vorausgesetzt, daß diese Zeitspanne nicht durch künstliche äußere Einflüsse verkürzt wurde – was im Prinzip völlig unmöglich war. Ein Sterben der Sonne war erst in fünf Milliarden Jahren vorgesehen. Am Ende ihrer Lebensdauer würde sich ihre Oberfläche abkühlen, sie würde sich ausdehnen, und mit dem Leben auf der Erde wäre es vorbei.

Allerdings war es mehr als fraglich, ob dann überhaupt noch jemand dort lebte. Theoretisch konnten die Menschen bis dahin ausgestorben sein; die bisherige Menschheitsgeschichte dauerte weniger als ein Tausendstel des Sonnenalters.

Der Durchmesser von Sol betrug 1 392 000 Kilometer. Bei einer Temperatur von fünfzehn Millionen Grad Celsius verwandelte sich tief im Inneren der Sonne in einer atomaren Kernreaktion Wasserstoff in Helium, unter Freisetzung gewaltiger Energien. Kam es zu Sonnen-Protuberanzen, wurden Gaswolken, die mächtigen Stichflammen glichen, in riesigen Bögen in die Höhe geschleudert. Dabei erreichte das Gas Geschwindigkeiten von mehreren hundert Kilometern pro Sekunde (!), zeitweise vier Millionen Stundenkilometer.

Ihr Gewicht betrug rund 1,9 Milliarden Tonnen – das waren rund 333 000 Erdmassen.

Im System der Zinisch gab es gleich drei solche gigantischen Leuchtkörper, noch heißer als Sol. Eine unsichtbare Kraft, stärker als die Sonnen selbst, zwang sie, in einer engen Bahn um einen gemeinsamen Schwerpunkt zu kreisen.

Der Sternenkreisel – etwas Enormeres und Spektakuläreres hatte es zuvor in diesem Teil des Weltalls nicht gegeben.

Dann erlosch die unsichtbare Kraft, einfach so, innerhalb von einer Sekunde auf die andere, als hätte jemand irgendwo das Licht ausgeknipst. Völlig unspektakulär wurden die drei gewaltigen Sonnen aus ihrer unnatürlichen Bahn geschleudert...

*

»Er hat die unterirdische Station mitsamt der INSTANZ exakt zur richtigen Zeit in die Luft gesprengt«, sagte Dan Riker zu Ren Dhark, der auf der Medostation lag. »Die drei Sonnen strebten in verschiedene Richtungen auseinander – und eine davon raste genau auf die Welt der Bats zu, so wie es Arpol vermutlich berechnet hatte. Vielleicht war es ja auch nur Zufall, schwer zu sagen. Ihn können wir nicht mehr befragen, er hat sich geopfert.«

»Gab es Überlebende unter den Bats?« fragte Dhark.

Sein Unterschenkel war bandagiert, aber Manu Tschobe hatte ihm versichert, daß das Bein in drei Tagen »so gut wie neu« sein würde.

»Wir konnten keine ausmachen«, antwortete ihm Amy, die auf seiner Bettkante saß. »Ein Teil ihrer Raumschiffe war bereits gelandet. Nach dem langen Flug mußten sie wohl erst einmal gewartet werden, bevor sie erneut starten konnten. Einige Piloten versuchten es trotzdem, als sie begriffen, in welcher Gefahr sie schwebten. Ihre Raumer stürzten aber mit defekten Antrieben ab. All die Raumschiffe in der Umlaufbahn kamen ebenfalls nicht davon, sie verglühten. Die heranrasende Sonne hat die Welt der Zinisch regelrecht verschluckt, mit allem, was darauf war.«

»Dann hat Arpol ja doch noch seinen Willen bekommen und dieses System in ein Massengrab verwandelt«, sagte Ren Dhark erschüttert. »Wie konnte ich Rindvieh bloß auf seinen Trick mit der Ohnmacht hereinfallen?«

Inzwischen wußte er, daß Arpol mit dem Flash einen Atomsprengkopf in die Worgun-Station transportiert hatte. Seine Jook hatten ihm die Bombe auf dem Flaggschiff befehlsgemäß bereitgestellt. Beim Ausladen hatte sich Arpol vermutlich von den Robotern der INSTANZ helfen lassen. Der genaue Ablauf der Blitzaktion blieb für immer sein Geheimnis.

Obwohl Dhark entsetzt über Arpols Tat und die Auslöschung eines ganzen Volkes war, empfand er nur wenig Mitleid für die Zinisch. Sie hätten über Generationen hinweg noch zahlreiche arglose Völker zu Tode gequält, ohne dabei ein schlechtes Gewissen zu haben.

»Das liegt in unserer Natur«, hatte die Unvergängliche die Verbrechen ihrer Spezies begründet. Eine schwache Rechtfertigung für millionenfachen Mord, fand der Commander.

Epilog

Doktor Bergers Sanatorium für Geisteskrankheiten hatte weit über Alamo Gordo hinaus den besten Ruf. Er war ein Genie auf seinem Gebiet und hatte schon vielen Menschen, die von anderen Medizinern bereits »abgeschrieben« worden waren, helfen können. Bei seiner neuesten Patientin mußte er sich allerdings eingestehen, daß er an der Grenze seines Könnens angelangt war.

Die Patientin war kein Mensch, sondern eine Art Fledermaus-Mutant aus dem All. Man hatte sie vor Wochen zu ihm gebracht, weil sie alle Anzeichen einer schweren Geistesstörung aufwies. Obwohl sie lebte und atmete, reagierte sie auf nichts und niemanden mehr. Sie stierte nur in einem fort vor sich hin, so als ob ihr Geist ihren Körper verlassen und nicht mehr in ihn zurückgefunden hatte. Oder so als ob nicht mehr hatte zurückfinden wollen...

»Wir können nichts weiter für sie tun, als sie täglich zu waschen, zu Bett zu bringen und sie mit Pflanzensäften künstlich zu ernähren«, sagte der Doktor zu seiner Oberschwester. »Im Grunde genommen ist es eine Zumutung, daß man sie uns aufgebürdet hat, aber es wußte wohl keiner, wohin mit ihr. Na gut, möglicherweise erledigt sich das Problem bald von allein. Wenn sie weiter in diesem Tempo altert, wird das Zimmer in zwei, drei Monaten wieder frei.«

Ende

REN DHARK im Überblick

Mittlerweile umfaßt die REN DHARK-Saga 98 Buchtitel: 16 Bücher mit der überarbeiteten Heftreihe, 32 mit der offiziellen Fortsetzung im DRAKHON- und BITWAR-Zyklus, 28 Sonderbände, jeweils sechs Ausgaben der abgeschlossenen Reihen FORSCHUNGSRAUMER CHARR, STERNENDSCHUNGEL GALAXIS und DER MYSTERIOUS, drei Spezialbände sowie ein umfangreiches Lexikon zur Serie. Der nun folgende Überblick soll Neueinsteigern helfen, die Bücher in chronologisch korrekter Reihenfolge zu lesen.

Erster Zyklus:

2051: Handlungsabschnitt HOPE/INVASION

Band 1:	Sternendschungel Galaxis (1966 /1994)
Band 2:	Das Rätsel des Ringraumers (1966 /1995)
Band 3:	Zielpunkt Terra (1966, 1967 /1995)
Band 4:	Todeszone T-XXX (1967 /1996)
Band 5:	Die Hüter des Alls (1967 /1996)
Sonderband 4:	Hexenkessel Erde (1999)
Sonderband 7:	Der Verräter (2000)
Sonderband 1:	Die Legende der Nogk (1997 und Platinum 2004)

2052: Handlungsabschnitt G'LOORN

Band 6:	Botschaft aus dem Gestern (1996)
Band 7:	Im Zentrum der Galaxis (1997)
Band 8:	Die Meister des Chaos (1997)
Sonderband 2:	Gestrandet auf Bittan (1998)
Sonderband 3:	Wächter der Mysterious (1998)

2056: Handlungsabschnitt DIE SUCHE NACH DEN MYSTERIOUS

Band 9:	Das Nor-ex greift an (1967 /1997)
Band 10:	Gehetzte Cyborgs (1967, 1968 /1997)
Sonderband 12:	Die Schwarze Garde (2001)
Band 11:	Wunder des blauen Planeten (1968 /1998)

Band 12:	Die Sternenbrücke (1968 /1998)
Band 13:	Durchbruch nach Erron-3 (1968 /1999)
Sonderband 8:	Der schwarze Götze (2000)
Band 14:	Sterbende Sterne (1968, 1969 /1999)
Sonderband 5:	Der Todesbefehl (1999)
Sonderband 6:	Countdown zur Apokalypse (2000)
Band 15:	Das Echo des Alls (1969 /1999)
Band 16:	Die Straße zu den Sternen (1969 /2000)

Zweiter Zyklus:

2057/58: DRAKHON-Zyklus

2057: Handlungsabschnitt DIE GALAKTISCHE KATASTROPHE

Band 1:	Das Geheimnis der Mysterious (2000)
Band 2:	Die galaktische Katastrophe (2000)
Sonderband 10:	Ex (2000)
Sonderband 9:	Erron 2 – Welt im Nichts (2000)
Band 3:	Der letzte seines Volkes (2000)
Band 4:	Die Herren von Drakhon (2000)
Band 5:	Kampf um IKO 1 (2001)
Sonderband 11:	Türme des Todes (2001)
Band 6:	Sonne ohne Namen (2001)
Band 7:	Schatten über Babylon (2001)
Band 8:	Herkunft unbekannt (2001)
Sonderband 13:	Dreizehn (2001)
Sonderband 14:	Krisensektor Munros Stern (2001)
Band 9:	Das Sternenversteck (2001)
Band 10:	Fluchtpunkt M 53 (2002)
Band 11:	Grako-Alarm (2002)
Sonderband 16:	Schattenraumer 986 (2002)
Band 12:	Helfer aus dem Dunkel (2002)
Sonderband 17:	Jagd auf die Rebellen (2002)

2058: Handlungsabschnitt EXPEDITION NACH ORN

Band 13:	Cyborg-Krise (2002)
Band 14:	Weiter denn je (2002)
Sonderband 18:	Rebell der Mysterious (2002)

Sonderband 19: Im Dschungel von Grah (2003)
Band 15: Welt der Goldenen (2002)
Band 16: Die Verdammten (2003)
Band 17: Terra Nostra (2003)
Sonderband 20: Das Nano-Imperium (2003)
Band 18: Verlorenes Volk (2003)
Band 19: Heerzug der Heimatlosen (2003)
Sonderband 21: Geheimnis der Vergangenheit (2003)
Band 20: Im Zentrum der Macht (2003)
Band 21: Unheimliche Welt (2003)
Band 22: Die Sage der Goldenen (2004)
Sonderband 22: Giscl-Trilogie 1: Der Jäger (2003)
Sonderband 23: Giscl-Trilogie 2: Der Rächer (2004)
Sonderband 24: Giscl-Trilogie 3: Der Schlächter (2004)
Band 23: Margun und Sola (2004)
Band 24: Die geheimen Herrscher (2004)
Sonderband 15: Die Kolonie (2002; Kurzgeschichten aus verschiedenen Zeiträumen des Serienkosmos)
Sonderband 25: Jagd nach dem »Time«-Effekt (2002)
FORSCHUNGSRAUMER CHARR (sechsteiliger, abgeschlossener Mini-Zyklus, 2004)
Sonderband 26: Wächter und Mensch (2004)
STERNENDSCHUNGEL GALAXIS (sechsteiliger, abgeschlossener Mini-Zyklus, dessen Handlung zwischen Drakhon- und Bitwar-Zyklus spielt, 2005)
Sonderband 28: Sternenkreisel (2005)

Dritter Zyklus:

2062: BITWAR-Zyklus

Band 1: Großangriff auf Grah (2004)
Band 2: Nach dem Inferno (2004)
Band 3: Die Spur des Tel (2004)
Band 4: Die Sonne stirbt (2005)
Band 5: Die goldene Hölle (2005)
Sonderband 27: Nogk in Gefahr (2005)
DER MYSTERIOUS (sechsteiliger, abgeschlossener Mini-Zyklus, 2005)
Band 6: Das Judas-Komplott (2005)

Band 7: Proxima Centauri (2005)
Band 8: Erwachende Welt (2005)

Einzelromane ohne Handlungsbindung an die Serie, welche ca. sieben bis acht Jahre nach dem Ende des ersten Zyklus in einem »alternativen« RD-Universum spielen:

Spezialband 1: Sternen-Saga / Dursttod über Terra (2001)
Spezialband 2: Zwischen gestern und morgen / Echo aus dem Weltraum (2002)
Spezialband 3: Als die Sterne weinten / Sterbende Zukunft (2003)